白银时代

插图珍藏本

王小波 作品

湖南文艺出版社
HUNAN LITERATURE AND ART PUBLISHING HOUSE

博集天卷
CS-BOOKY

图书在版编目（CIP）数据

白银时代 / 王小波著 . — 长沙：湖南文艺出版社，2016.1
ISBN 978-7-5404-7415-7

Ⅰ . ①白… Ⅱ . ①王… Ⅲ . ①中篇小说—小说集—中国—当代 Ⅳ . ① I247.5

中国版本图书馆 CIP 数据核字（2015）第 316678 号

上架建议：名家·经典

白银时代

著　　者：王小波
出 版 人：刘清华
责任编辑：薛　健　刘诗哲
监　　制：毛闽峰　李　娜
特约编辑：张宇宏
封面设计：仙境设计
内文排版：百朗文化
出版发行：湖南文艺出版社
　　　　　（长沙市雨花区东二环一段 508 号　邮编：410014）
网　　址：www.hnwy.net
印　　刷：北京鹏润伟业印刷有限公司
经　　销：新华书店
开　　本：880mm × 1270mm　1/32
字　　数：179 千字
印　　张：7
版　　次：2016 年 1 月第 1 版
印　　次：2017 年 1 月第 2 次印刷
书　　号：ISBN 978-7-5404-7415-7
定　　价：32.00 元

质量监督电话：010-59096394
团购电话：010-59320018

【写在前面】

《黄金时代》《白银时代》和《青铜时代》是王小波作品的精华。

记得他曾经说过:"《黄金时代》(他指的是中篇小说《黄金时代》)是我的宠儿。"

"时代三部曲"表面上是王小波作品的合集,每部之间似乎没有什么联系,但其实是有一个逻辑顺序的。这个逻辑顺序就是:《黄金时代》中的小说写现实世界;《白银时代》中的小说写未来世界;《青铜时代》写的故事都发生在过去。

1997年王小波离去时,他的文字骤然显现在读者面前。

对于当时的阅读热潮,有人颇有微词,他们认为这是"炒作"的效果,或是因为他的猝然离世。总之,一些人以为"王小波热"是偶然的。

但是在我内心深处,我知道它不是的。

王小波的文学修养、才能和成就在中国文学史上是极其珍贵的,他的文本的价值将随着时间的推移而显现。年青一代仍然在读他的作品,"王小波热"并没有过去。后人还将阅读他的作品。

也许这就是"不朽"吧。

朽与不朽是最严酷的评价标准。没有人，能做任何事，去影响它一丝一毫。

朽与不朽也不会因任何人的情感、愿望、"炒作"，而改变一丝一毫。

从内心深处，我隐秘地希望王小波是不朽的。

李银河

2003 年 9 月 2 日于曼谷

目录
Contents

白银时代·

【一】

　　大学二年级时有一节热力学课，老师在讲台上说道："将来的世界是银子的。"我坐在第一排，左手支在桌面上托着下巴，眼睛看着窗外。那一天天色灰暗，空气里布满了水汽。窗外的山坡上，有一棵很粗的白皮松，树下铺满了枯黄的松针，在干裂的松塔之间，有两只松鼠在嬉戏、做爱。松鼠背上有金色的条纹。教室里很黑，山坡则笼罩在青白色的光里。松鼠跳跳蹦蹦，忽然又凝神不动。天好像是要下雨，但始终没有下来。教室里点着三盏荧光灯，有一盏总是一明一灭。透过这一明一暗的快门，看到的是过去发生的事情。

　　老师说，世界是银子的。然后是一片意味深长的沉默。这句话没头没尾，所以是一个谜。我把左手从腮下拿下来，平摊在桌子上。这只手非常大，有人叫它厄瓜多尔香蕉——当然，它不是一根，而是一排厄瓜多尔香蕉。这个谜好像是

为我而出的，但我很不想进入这个谜底。在我身后，黑板像被水洗过，一片漆黑地印在墙上。老师从讲台上走下来。这位老师皮肤白皙，个子不高，留了一个娃娃头，穿着一件墨绿色的绸衫。那一天不热，但异常地闷，这间教室因此像一间地下室。老师向我走来时，我的脸上也感到一阵逐渐逼近的热力。据说，沙漠上的响尾蛇夜里用脸来看东西——这种爬虫天黑以后眼睛什么都看不见，但它的脸却可以感到红外线，假如有只耗子在冰冷的沙地上出现，它马上就能发现。我把头从窗口转回来，面对着走近的老师。她身上墨绿的绸衫印着众多的热带水果，就如钞票上的水印隐约可见。据她说，这件衣服看上去感觉很凉快，我的感觉却是相反。绸衫质地紧密，就像一座不透风的黑牢，被关在里面一定是很热的；所以，从里面伸出来的裸露手臂带有一股渴望之意……老师在一片静止的沉默里等待着我的答案。

天气冷时，老师穿一件黑色的皮衣，在校园里走来走去，在黑衣下面露出洁白的腿——这双腿特别吸引别人的注意。有人说，在皮衣下面她什么都没有穿，这是个下流的猜想。据我所知不是这样：虽然没穿别的东西，但内裤是穿了的。老师说，她喜欢用光腿去蹭冰冷的皮衣。一年四季她都穿皮凉鞋，只是在最冷那几天才穿一双短短的皮靴，但从来就不穿袜子。这样她就既省衣服又省鞋，还省了袜子。我就完全不是这样：我是个骇人听闻的庞然大物，既费衣服又费鞋，更费袜子——我的体重很大，袜子的后跟很快就破了。学校里功课很多，都没什么意思。热力学也没有意思，但我没有缺过课。下课以后，老师回到宿舍里，坐在床上，脱下脚上的靴子，看脚后跟上那块踩出来的红印，此时她只是个皮肤白皙、小腿健壮的小个子女郎。上课时我坐在她面前，穿着压皱的衣服，眼睛睁得很大，但总像刚睡醒的样子；在庞大的脸上，长着两道向下倾斜的八字眉。我的故事开始时，天气还不冷。这门课叫作"热力学二〇一"，九月份开始。但还有"热力学二○二"，二月份开始；"热力学二○三"，六月份开始。不管叫二○几，都是同一个课。一年四季都能在课堂上遇到老师。

我猛然想到：假如不是在那节热力学课上，假如我不回答那个问题，又当如何……我总是穿着压皱的土色灯芯绒外衣出现在教室的第一排——但出现只是为了去发愣。假如有条侏罗纪的蛇颈龙爬行到了现代，大概也是这样子。对它来说，现代太吵，太干燥，又吃不到爱吃的蕨类植物，所以会蔫掉。人们会为这个珍稀动物修一个四季恒温的恐龙馆，像个篮球队用的训练馆，或是闲置不用的车间，但也没有什么用处。它还是要蔫掉。从后面看它，会看到一条死气沉沉的灰色尾巴搁在地下。尾巴上肉很多，喜欢吃猪尾巴的人看了，会感到垂涎欲滴的。从前面去看，那条著名的脖子拍在地下，像条冬眠中的蛇，在脖子的顶端，小小的三角脑袋上，眼睛紧闭着——或者说，眼睛罩上了灰色的薄膜。大家都觉得蛇颈龙的脖子该是支着的，但你拿它又有何办法，总不能用吊车把它吊起来吧。用绳子套住它的脖子往上吊，它就要被勒死了。

我就是那条蛇颈龙，瘫倒在水泥地上，就如一瓣被拍过的蒜。透过灰色的薄膜，眼前的一切就如在雾里一般。忽然，在空荡荡的房子里响起了脚步声，就如有人在地上倒了一筐乒乓球。有个穿黑色皮衣的女人从我面前走过，灰色的薄膜升起了半边。随着雾气散去，我也从地下升起，摇摇晃晃，直达顶棚——这一瞬间的感觉，好像变成了一个氢气球。这样我和她的距离远了。于是我低下头来，这一瞬的感觉又好似乘飞机在俯冲——目标是老师的脖子。有位俄国诗人写过：上古的恐龙就是这样咀嚼偶尔落在嘴边的紫罗兰。这位诗人的名字叫作马雅可夫斯基。这朵紫罗兰就是老师。假如蛇颈龙爬行到了现代，它也需要受点教育，课程里可能会有热力学……不管怎么说吧，我不喜欢把自己架在蛇颈龙的脖子上，我有恐高症。老师转过身来，睁大了惊恐的双眼，然后笑了起来。蛇颈龙假如眼睛很大的话，其实是不难看的——但这个故事就不再是师生恋，而是人龙恋……上司知道我要这样修改这个故事，肯定要把我拍扁了才算。其实，在上大学时，我确有几分恐龙的模样：我经常把脸拍在课桌面上，一只手臂从课桌前沿垂下去，就如蛇颈龙的脖子。但你拿我也没有办法：绕到侧面一看，我的眼睛是睁着的。既然我醒着，就不用把我叫醒了——我一直在老师的阴影里生活，并且总是要回答那句谜语：世界是银子的。

【二】

现在是 2020 年。早上，我驶入公司的停车场时，雾气正浓。清晨雾气稀薄，随着上午的临近，逐渐达到对面不见人的程度——现在正是对面不见人的时刻。停车场上的柏油地湿得好像刚被水洗过，又黑又亮。停车场上到处是参天巨树，叶子黑得像深秋的腐叶，树皮往下淌着水。在浓雾之中，树好像患了病。我停在自己的车位上，把手搭在腮下，就这样不动了。从大学时代开始，我就经常这个模样，有人叫我扬子鳄，有人叫我守宫——总之都是些爬虫。我自己还要补充一句，我像冬天的爬虫，不像夏天的爬虫。大夫说我有抑郁症。他还说，假如我的病治不好，就活不到毕业。他动员我住院，以便用电打我的脑袋，但我坚决不答应。他给我开了不少药，我拿回去喂我养的那只绿毛乌龟。乌龟吃了那些药，变得焦躁起来，在鱼缸里焦急地爬来爬去，听到音乐就人立起来跳迪斯科，一夜之间毛就变了色，变成了一只红毛乌龟——这些药真是厉害。我没吃那些药也活到了大学毕业。但这个诊断是正确的：我是有抑郁症。抑郁症暂时不会让我死去，它使我招人讨厌，在停车场上也是这样。

在黑色的停车场正面，是一片连绵不绝的玻璃楼房。现在没有下雨，但停车场上却是一片雨景。车窗外面站了一个人，穿着橡胶雨衣，雨衣又黑又亮，像鲸鱼的皮——这是保安人员。我把车窗摇了下来，问道：你有什么问题？他愣了一下，脸上泛起了笑容，说道：这话应该是我问你才对。这话的意思是说，停车场不是发愣的地方。我无可奈何地耸耸肩，从车上下来，到办公室里去——假如我不走的话，他就会在我面前站下去，站下去的意思也就是说：停车场不是发愣的地方。保安人员像英国绅士一样体面，脸上挂着意味深长的微笑。相比之下，我们倒像是些土匪。我狠狠地把车门摔上，背对着他时，偷偷放了个恶毒的臭屁——我猜他是闻到味了，然后他会在例行报告里说，我在停车场上的行为不端正——随他去好了。走进办公室，我在桌后坐下，坐了没一会儿，对面又站了一个人，这个人还是我的顶头上司。她站在这里的意思是说：办公室也不是发愣的地方。到处都不是发愣的地方。我把手从腚下拿出来，放在桌子上，伸直了脖子，正视着我的上司——早上我来上班时的情形就是这样。

我一直在写作公司里写着一篇名为《师生恋》的小说。这篇小说我已经写了十几遍了，现在还要写新的版本，因为公司付了我薪水，而且不是每个人都有机会和老师恋爱的，所以这部小说总是有读者，我也总是要写下去。

在黑色的皮衣下，老师是个杰出的性感动物。在椅子上坐久了，她起身时大腿的后面会留下红色的皮衣印迹——好像挨了打，触目惊心。那件衣服并不暖和，我不知道她为什么要穿这件皮衣。在夏季，老师总在不停地拽那件绸衫——她好像懒得熨衣服，那衣服皱了起来，显得小了。好在她还没懒得拽。拽来拽去，衣服也就够大了。这故事发生的时节，有时是严冬，有时是酷暑。在严冬，玻璃窗上满是霜窗花，教室的水泥地下满是鞋跟带进来的雪块。有些整块地陈列着，有些已经融化成了泥水——其实，我并不喜欢冷。在酷暑时节，从敞开的门到窗口，流动着干热的风。

除了老师的授课声，还能听到几声脆响。那是构成门框、窗框或者桌椅的木料正在裂开。而这一次则是在潮湿的初秋季节。从本性来说，我讨厌潮湿。但我别无选择——因为这是我唯一能选择的东西。在潮湿的秋季，老师说：未来的世界是银子的……这是一道谜语。我写着的小说和眼前发生的一切，全靠这道谜语联系着。

在班上，我总对着桌上那台单色电脑发愣。办公室里既没有黑板，也没有讲台，上司总是到处巡视着，所以只有这一样可以对之发愣的东西。有时，我双手捧着脸对它发愣，头头儿在室里时，就会来问上一句：喂！怎么了你？我把一只手拿下来，用一个手指到键盘上敲字，屏幕上慢慢悠悠开始出现一些字。再过一会儿她又来问：你干什么呢？我就把另一只手放下来，用两根手指在键盘上敲字，屏幕上还是在出字，但丝毫也不见快些。假如她再敢来问，我就把两只手全放回下巴底下去，屏幕上还是在出字，好像见了鬼。这台电脑经我改造过。原本它就是老爷货，比我快不了好多，改了以后比我还要慢得多。我住手后五分钟它还要出字，一个接一个地在屏幕上闪现，每个都有核桃大小，显得很多——实际上不多。头头儿再看到我时，就摇摇头，叹口气，不管我了。所有的字都出完了，屏幕变得乌黑，表面也泛起了白色的反光。它变成了一面镜子，映着我眉毛稀疏、有点虚胖的脸……头头儿的脸也在这张脸上方出现。她的脸也变得臃肿起来。这个屏幕不是平的，它是一个曲面，像面团里的发酵粉，使人虚胖。她说道：你到底在干些什么……她紧追不舍，终于追进了这个虚胖的世界里。人不该发愣，除非他想招人眼目。但让我不发愣又不可能。

我的故事另有一种开始。老师说，未来世界是银子的。这位老师的头发编成了高高的发髻，穿着白色的长袍。在她身后没有黑板，是一片粉红色的天幕。虽然时间尚早，但从石柱间吹来的风已经带有干燥的热意。我盘膝坐在大理石地板上，开始打瞌睡，涂蜡的木板和铁笔从膝上跌落……转瞬之间我又清醒过来，把木板和铁笔抓在手里——但是已经晚了，错过了偷偷打瞌睡又不引起注意的时机。在黑色的眼晕下，老师的眼睛睁大了，雪白的鼻梁周围出现了冷酷的傲慢之色。她打了个榧子，两个高大的黑奴就朝我扑来，把我从教室里拖了出去。如你所知，拖我这么个大个子并不容易，他们尽量把我举高，还是不能使我的肚子离开地面——实际上，我自己缩成了一团，吊在他们的手臂上，像小孩子坐滑梯那样，把腿水平地向前伸去。就是这样，脚还是会落在地下。这时我就缩着腿向前跑动，就如京剧的小丑在表演武大郎——这很有几分滑稽。别的学生看了就笑起来。这些学生像我一样，头顶剃得秃光光，只在后脑上有撮头发和一条小辫子，只有一块遮羞布绕在腰上——他们把我拖到高墙背后，四肢摊开，绑在四个铁环上。此后我就呈 × 形站着，面对着一片沙漠和几只骆驼。

　　有一片阴影遮着我，随着中午的临近，这块阴影会越来越小，直至不存在，滚烫的阳光会照在我身上。沙漠里的风会把沙砾灌进我的口鼻。我的老师会从这里经过，也许她会带来一瓢水给我解渴，但她多半不会这么仁慈。她会带来一罐蜜糖，刷在我身上。此后蚂蚁会从墙缝里爬出来，云集在我身上——但这都是以后的事了。现在有只骆驼向我走来，把它的嘴伸向我的遮羞布。我想骆驼也缺盐分，它对这条满是汗渍的遮羞布会有兴趣——还有一种可能，就是它是只母骆驼……它把遮羞布吃掉了，继续饶有兴致地盯着我，于是我赤身裸体地面对着一只母骆驼。字典上说，骆驼是论峰的。所以该写"我赤身裸体地面对着一峰母骆驼"，我压低了嗓子对它说：去，去！找公骆驼玩去……这个故事发生在埃及托勒密王朝时期。我的老师是个希腊裔的贵人——她甚至可以是克利奥佩屈拉 ① 本人。

---

① 今译作"克莱奥帕特拉"，古埃及托勒密王朝末代女王，别称"埃及艳后"。

如你所知，克利奥佩屈拉红颜薄命，被一条毒蛇咬死了。写这样一个故事，不能说是不尊重老师。

【三】

办公室里鸦雀无声，就像在学校里的习题课上。如你所知，学校里有些重大课程设有习题课，把学生圈在教室里做习题——对我来说，这门课叫作"四大力学"，一种不伦不类的大杂烩。老师还没有资格讲这样的重大课程，但她总到习题课上来，坐在门口充当牢头禁子的角色——坐在那里摇头晃脑地打瞌睡。我也来到习题课上，把温热的大手贴在脸上，目不转睛地看着她，发现她摇晃得很有韵律。不时有同学走到她面前交作业，这时她就醒来，微笑着说道：做完了？谢谢你。总得等多数人把习题做完，这节课才能结束。所以她要谢谢每个交作业的人，但我总不在其中。每门课我都不交作业，习题分总是零蛋……老师在习题课上，扮演的正是办公室里头头儿的角色。

现在头头儿不在班上，但我手下的职员还要来找我的麻烦。很不幸的是，现在我自己也当了本室的头头儿，虽然在公司里我还是别人的手下。据说头头儿该教手下人如何写作，实际上远不是这样。没人能教别人写作，我也不能教别人写作——但我不能拒绝审阅别人的稿子。他们把稿件送到我办公桌上，然后离去。过上半小时，或者一个小时，我把那篇稿子拿起来，把第一页的第一行看上一遍，再把最后一页最后一行看上一遍，就在阅稿笺上签上我的名字。有些人在送稿来时，会带着一定程度的激动，让我特别注意某一页的某一段，这件事我会记住的，虽然他（或者她）说话时，我像一个死人，神情呆滞目光涣散，但我还是在听着。过半小时或一小时之后，我除了看第一行和最后的一行，还会翻到那一页，仔细地看看那一段。看完了以后，有时我把稿子放在桌面上，伸手抓起一支红铅笔，把那一段圈起来，再打上一个大大的红叉——如你所知，我把这段稿子枪毙了。在枪毙稿子时，我看的并不是稿纸，而是盯住了写稿人目不转睛地看着，这个被枪毙的人脸色涨红，眼睛变得水汪汪的，按捺着心中的激动低下头去。假如此人是女的，并且梳着辫子，顺着发缝可以看见头皮上也是通红的——这是枪毙的情形。被毙掉以后，说话的腔调都会改变，还会不停地拉着抽屉。很显然，每个人都渴望被枪毙，但我也不能谁都毙。不枪毙时，我默默地把稿件收拢，用皮筋扎起来，取过阅稿笺来签字，从始至终头都不抬。而那个写稿人却恶狠狠地站了起来，把桌椅碰得叮当响，从我身边走过时，假作无心地用高跟鞋的后跟在我脚上狠命地一踩，走了出去。不管怎么狠命，结果都是一样。我不会叫疼的，哪怕整个脚指甲都被踩掉——有抑郁症的人总是这样的。

当初我写《师生恋》时，曾兴奋不已——写作的意义就在于此。现在它让我厌烦。我宁愿口干舌燥、满嘴沙砾，从石头墙上被放下来，被人扔到木头水槽里。这可不是个好的洗澡盆：在水槽周围，好多骆驼正要喝水。我落到了它们中间，水花四溅，这使它们暂时后退，然后又拥上来，把头从我头侧、胯下伸下去，为了喝点水。在四堵方木垒成的墙中间，积满了混浊、发烫的水。但我别无选择，只能把这种带着羊尿气味的水喝下去——这水池的里侧涂着柏油，这使水的味道更臭。在远处的石阶上，老师扬着脸，雪白的下巴尖削，不动声色地看着我——她的眼睛是紫色的。她把手从袍袖里伸了出来，做了一个坚决的手势，黑奴们又把我拖了出来，带回教室，按在蒲团上，继续那节被瞌睡打断了的热力学课——虽然这样的故事准会被枪毙，但我坚信，克利奥佩屈拉曾给一个东方人讲过热力学，并且一定要他相信，未来的世界是银子做的。

　　我坐在办公室的门口，这是头头儿的位置。如你所知，没人喜欢这个位置……对面的墙是一面窗子，这扇窗通向天顶，把对面的高楼装了进来，还装进来蒙蒙的雾气。天光从对面楼顶上透了下来，透过楼中间的狭缝，照在雾气上。有这样的房子：它的房顶分作两半，一半比另一半高，在正中留下了一道天窗。天光从这里透入，照着蒙蒙的雾气——这是一间浴室。老师没把我拴在外面，而是拴在了浴室里光滑的大理石墙上。我又开双腿站着——这样站着是很累的。站久了大腿又酸又疼。所以，我时常向前倒去，挂在拴住的双臂上，整个身体像鼓足的风帆，肩头像要脱臼一样疼痛。等到疼得受不了，我再站起来。不管怎么说吧，这总是种变化。老师坐在对面墙下的浴池里，坐在变幻不定的光线中。她时常从水里伸出脚来，踢从墙上兽头嘴里注入池中的温水。每当她朝我看来时，我就站直了，把身体紧贴着墙壁，抬头看着天顶，雾气从那里冒了出去，被风吹走。她从水里爬了出来，朝我走来，此时我紧紧闭上眼睛……后来，有只小手捏住我的下巴，来回扳动着说：到底在想什么呢？我也一声不吭。在她看来，我永远是写在墙上的一个符号"×"。×是性的符号。我就是这个符号，在痛苦中拼命地伸展开来……但假如能有一个新故事，哪怕是在其中充当一个符号，我也该满意。

【四】

　　将近中午时，我去见我的头头儿，呈上那些被我枪毙过的手稿。打印纸上那些红色的笔迹证明我没有辜负公司给我的薪水——这可是个很大的尸堆！那些笔道就如红色的细流在尸堆上流着。我手下的那些男职员反剪着双手俯卧在地下，扭着脖子，就如宰好的鸡；女职员倒在他们身上。我室最美丽的花朵仰卧在别人身上，小脸上甚是安详——她虽然身轻如燕，但上身的曲线像她的叙事才能一样出色。我一枪正打在她左乳房下面，鲜血从藏青色的上装里流了出来。我室还有另一花朵，身材壮硕，仿佛是在奔逃之中被我放倒了，在尸丛中做奔跑之势，两条健壮的长腿从裙子里伸了出来。她们在我的火力下很性感地倒地，可惜你看不到。我枪毙她们的理由是故事不真实——没有生活依据。上司翻开这些稿子，拣我打了叉子的地方看了起来。我木然地看着窗外射进来的阳光——它照在光滑的地板上，又反射到天花板上，再从天花板上反射下来时，就变成一片弥散的白光——头头儿合上这些稿子，朝我无声地笑了笑，把它放到案端。然后朝我伸出手来说：你的呢？我呈上几页打印纸。在这些新故事里，我是克利奥佩屈拉的男宠或者一条蛇颈龙——后者的长度是五十六公尺①，重量是二百吨。假如它爬进了这间办公室，就要把脖子从窗口伸出去，或者盘三到四个圈，用这种曲折委婉的姿势和头头儿聊天。我期望头头儿看到这些故事后勃然大怒，拔出把手枪，把我的脑袋轰掉，我的抑郁症就彻底好了。

我们这里和埃及沙漠不同。我们不仅是写在墙上的符号，还写着各种大逆不道的故事。这些故事送到了头头儿的案端，等着被红笔叉掉。红笔涂出一个"×"，如你所知，×是性的符号……头头儿看了我的稿子以后笑了笑，把它们收到抽屉里。这位头头儿和我年龄相仿，依旧艳丽动人，描着细细的眉毛，嘴唇涂得十分性感。她把手指伸在玻璃板上，手指细长而且惨白，叫人想起了爬在桑叶上的蚕——她长着希腊式的鼻子，绰号就叫克利奥佩屈拉，简称"克"。"克"又一次伸出手来说：还有呢？我再次呈上几页打印纸，这是第十一稿《师生恋》。她草草一看，说道：时间改在秋天啦……就把它放在案端那沓稿子的顶端，连一个叉子都没打。虽然看不

---

① 公尺：公制长度单位，米的旧称。

到自己的脸，但我知道，我的脸变成了灰色。"克"把手放在玻璃板上，脸上容光焕发，说道：你的书市场反应很好，十几年来畅销不衰——用不着费大力气改写。我的脸色肯定已经变成了猪肝色。"克"最懂得怎么羞辱我，就这么草草一翻，就看出这一稿的最大改变：故事的时间改在了秋季。她还说用不着费大力气改写……其实这书稿从我手里交出去以后，还要经过数十道删改，最后出版时，时间又会改回夏季，和第一版一模一样了。这些话严重地伤害了我。她自己也是小说家，所以才会这么坏……

我默默地站了起来，要回去工作。"克"也知道这个玩笑开得不好，压低了声音说道：你的稿子我会好好看的。她偷偷脱下高跟鞋，把脚伸了出来，想让我踩一脚。但我没踩她。我从上面跳过去了。

我在抑郁中回到自己位子上。现在无事可做，只能写我的小说：老师的脸非常白，眉毛却又宽又黑。但教室里气氛压抑……她把问题又说了一遍，世界是银子的，我很不情愿地应声答道：你说的是热寂之后。这根本不是热力学问题，而是一道谜语：在热寂之后整个宇宙会同此凉热，就如一个银元宝。众所周知，银子是热导最好的物质，在一块银子上，绝不会有一块地方比另一块更热。至于会不会有人因为这么多银子发财，我并不确切知道。这样我就揭开了谜底。

我又把头转向窗口，那里拦了一道铁栅栏，栅栏上爬了一些常春藤，但有人把藤子截断了，所以常春藤正在枯萎下去。在山坡上，那对松鼠已经不在了。只剩了这面窗子和上面枯萎的常春藤，这些藤子使我想到了一个暗房，这里横空搭着一些绳子，有些竹夹夹住的胶卷正在上面晾干。这里光线暗淡，空气潮湿，与一座暗房相仿。

老师听到了谜底，惊奇地挑起眉毛来。她摇了摇头，回身朝讲台走去。我现在写到的事情，是有生活依据的。"生活"是天籁，必须凝神静听。老师身高大约是一米五五，被紧紧地箍在发皱的绸衫里。她要踮起脚尖才能在黑板上写字。有时头发披散到脸上，她两手都是粉笔末，就用气去吹头发：两眼朝上看，三面露白，噘起了小嘴，那样子真古怪——但这件事情我已经写了很多遍了。在潮湿的教室里，日光灯一明一灭……

每次我写出这个谜底，都感到沮丧无比。因为不管我乐意不乐意，我都得回到最初的故事，揭开这个谜底。这就像自渎一样，你可以想象出各种千奇百怪的开端，最后总是一种结局：两手黏糊糊……我讨厌这个谜底。我讨厌热寂。

既然已经揭穿了谜底，这个故事可以顺利地进行下去。

现在可以说说在我老师卧室里发生的事情了："走进那房间的大门，迎着门放了一张软塌塌的床，它把整个房子都占满了，把几个小书架挤到了墙边上。进了门之后，床边紧紧挤着膝盖。到了这里，除了转身坐下之外，仿佛也没什么可做的事情，而且如果我们不转身坐下，就关不上门。等把门关上，我们面对一堵有门的墙，墙皮上有细小的裂纹，凸起的地方积有细小的灰尘，我们待在这面高墙的下面。我发现自己在老师沉甸甸手臂的拥抱之中。她抓住我的Ｔ恤衫，想把它从我头上拽下来。这件事颇不容易，你可以想象一个小个子女士在角落里搬动电冰箱，这就是当时的情形。后来她说：他妈的！你把皮带解开了呀。皮带束住了短裤，短裤又束住了Ｔ恤衫，无怪她拽不掉这件衣服，只能把我拽离地面。此时我像个待绞的死刑犯，那件衣服像个罩子蒙在我头上，什么都看不见，手臂又被袖筒吊到了半空中。我胡乱摸索着解开皮带。老师拽掉了衣服，对我说道：我可得好好看看你——你有点怪。这时我正高举着双手，一副缴枪投降的模样。这世界上有不少人曾经缴枪投降，但很少会有我这么壮观的投降模样。我的手臂很长，坐在床上还能摸到门框……"

【五】

　　假如你在街上看到我，准会以为我是个打篮球的，绝不会想到我在写作公司的小说室里上班。我身高两米一〇多。但我从来就没上过球场，连想都没敢想过——我太笨了，又容易受伤——这样就白花了很多买衣服和买鞋的钱。我穿的衣服和鞋都是很贵的。每次我上公共厕所，都会有个无聊的小男孩站到我身边，拉开拉锁假装撒尿，其实是想看看我长了一条怎样的货色。我很谦虚地让他先尿，结果他尿不出来。于是，我就抓住他的脖子，把他从厕所里扔出去。我的这个东西很少有人看到，和身坯相比，货色很一般。在成熟甚至是狰狞的外貌之下，我长了一个儿童的身体：很少有体毛，身体的隐秘部位也没有色素沉积——我觉得这是当学生当的，像这样一个身体正逐步地暴露在老师面前，使我羞愧无比——我坐在办公室里写小说，写的就是这些。上大学时我和老师恋爱，这是一个故事。这个故事正逐步暴露在读者面前，使我羞愧无比。看着这些熟悉的字句，我的脸热辣辣的。

　　我从旧故事里删掉了这样一些细节：刚一关上卧室的门，老师就用双手勾住我的脖子，努力爬了上来，把小脸贴在了我的额头上，用两只眼睛分别瞪住我的眼睛，厉声喝道：傻呵呵的，想什么呢你！我没想到她会这样问我，简直吓坏了，期期艾艾地说道：没想什么。老师说：混账！什么叫没想什么？她把我推倒在床垫上，伸手来拽我的衣服……此时我倒不害怕了。我把这些事删掉，原因是：人人都能想到这些。人人都能想到的事就像是编出来的。我总在编故事，但不希望人们看出它是编出来的。

　　"在老师的卧室里，我想解开她胸前的扣子，但没有成功。失败的原因是我手指太粗，拿不住细小的东西；还有一个原因是空气太潮，衣料的摩擦系数因此大增。她自己解决了这个问题，从绸衫下面钻了出来，然后

把它挂在门背后。门背后有个轻木料做成的架子，是个可以活动的平行四边形，上面有凸起的木钉，她把它做挂衣钩来用，但我认为这东西是一种绘图的仪器。老师留了个娃娃头，她的身材并不像我想象的那么纤细，而是小巧而又结实……"我的故事只有一种开始，每次都是从热力学的教室开始，然后来到了老师的宿舍。然后解老师胸前的扣子，怎么也解不开——这么多年了，我总该有些长进才好。我想让这个故事在别的时间、地点开始，但总是不能成功。

最近我回学校去过，老师当年住的宿舍楼还在，孤零零地立在一片黄土地上。这片地上满是碎砖乱瓦，还有数不尽的碎玻璃片在闪光。原来这里还有好几座筒子楼，现在都拆了——如果不拆，那些楼就会自己倒掉，因为它们已经太老了。那座楼也变成了一个绿色的立方体：人家把它架在脚手架里，用塑料编织物把它罩住，这样它就变得没门没窗，全无面目，只剩下正面一个小口子，这个口子被木栅栏封住，上面挂了个牌子，上书：电影外景地。听人家说，里面的一切都保留着原状，连走廊里的破柜子都放在原地。什么时候要拍电影，揭开编织袋就能拍，只是原来住在楼里的耗子和蟑螂都没有了——大概都饿死了。要用人工饲养的来充数——电影制片厂有个部门，既养耗子又养蟑螂。假如现在到那里去，电工在铺电线，周围的黄土地上停着发电车、吊车；小工正七手八脚地拆卸脚手架——这说明新版本的《师生恋》就要开拍了。这座楼的样子就是这样。这个电影据说是根据我的小说改编。我有十几年没见过老师。她现在是什么样子了，我不知道。

人在公司里只有两件事可做：枪毙别人的稿子或者写出自己的稿子供别人枪毙。别人的稿子我已经枪毙完了，现在只能写自己的稿子。在黑色的屏幕上，我垂头丧气地写道："……她从书架上拿了一盒烟和一个烟灰缸回来。这个烟灰缸上立了一只可以活动的金属仙鹤。等到她取出一支烟时，我就把那只仙鹤扳倒，那下面果然是一只打火机。为老师点烟可以满足我的恋母情结。后来，她把那支烟倒转过来，放到我嘴里。当时我不会吸烟，也吸了起来，很快就把过滤嘴咬了下来，然后那支烟的后半部就在我嘴里解体了，烟丝和烟纸满嘴都是；它的前半截，连同燃烧着的烟头，摊到了我赤裸的胸口上。老师把烟的残骸收拾到烟灰缸里，哈哈地笑起来了，然后她和我并肩躺下。她躺在床上，显得这张床很大；我躺在床上，显得这张床很小；这张床大又不大，小又不小，变成了一样古怪的东西。她钻到我的腋下，拍拍我的胸口说：来，抱一抱。我侧过身来抱住老师——这是此生第一次。在此之前，我谁都没抱过。自己不喜欢，别人也不让我抱。就是不会说话的孩子，见我伸出桅杆似的胳臂去抱他，也会受到惊吓，号啕痛哭……后来，我问老师，被我抱住时害不害怕。她看看垂在肩上的胳臂——这样东西像大象的鼻子——摇摇头上的短发，说道：不。我不怕你。我怕你干什么？"是啊是啊。我虽然面目可憎，但并不可怕。我不过是个学生罢了。

【六】

今天上午，我室全体同人——四男二女——都被毙掉了。如今世界上共有三种处决人的方法：电椅、瓦斯、行刑队。我喜欢最后一种方法，最好是用老式的滑膛枪来毙。行刑队穿着英国禁卫军的红色军服，第一排卧倒，第二排跪倒，第三排站立，枪声一响，浓烟弥漫。大粒的平头铅子弹带着火辣辣的疼痛，像飞翔的屎壳郎迎面而来，挨着的人纷纷倒地，如果能挨上一下，那该是多么惬意啊——但我没挨上。我要被钉死在十字架上。我这么大的个子，枪毙太糟蹋了。

随着下午来临，天色变得阴暗起来。夜幕就如一层清凉的露水，降临在埃及的沙漠里。此时我被从墙上解了下来，在林立的长矛中，走向沙漠中央的行刑地，走向十字架。克利奥佩屈拉坐在金色的轿子里，端庄而且傲慢。夜幕中的十字架远看时和高大的仙人掌相仿……无数的乌鸦在附近盘旋着。我侧着头看那些乌鸦，担心它们不等我断气就会把我的眼睛啄出来。克利奥佩屈拉把手放在我肩头——那些春蚕似的手指在被晒得红肿的皮肤上带来了一道道的剧痛——柔声说道：你放心。我不让它们吃你。我不相信她的话，抬头看着暮色中那两块交叉着的木头，从牙缝里吸着气说道：没关系，让它们吃吧。对不相信的事情说不在意：这就是我保全体面的方法。到底乌鸦会不会吃我，等被钉上去就知道了。克利奥佩屈拉惊奇地挑起了眉毛，先吸了一口气，然后才说：原来你会说话！

　　将近下班时，公司总编室正式通知我说，埃及沙漠里的故事脱离了生活，不准再写了。打电话的人还抱怨我道：瞎写了些什么——你也是个老同志了，怎么一点分寸都不懂呢。居然挨上了总编的枪子儿，我真是喜出望外。总编说话带着嗡嗡的鼻音，他的话就像一只飞翔的屎壳郎。他还说：新版《师生恋》的进度要加快，下个月出集子要收。我没说什么，但我知道我会加快的。至于恐龙的故事，人家没提。看来"克"没把它报上去，但我的要求也不能太高。接到这个电话，我松了一口气——我终于被枪毙了——我决定发一会儿呆。假如有人来找我的碴子，我就说：我都被枪毙了，还不准发呆吗？提到自己被枪毙，就如人前显贵。请不要以为，我在公司里待了十几年就没资格挨枪毙了。我一发呆，全室的人都发起呆来，双手捧头面对单色电脑；李清照生前，大概就是这样面对一面镜子。宋代的镜子质量不高，里面的人影面部臃肿，颜色灰暗——人走进这样的镜子，就是为了在里面发愣。今天，我们都是李清照。这种结果可算是皆大欢喜。忽听屋角哗啦一声响，有人拉开椅子朝我走来。原来还有一个人不是李清照……

　　我有一位女同事，不分季节，总穿棕色的长袖套装。她肤色较深，头上梳着一条大辫子，长着有雀斑的圆鼻子和一双大眼睛，像一个卡通里的啮齿动物。现在她朝我走来了。她长得相当好看，但这不是我注意的事。我总是注意到她长得人高马大，体重比一般人重，又穿着高跟鞋。我从来不枪毙她的稿子，她也从来不踩我——大家相敬如宾。实际上，本室有四男三女，我总把她数漏掉。但她从我身边走过时，我还是要把脚伸出来：踩不踩是她的权利，我总得给她这种机会。怀着这样的心情，我把脚放在可以踩到的地方，但心里忐忑不安。假设有一只猪，出于某种古怪的动机蹲在公路边上，把尾巴伸在路面上让过往的汽车去轧，那么听到汽车响时，必然要怀着同样忐忑不安的心情想到自己的尾巴，并且安慰自己说：司机会看到它，他不会轧我的……谁知咯的一声，我被她踩了一脚，疼痛直接印到了脑子里，与之俱来的，还有失落感——我从旁走过时，"克"都伸出脚来，但我从来不踩；像我这样的身胚踩上一脚，她就要去打石膏啦……这就是说，人家让你踩，你也可以不踩嘛。我禁不住哼了一声。因为这声呻吟，棕色的女同事停了下来，先问踩疼了没有，然后就说：晚上她要和我谈一件事。身为头头儿，不能拒绝和属下谈话，不管是白天还是晚上。虽然要到晚上谈，但我现在已经开始头疼了。

　　"在老师的卧室里，我抱着她，感到一阵冲动，就把她紧紧地搂住，想要侵犯她的身体；这个身体像一片白色的朦胧，朦胧中生机勃发……她狠狠地推了我一把，说道：讨厌！你放开！我放开了她，仰面朝天躺着，把手朝上伸着——一伸就伸到了窗台下的暖气片上。这个暖气片冬天时冷时热，冷的时候温度宜人，热的时候能把馒头烤焦，冬天老师就在上面烤馒头；中午放上，晚上回来时，顶上烤得焦黄，与同合居的烤馒头很相像——同合居是家饭馆，冬天生了一些煤球炉子，上面放着铜制的水壶，还有用筷子穿成串的白面馒头。其实，那家饭店里有暖气，但他们故意要烧煤球炉子——有一回我的手腕被暖气烤出了一串大泡，老师给我涂了些绿药膏，还说了我一顿，但这是冬天的事。夏天发生的事是，我这样躺着，沉入了静默，想着自己很讨厌；而老师爬到我身上来，和我做爱。我伸直了身体，把它伸向老师。但在内心深处还有一点不快——老师说了我。我的记恨心很重。"

我知道自己内心不快时是什么样子：那张长长的大脸上满是铅灰色的愁容。如果能避免不快，我尽量避免，所以这段细节我也不想写到。但是今天下午没有这个限制：我已经开始不快了……

"她拍拍我的脸说：怎么，生气了？我慢慢地答道：生气干什么？我是太重了，一百一十五公斤。她说：和你太重没有关系——一会儿和你说。但是一会儿以后，她也没和我说什么。后来发现，不管做不做爱，她都喜欢跨在我身上，还喜欢拿支圆珠笔在我胸口乱写：写的是繁体字，而且是竖着写，经常把我胸前写得像北京公共汽车的站牌。她还说，我的身体是个躺着很舒服的地方，当然，这是指我的肚子。肚子里盛着些柔软的脏器：大肠、小肠，所以就很柔软，而且冬暖夏凉，像个水床。胸部则不同，它有很多坚硬的肋骨，硌人。里面盛着两片很大的肺，一吸一呼发出噪声。我的胸腔里还有颗很大的心，咚咚地跳着，很吵人。这地方爱出汗，也不冬暖夏凉——说实在的，我也不希望老师睡在这个地方。胸口趴上个人，一会儿还不要紧，久了就会透不过气来。如你所知，从小到大，我是公认的天才人物。躺在老师身下时，我觉得自己总能想出办法，让老师不要把我当成一枚鸡蛋来孵着。但我什么办法都没想出来。不但如此，我连动都不能动。只要我稍动一下，她就说：别动……别动。舒服。"我和老师的故事发生了一遍又一遍，每回都是这样的——我只好在她的重压之下睡着了。要是在"棕色的"女同事身下我就睡不着。她太沉了。

【七】

随着夜幕降临，下班的时刻来临了——这原本是惊心动魄的时刻。在一片寂静中，"克"一脚踹开了我们的门。她已经化好了妆，换上了夜礼服，把黑色的风衣搭在手臂上，朝我大喝一声道：走，陪我去吃晚饭——看到我愁容满面地趴在办公桌上，她又补了一句：不准说胃疼！似乎我只能跟她到俱乐部里去，坐在餐桌前，手里拿着一把叉子，扎着盘子里的冷芦笋。与此同时，她盘问我，为什么我的稿子里会有克利奥佩屈拉——这故事的生活依据是什么。有个打缠头的印度侍者不时地来添上些又冷又酸的葡萄酒，好像嫌我胃壁还没有出血。等到这顿饭吃完，芦笋都变成酱了。我的胃病就是这样落下的。但你不要以为，因为她是头头儿我就愿意受这种折磨。真正的原因是：她是个有魅力的女人。

其实，晚饭我自会安排。我会把我室那朵最美丽的花绑架到小铺里去吃饸饹面。就像我怕冷芦笋，她也怕这种面，说这种面条像蛔虫。那家小铺里还卖另一种东西，就是卤煮火烧——但她宁死都不吃肥肉和下水。我吃面时，她侧坐在白木板凳上，抽着绿色的摩尔烟，尽量不往我这边看。但她必须回答我的逼问：在她稿子里那些被我用红笔勾掉的段落中，为什么会有个身高两米一〇的男恶棍——这个高度的生活依据何在，是不是全世界的男人都身高两米一〇。整个小饭铺弥漫着下水味、泔水味，还有民工身上的馊味。她抱怨说，回家马上就要洗头，要不然头发带有抹布味——但你不要以为我是头头儿她就愿意受这种折磨。真正的原因是：我是个身长两米多的男人。

不管身长多少，魅力如何，人的忍耐终归是有限的。等到胃疼难忍，摩尔烟抽完，我们已经忍无可忍，挑起眉毛来厉声问道：你到底要干什么？让我陪你上床吗？听到这句问话，我们马上变得容光焕发，说我没这个意思，还温和地劝告说：不要把工作关系庸俗化……其实谁也不想让谁陪着上床，因为谁都不想把工作关系庸俗化——我们不过是寻点乐子罢了。但是，假如没有工作关系，"克"肯定要和我上床，我肯定要和那朵美丽的花上床。工作关系是正常性关系的阻断剂，使它好像是种不正常的性关系。

今天晚上我没有跟"克"去吃饭，我只是把头往棕色的女同事那边一扭，说道：我不能去——晚上有事情。"克"看看我，再看看"棕色的"，终于无话可说，把门一摔，就离去了。然后，我继续趴着，把下巴支在桌面上，看着别人从我面前走过。最美丽的花朵最先走过，她穿着黑色的皮衣，大腿上带着坐出的红色压痕，触目惊心——我已经说过我不走，有事情，这就是说，他们可以先走了。这句话就如一道释放令。他们就这样不受惩罚地逃掉了。

"棕色的"要找我谈话，我猜她不是要谈工资，就是要谈房子。如你所知，我们是作家，是文化工作者，谈这种低俗事情总是有点羞涩，要避开别人。这种事总要等她先开口，她不开口我就只能等着。与此同时，我的同事带着欢声笑语，已经到了停车场上。我觉得自己是个倒霉蛋，但又无可奈何……

晚上，公司的停车场上满是夜雾，伸出手去，好像可以把雾拿到手里——那种黏稠的冷冰冰的雾。这种雾叫人怀念埃及沙漠……天黑以后，埃及沙漠也迅速地冷了下来，从远处的海面上，吹来了带腥味的风。在一片黑暗里，你只能把自己交付给风。有时候，风带来的是海洋的气味，有时带来

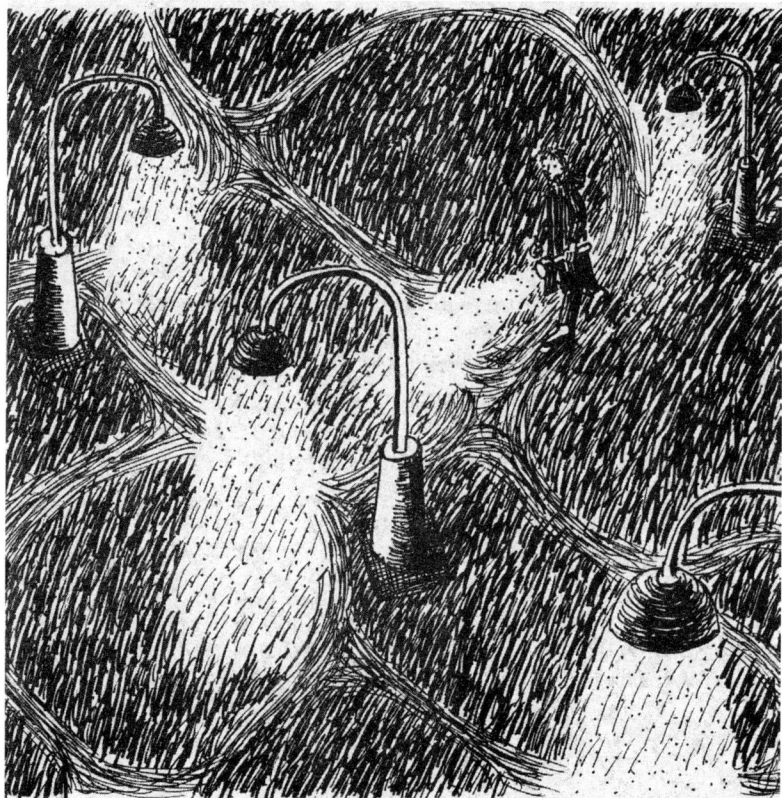

的是干燥得令人窒息的烟尘，有时则带来可怕的尸臭。在我们的停车场上，风有时带来浓郁的花香，有时带来垃圾的味道。最可怕的是，总有人在一边烧火煮沥青，用来修理被轧坏的车道。沥青熬好之后，他们把火堆熄掉——用的是自己的尿。这股味没法闻。我最讨厌从那边来的风……

我读大学时，学校建在一片荒园里。这里的一切亭榭都已倒塌，一切池沼都已干涸，只余下一片草木茂盛的小山，被道路纵横切割，从天上看来，像个乌龟壳——假如一条太古爬来的蛇颈龙爬到了我们学校，看到的就是这些。它朝着小山俯下头来，想找点吃的东西，发现树叶上满是尘土，吃起来要呛嗓子眼。于是它只好饿着肚子掉头离去。天黑以后，这里亮着疏疏落落的路灯。有个男人穿着雨衣，兜里揣着手电筒，在这里无奈地转来转去，吓唬过往的女学生——他是个露阴癖。老师的样子也像个女学生，从这里走过时，也被他吓唬过……看到手电光照着的那个东西，她也愣了一愣，然后抬头看看那张黑影里的脸，说道：真讨厌哪，你！这是冬天发生的事，老师穿着黑色的皮衣，挎着一个蜡染布的包。她总在快速的移动中，一分钟能走一百步——她在我心中的地位无可替代。这也是真实发生的事，但我不能把它写进小说里，因为它脱离了生活——除非这篇小说不叫作《师生恋》，叫作《一个露阴癖的自白》——假如我是那个露阴癖，这就是我的生活。别人也就不能说我脱离生活了。

【八】

冬天里，有一次老师来上课，带着她的蜡染布包。包里有样东西直翘翘地露了出来，那是根法国式的棍面包。上课之前她把这根面包从包里拿了出来，放在讲台上。我们的校园很大，是露阴癖出没的场所，老师遇到过，女同学也遇到过。被吓的女同学总是痛哭失声，一副不依不饶的样子。假如那个吓人的家伙被逮住了，那倒好办：她一哭，我们就揍他。把他揍到血肉模糊，她就不忍心再哭了。问题在于谁都没逮住——所以她们总是对着老师不依不饶。老师是我们的班主任，有责任安慰受惊吓的人。在讲课之前，她准备安慰一下那些被惊吓的人，没开口之前先笑弯了腰：原来昨天晚上她又碰上那个露阴癖了。那家伙撩起了雨衣的下摆，用手电照着他的大鸡巴。老师也拿出一个袖珍手电筒，照亮了这根棍面包……结果是那个露阴癖受到了惊吓，惨叫一声逃跑了。讲完了这件事，老师就接着讲她的热力学课。但听课的人却魂不守舍，总在看那根棍面包。那东西有多半截翘在讲台的外面，带着金黄色的光泽。下课后扬长而去，把面包落在了那里。同学们离开教室时，都小心地绕开它锋端所指。我最后一个离开教室，走以前还端详了它一阵，觉得它的样子很刺激，尤其是那个圆头……然后，这根面包就被遗弃在讲台上，在那里一点点地干掉。我把这件事写进了我的小说，但总是被"克"枪毙掉，并用红笔批道：脱离生活。在红色的叉子底下，她用绿笔在"棍面包"底下画了一道，批道：我知道了。她知道了什么呢？为什么要写到这个露阴癖和这根棍面包，连我自己都不知道。

晚上，办公室里一片棕色。"棕色的"穿着棕色的套装。头顶米黄色的玻璃灯罩发出暗淡的灯光，融在潮湿的空气里，周围是黑色的办公家具。墙上是木制的护墙板。现在也不知是几点了。我伸手到抽屉里取出一盒烟来——我有很多年不抽烟了，这盒烟在抽屉里放了很多年，所以它就发了霉，抽起来又苦又涩，但这正是我需要的。办公室里灯光昏暗，像一座热带的水塘——水生植物的茎叶在水里腐烂、溶化，水也因此变得昏暗——化学上把这种水叫作胶体溶液——我现在正泡在胶体溶液里。我正想要打个盹，她忽然开口了。"棕色的"首先提出要看看我的脚丫子，看看它被踩得怎样了。这是从未有过的事：以前他们都是只管踩，不管它怎样的。先是解开重重鞋带，然后这只脚就裸露出来：上面筋络纵横，大脚趾有大号香皂那么大。它穿五十八号鞋，这种鞋必须到鞋厂去定做，每回至少要买两打，否则鞋厂不肯做。总而言之，这只脚还是值得一看的，它和旧时小脚女人的脚恰恰是两个极端。我要是长了一对三寸金莲就走不了路，站在松软的地面上，我还会自己钻到土里去。小脚女人长这双大脚也走不了路，它会左右相绊——但是"棕色的"无心细看，也无心听我解说。她哭起来了。好好的她为什么要哭？就是要涨工资，也犯不着哭啊。我觉得自己穿上了一件新衬衣，浆硬的领子磨着脖子，又穿上了挤脚的皮鞋。不要觉得我什么谜都猜得出来。有些谜我猜不出来，还有些谜我根本不想猜。但现在是在公司里。我要回答一切问题，还要猜一切谜。

穿过夜雾，走上停车场，然后就可以回家了。上了一天班，没人不想回家，虽然在回家的路上可能会遭劫——不久之前，有一回下班以后，我和"棕色的"走在停车场上，拣有路灯的地方走着，但还是遇上了一大伙强盗。他们都穿着黑皮衣服，手里拿着锋利的刀子，一下子把我围住。停车场上常有人劫道，但很少见他们成群结队地来。这种劫道的方式颇有古风，但没有经济效益——用不着这么多人。我被劫过多少次，这次最热闹，这使我很兴奋，想凑凑热闹。不等他们开口说话，我就把双手高高举了起来，用雷鸣般的低音说道：请不要伤害我，我投降！脱了衣服才能看见，我的胸部像个木桶，里面盛了强有力的肺。那些小个子劫匪都禁不住要捂耳朵；然后就七嘴八舌地说：吵死了——耳朵里嗡嗡的——大叔，你是唱男低音的吧。原来这是一帮女孩，不知为什么不肯学好，学起打劫来了。其中有个用刀尖指住我的小命根，厉声说道：大叔，脱裤子！我们要你的内裤。周围的香水味呛得我连气都透不过来。真新鲜，还有劫这东西的……这回这个故事非常真实。它根本就是真事。被人拿刀子逼住，这无疑是种生活。

我苦笑着环顾四周，说道：小姐们，你们搞错了，我的内裤对你们毫无用处——你们谁也穿不上的。除非两个人穿一条内裤——我看你们也没穷到这个份上。你们应该去劫那位大婶的内裤。结果是刀尖扎了我一下，戳我的女孩说道：少废话，快点脱，迟了让你断子绝孙——好像我很怕断子绝孙似的。别的女孩则七嘴八舌地劝我：我们和别人打了赌，要劫一条男人内裤。劫了小号的裤衩，别人会赖的，你的内裤别人没的说——快脱吧，我们不会伤害你的。这个说法使我很感动：我的内裤别人没的说——我居然还有这种用处。我环顾四周，看到闪亮的皮衣上那些尖尖的小脸，还有细粒的粉刺疙瘩。她们都很激动，我也很激动，马上就要说出：姑娘们，转过身去，我马上就脱给你们……我还想知道她们赌了什么。但就在此时，她们认出了我，说道：你就是写《师生恋》的那个家伙！书写得越来越臭——你也长得是真寒碜。寒碜就寒碜，还说什么真寒碜。我觉得头里面有点疼了。头疼是动怒的前兆。你可不要提我写的书，除非你想惹我动怒。

　　停车场上，所有的路灯从树叶的后面透射出来，混在浓雾里，夜色温柔。不管是在停车场上，还是在沙漠里，都是一天最美好的时光。在停车场上，我被一群坏女孩围住，在沙漠里，我被绑在十字架上，背靠着涂了沥青的方木头，面对着一小撮飘忽不定的篝火。在半干的畜粪堆上，火焰闪动了一阵就熄灭了，剩下一股白烟，还有闪烁不定的炭火。天上看不到一颗星，沙漠里的风变得凛冽起来。那股烟常常飘到我的脸上来，像一把盐一样，让我直流眼泪。因为没有办法把眼泪擦干，就像是在哭。其实我没有哭，我只有一只眼在流泪，因为只熏着了一只。一般人哭起来都是双眼流泪，除非他是个独眼龙。

　　此时我扭过头去，看着老师——她就站在我身边，是茫茫黑夜里的一个灰色影子。她把手放在我赤裸的腿上，用尖尖的手指掐我的皮肤，说道：你一定要记住，将来的世界是银子的……这是沙漠里的事。在停车场上，我大腿里侧刺痛难当，刀尖已经深深扎进了肉里——与此同时，我头里有个地方刺疼了起来。这个拿刀子的小丫头真是坏死了。另有一个小丫头比较好，她拿了一支笔塞到我手里，说：老师，等会儿在裤衩上签个字吧。我们是大学中文系的学生，你的小说是我们的范本。我常给一些笨蛋签字，但都是签在扉页上，在裤衩上签字还是头一回。但这件事更让我头疼。我叹了口气说：好吧，这可是你们让我脱的。就把裤子脱了下来。那些女孩低头一看，吓得尖叫一声，掩面逃走；原因是我的性器官因为受到惊吓，已经勃起了，在路灯的光下留下长长的黑色影子——样子十分吓人。出了这种事，我禁不住哈哈大笑——假如我不大笑，大概还不会把她们吓跑：那声音好像有一队咆哮的老狗熊迎面扑来。在停车场的路灯下，提着裤子，挺着个大鸡巴，四周是正在逃散的小姐们，是有点不像样子。但非我之罪，谁让她们来劫我呢。

小姐们逃散之后，一把塑料壳的壁纸刀落在了地上，刀尖朝下，在地下轻轻地弹跳着。我俯身把它捡了起来，摸它的刀片——这东西快得要死，足以使我断子绝孙。我把它收到口袋里，回头去看"棕色的"。这女人站在远处，眯着眼睛朝我这边看着。她像蝙蝠一样瞎，每次下班晚了，都得有人领她走过停车场，否则她就要磕磕碰碰，把脸摔破。上班时别人在她耳畔说笑话，她总是毫无反应。所以她又是个聋子，最起码在办公室里是这样。她大概什么都没看到、没听到。这样最好。我收敛起顽劣的心情，束好裤子，带她走出停车场—— 一路上什么都没有说。但我注意到，停车场上夜色温柔……当天夜里在睡梦中，我被吊在十字架上，面对着阴燃着的骆驼粪。整个沙漠像一个隐藏在黑夜里的独眼鬼怪。老师在我耳畔低语着，说了些什么我却一句也没记住。她把手伸进我胯下的遮羞布里，那只手就如刀锋，带来了残酷的刺激。就是这种残酷的刺激使我回到了白银时代。

【九】

我在办公室里,坐在"棕色的"对面。她还没有开口,但我已经感到很糟糕了。可能她要找我谈的事既不是房子,也不是工资,而是些别的……我既不想和她谈房子,也不想谈工资——我不管房也不管工资,我只管受抱怨。但我更不想谈别的。别的事情对我更坏。

那天遇劫后,回家洗澡时,我看到胯间有个壁纸刀扎的伤口。它已经结了痂,就像个黑色的线头,对我这样的巨人来说,这样的伤口可以说是微不足道,我还是在上面贴了创可贴。但它刺疼不已,好像里面有一根针。我把那把刀找了出来,仔细地看了半天,刀片完好无损,没有理由认为伤口里有什么东西,只好让它疼下去了。也许因为疼痛的刺激,那东西就从头到脚直撅撅的,和在停车场上遇劫时一样。细说起来它还不只是直,从前往后算,大约在三分之一的长度上有点弯曲——往上翘着,像把尼泊尔人用的匕首。用这种刀子捅人,应该往肚子上捅,刀尖自然会往上挑,给人以重伤。总而言之,这种向上弯的样子实在恶毒。假如夜里"棕色的"看见了它,我就会有点麻烦。因为我有责任让她见不到它。这个东西原来又小又老实,还不算太难看,被人用刀子扎了一下,就变得又大又不老实,而且丑极了。这就是说,落下后遗症了。

在我的另一个故事里也有这样一幕:在沙漠里,克利奥佩屈拉把我的缠腰布解开,里面包裹的东西挺立起来,就如沙漠里怒放的仙人掌花。呼啸的风搅动沙砾——在锐利的沙砾中间,它显得十分浑圆,带有模糊不清的光泽,在风里摇摆不定。老师带着笑意对我说:怎么会是这样的?对此我无法解释。我低下头去,看到脚下的麻袋片里包裹的东西:一个铜锤和若干扁头钉子。老师拾起一根钉子,拿到我的面前:钉头像屎壳郎一样大,四棱钉体上还带有锻打的痕迹:这就是公元前的工艺水平,比现代的洋钉粗笨，但也有钉得结实的好处。老师就要把我钉死在十字架上，在此之前，她先要亲吻我，左手举着那根钉子，右手把那根直撅撅的东西拨开，踮起脚尖来……我抬起头来，环视四周——灰蒙蒙的沙漠里，立着不少十字架。昨天的同学都被钉在上面。人在十字架上会从白变棕、从棕变黑，最后干缩成一团，变得像一只风干的青蛙、一片烧过的纸片——变成一种熔化后又凝固的坚硬胶状物，然后在风沙中解体。我又去看老师，她已经拿起了铜锤，准备把钉子敲进我的掌心。这是变成风干青蛙的必要步骤。老师安慰我说：并不很疼。我很有幽默感地说道：那你怎么不来试试？她大笑了起来，此时我才发现，老师的声音十分浑厚。顺便说一句，我仔细考虑过怎样处死我自己：等到钉穿了双手和双足之后，让老师用一根锋利的木桩洞穿我的心脏。这样她显得比较仁慈——虽然这样的仁慈显得很古怪。在埃及妖后和行将死在十字架上的东方奴隶之间已经说了很多话，这是很罕见的事件……最后，她又一次说道：记住，将来的世界是银子的……此时，我已是鲜血淋漓，在剧痛中颤抖着。只有最残酷的痛苦才能使我离开埃及的沙漠，回到这白银世界里来。

假如这个故事有寓意的话，它应该是：在剧痛之中死在沙漠里，也比迷失在白银世界里好得多。这个寓意很恶毒。公司领导把它枪毙掉是对的。领导不笨，"克"不笨，我也不笨。我们总是枪毙一切有趣的东西。这是因为越是有趣的东西，就越是包含着恶毒的寓意。

我们的办公室在一楼，有人说，一楼的房子接地气，接地气的意思是说，这间房子格外潮湿，晚上尤甚。潮气渗透了我的衣服，腐蚀着我的筋骨。潮湿的颜色是棕色的。我的老师也是棕色的，她紧挨着我坐着，把棕色的头发盖在我肩上，告诉我说，未来的世界是银子的。这就是说，这世界早晚要沦为一片冷冰冰的、稀薄的银色混沌，你把一片黄铜含在嘴里，或者把一片锡放在嘴里反复咀嚼，会尝到金属辛辣的味道——这就是混沌的味道。这个前景可不美妙。但是老师的声音毫无悲怆之意——她声调温柔，甚至带有诱惑之意。她把一片棕色的温暖揉进了我的怀里。在这个故事里，老师的身体颀长，嘴唇和乳头都呈紫色。在一阵妙不可言的亢奋之中，我进入了一片温暖的潮湿。在这个故事里，我和老师坐在一棵大树的树根上，脚下是热带雨林里四通八达的棕色水系。只有潜入水中，才发现这种棕色透明的水是一片朦胧。有些黄里透绿的大青蛙伸直了腿，一动不动地漂在水里，就像大海里漂着的水母。波光流影在它身上浮动着。你怎么也分不清它是死了，还是活着的。这就是这种动物的谋生之道——无论蛇也好，鳄鱼也罢，都不想吃只死青蛙，会吃坏肚子的……正如在沙漠里有绿洲，埃及也会有热带的雨林和四通八达的水系，老师也会有温柔，温柔就是躺在一片棕色的阴影里，躺在盘根错节的树根上。

但是一阵电话铃像针一样扎进了我的脑子。这使我想起有个小子每礼拜三都要在停车场上劫我。我有责任马上出去被他打劫——他等得不耐烦，会拿垒球棒砸我的吉普车。我怀着忐忑的心情等着，不等拿起耳机，我就知道这个电话肯定是场灾祸。我的吉普完蛋了。吉普的零件很难找，因为车子早就停产了。要是去买辆轿车，我又坐不进去。谁让我长这么大个子——我天生是个倒霉蛋……"棕色的"还是光哭不说话。看来这个谜我是必须猜了。

我有种种不祥的预感，其中最不祥的一种就是：她要声讨我这根直立的大鸡巴。我没什么可说的，只能代它道歉，因为人家不想看见你，你却被人家看到了。我还要进一步保证说，下次它一定不这样——这样她应该满意了吧。其实下回它会怎样，我也不知道。这女人有怕黑的毛病，下班后得有人陪她走过黑暗的停车场，走到灯火通明的地方。这件事我责无旁贷：一方面，她总是像哑巴一样一声不吭，没人乐意陪她走路；另一方面，我是本室的头头儿，没人干的事我都要干。以后我还要陪她走过停车场，不知什么时候，又会遇上一群坏女孩劫我的内裤——到那时，它又要直立如故，然后"棕色的"又要来声讨我这根直直的大鸡巴。这就是说，仅仅道歉是不行的。还要让她见到这样东西时，能够不失声痛哭……我准备用老师的话来安慰"棕色的"："他直他的，我们走我们的路。"这话应该改成我直我的，你走你的路——我怀疑"棕色的"看到了我那个东西，现在正要不依不饶。假如我是露阴癖，此时就该来揍我。但我不是露阴癖。人家用刀子对着我，我才脱裤子的。这一点一定要说清楚。也许我该为那三分之一处弯曲向她道歉，但也要说清楚：人家拿刀子对着它，它才往上弯的……

【十】

公司的保安员用内线电话通知我说：该下班了。他知道有人在等着劫我。所以他是在通知我，赶紧出去给劫匪送钱；不然劫匪会砸我的车了。车在学院的停车场上被砸，他有责任，要扣他的工资。我不怕劫匪砸我的车，因为保险公司会赔我。但我怕保安被扣工资——他会记恨我，以后给我离楼最远的车位。车场大得很，从最远的地方走到楼门口有五里路。盛夏时节，走完这段路就快要中暑了。这一系列的事告诉我们的是：文明社会一环扣一环，和谐地运转着，错一环则动全身。现在有一环出了毛病——出在了"棕色的"身上。她突然开口说话了，对我说道：老大哥，我要写小说啊……

全公司的人都知道"棕色的"是个缺心眼的人，所以她说出的话不值得重视——下列事件可以证明她的智力水平：本公司有项规定，所有的人每隔两年就要下乡去体验生活——如你所知，生活这个词对写作为生的人来说，有特殊的意义。体验生活，就是在没有自来水、没有煤气、没有电的荒僻地方住上半年。根据文艺理论，这会对写作大有好处。虽有这项规定，但很少有人真去体验生活——我被轮上了六次，一次也没去。一被轮上我就得病：喘病、糖尿病，最近的一次是皮肤瘙痒症。除我之外，别人也不肯去，并且都能及时地生病。只有她，一被轮上就去了。去了才两个星期，就丢盔卸甲地跑了回来。她在乡下走夜路，被四条壮汉按住轮奸了两遍。回来以后，先在医院里住了一星期，然后才来上班。这个女人一贯是沉默寡言的，有一阵子变得喋喋不休，总在说自己被轮奸时的感受：什么第一遍还好受，第二遍有点难忍云云。后来有关部门给了她一次警告，叫她不要用自己不幸的狭隘经验给大好形势抹黑，她才恢复了常态——又变得一声不吭。才老实了半年，又撒起了癔症。此人是个真正的笨蛋。说起来我也有点惭愧：人家既然笨，我就该更关心她才对嘛。

透过我的头疼，我看到在一片棕色阴影之中，"棕色的"被关在一个竹笼子里了。这笼子非常小，她在里面蜷成了一团，手脚都被竹篾条拴在笼栅上。菲律宾的某些原始部落搬迁时，就是这样对待他们最宝贵的财产：一只猪。最大快人心的是，人家把她的嘴也拴住了。这样她就不能讲出大逆不道的语言。不管别人怎样看待她，在我眼睛里，她是个女人。她还是我的下属呢。我走向前去，打开竹笼，解开那些竹篾条。"棕色的"透了一口气，马上说道：老大哥，我要写小说！如你所知，我们在写作公司做事，每天都要写小说。她居然还要写小说。这个要求真是太过古怪……但罪不在我。

我想要劝"棕色的"别动傻念头，但想不出话来。把烟抽完之后，我就开始撕纸。先把一本公用信纸撕碎，又把一扎活页纸毁掉了：一部分变成了雪花状，另一部分做成了纸飞机，飞得办公室里到处都是。顺便说一句，做纸飞机的诀窍在于掌握重心：重心靠前，飞不了多远就会一头扎下来；重心靠后则会朝上仰头，然后屁股朝下地往下掉——用航模的术语来说，它会失速，然后进入螺旋。最后，我终于叠出了最好的纸飞机，重心既不靠前，也不靠后，不差毫厘地就在中央，掷在空中慢慢地滑翔着，一如钉在天上一样，半个钟头都不落地。看到这种绝技，不容"棕色的"不佩服。她擦干了泪水，也要纸来叠飞机。这样我们把办公桌上的全部纸张都变成了这种东西——很不幸的是，这些纸里有一部小说稿子，所以第二天又要满地捡纸飞机，拆开后往一块对，贴贴补补送上去。但这已经是第二天的事了。

　　不知不觉地到了午夜，此时我想起了自己是头头儿，就站起身来，说道：走吧，我送你回家。这是必须的："棕色的"乘地铁上下班，现在末班车早就开过了。奇怪的是：我的吉普车没被砸坏。门房里的人朝我伸出两个指头，这就是说，他替我垫了二十块钱，送给那个劫道的小玩闹。我朝他点了点头，意思是说，这笔钱我会还他的。保安可不是傻瓜蛋，他不会去逮停车场上的小玩闹——逮倒是能逮到个把，但他们又会抽冷子把车场的车通通砸掉，到那时就不好了。以前发生过这种事：几十辆车的窗玻璃都被砸掉。这就是因为保安打了一个劫匪，这个保安被炒了鱿鱼，然后他就沦为停车场上的劫匪，名声虽不好听，但收入更多。那几十辆车的碎玻璃散在地下，叫我想起了小时的事：那时候人们用暖水瓶打开水。暖水瓶胆用镀银的玻璃制成，碎在地下银光闪闪。来往的人怕玻璃扎脚，用鞋底把它们踩碎。结果是更加银光闪闪。最后有人想到要把碎玻璃扫掉时，已经扫不掉了——银光渗进了地里……在车上"棕色的"又一次开始哭哭啼啼，我感到有点烦躁，想要吼她几句——但我又想到自己是个头头儿，要对她负责任。所以，我叹了一口气，尽量温存地说道：如果能不写，还是别写吧。听到我这样说，她收了泪，点点头。这就使我存有一丝侥幸之心：也许，"棕色的"不是真想这样，那就太好了。

送过了"棕色的",我回家。天上下着雨,雨点落在地下,冒着蓝色的火花。有人说,这也是污染所致;上面对此则另有说法。我虽不是化学家,却有鼻子,可以从雨里嗅出一股臭鸡蛋味。但不管怎么说吧,这种雨确实美丽,落在路面上,就如一塘风信子花。我闭灯行驶——开了灯就会糟蹋这种好景致。偶尔有人从我身边超过,就打开车窗探出头来,对我大吼大叫,可想而知,是在问我是不是活腻了,想早点死。天上在打闪,闪电是紫色的,但听不到雷声。也许我该再编一个老师的故事来解闷,但又编不出来:我脑袋里面有个地方一直在隐隐作痛——这一天从早上八时开始,到凌晨三点才结束,实在是太长了。

【十一】

我们生活在白银时代,我在写作公司的小说室里做事。有一位穿棕色衣服的女同事对我说:她要写小说。这就是前因。猜一猜后果是什么?后果是:我失眠了。失眠就是睡不着觉,而且觉得永远也睡不着。身体躺在床上,意识却在黑暗的街道上漫游,在寂静中飞快地掠过一扇扇静止的窗户,就如一只在夜里飞舞的蝙蝠。这好像是在做梦,但睡着以后才能做梦,而且睡过以后就应该不困。醒来之后,我的感觉却是更困了。

我自己的小说写到了这里:"后来,老师躺在我怀里,把丝一样的短发对着我。这些头发里带着香波的气味。有一段时间,她一声都不吭,我以为她已经睡着了。我探出头去,从背后打量她的身体,从脑后到脚跟一片洁白,腿伸得笔直。她穿着一条浅绿色的棉织内裤。后来,我缩回头来,把鼻子埋在她的头发里。又过了一会儿,她对我说(轻轻地,但用下命令的口吻):晚上陪我吃饭。"我在鼻子里哼了一声来答应,她就爬起身来，从上到下地端详我，然后抓住我内裤的两边，把它一把扯了下来，暴露出那个家伙。那东西虽然很激动，但没多大。见了它的模样，老师不胜诧异地说道：怎么会是这样！我感到羞愧无比，但也满足了我的恋母情结。其实，她比我大不了几岁，但老师这个称呼就有这样的魔力。

起床以后，我先套上一件弹力护身，再穿上衣服，就迷迷糊糊来上班。路上是否撞死了人，撞死了几个，都一概不知。停车场上雾气稀薄……今天早上不穿护身简直就不敢出门：那东西直翘翘的，像个棍面包。但在我的小说里，我却长了个小鸡鸡。这似乎有点不真实——脱离了生活。但这是十几年前的事——在这十几年里，我会长大。一切都这么合情合理，这该算本真正的小说了吧？

"我在老师的床上醒来时，房间里只剩了窗口还是灰白色。那窗子上挂了一面竹帘子。我身上盖了一条被单，但这块布遮不住我的脚，它伸到床外，在窗口的光线下陈列着。这间房子里满是女性的气味，和夹竹桃的气味相似。夜晚将临。老师躺在我身后，用柔软的身体摩挲着我。"——以前这个情景经常在我梦里出现。它使我感到亲切、安静，但感觉不到性。因为我未曾长大成人。现在我长了一脸的粉刺疙瘩，而且长出了腋毛和阴毛，喉结也开始长大。我的声音变得浑厚。更重要的是，那个往上翘的东西总是强项不伏……书上说，这种情况叫青春期。青春期的少年经常失眠。我有点怀疑：三十三岁开始青春期，是不是太晚一点了？

早上我到了办公室，马上埋头噼里啪啦地打字，偶尔抬起头来看看这间屋子，发现所有的人都在噼里啪啦地打字，他们全都满脸倦容，睡眼惺忪，好像一夜没睡——也不知是真没睡还是假没睡。但我知道，我自己一定是这个样子。我是什么样子，他们就是什么样子，所以我不需要带镜子——有的人还在摇头晃脑，好像脑壳有二十斤重。有人用一只手托在下巴上，另一只手用一个指头打字：学我学得还蛮像呢。只有"棕色的"例外，她什么都不做，只管瞪大了眼睛看着我，眼皮红通通的，大概一夜没睡。此人的特异之处，就是能够对身边的游戏气氛一无所知。我叹了口气，又去写自己的小说了……

"晚上，老师叫我陪她去吃饭，坐在空无一人的餐馆里，我又开始心不在焉。记得有那么一秒钟，我对面前的胡桃木餐桌感兴趣，掐了它一把，发现它太重，是种合成材料，所以不是真胡桃木的。还记得在饭快吃完时，我把服务员叫来，让她到隔壁快餐店去买一打汉堡包，我在五分钟内把它们都吃了下去。这没什么稀罕的，像我这样冥思苦想，需要大量的能量。最后付账时，老师发现没带钱包。我付了账，第二天她把钱还我，我就收下了。当时觉得很自然，现在觉得有些不妥之处。"假如我知道老师在哪里，就会去找她，请她吃顿饭，或者把那顿饭钱还给她。但我不知道她在哪里。老师早就离开学校了。这就是说，我失去了老师的线索。这实在是桩罪过。

"我和老师吃完了晚饭，回到学校里去。像往常一样，我跟在她的身后。假如灯光从身后射来，就在地上留下一幅马戏团的剪影：驯兽女郎和她的大狗熊。马路这边的行人抬起头来看我一眼，急匆匆地走过；在马路对面却常有人站下来，死盯盯地看着我——在中国，身高两米一〇的人不是经常能见到的。路上老师站住了几次，她一站住，我也就站住。后来我猛然领悟到，她希望我过去和她并肩走，我就走了过去——人情世故可不是我的长项。当时已近午夜，我和老师走在校园里。她一把抓住我肋下的肉，使劲捻着。我继续一声不吭地走着——既然老师要掐我，那就让她掐吧。后来她放开我，哈哈地笑起来了。我问她为什么要笑，她说：手抽筋了。我问她要紧不要紧，她笑得更加厉害，弯下腰去……忽然，她直起身来，朝我大喝一声：你搂着我呀！后来，我就抱着她的肩头，让她抱住我的腰际。感觉还算可以——但未必可以叫作我搂她，就这样走到校园深处，坐在一条长椅上。我把她抱了起来，让她搂着我的脖子。常能看到一些男人在长椅上抱起女伴，但抱着的未必都是他的老师。后来，她叹了一口气，说道：你放手吧。我早就想这样做，因为我感到两臂酸痛。此后，老师就落在了我的腿上。在此之前，我是把她平端着的——我觉得把她举得与肩平高显得尊重，但尊重久了，难免要抽筋。"

写完了这一段之后，我把手从键盘上抬了起来，给了自己一个双风贯耳，险些打聋了——我就这么写着，从来不看过去的旧稿，但新稿和旧稿顶多差个把标点符号。像这么写作真该打两个耳刮子——但我打这一下还不是为了自己因循守旧。我的头疼犯了，打一下里面疼得轻一点……

【十二】

今天早上我醒来之前，又一次闯进了埃及沙漠，被钉在十字架上，就如一只被钉在墙上的蝙蝠。实际上，蝙蝠比我舒服。它经常悬挂在自己的翅膀上，我的胳臂可不是翅膀，而且我习惯于用腿来走路。这样横拉在空中，一时半会儿的还可以，时间长了就受不住。我就如一把倒置的提琴被放置在空中，琴身是肋骨支撑着的胸膛——胸壁被拉得薄到可以透过光来。至于琴颈，就是那个直挺挺的东西。别的部分都不见了。我就这样高悬在离地很远的地方，无法呼吸，就要慢慢地憋死了。此时有人在下面喊我：她是克利奥佩屈拉，裹在白色的长袍里，问我感觉如何。我猛烈地咽口吐沫，润润喉咙，叫她把我放下去，或者爬上来割断我的喉咙。我想这两样事里总会有一样她乐意做的。谁知她断然答道：我不。你经常调戏我。这回我看清楚了：她不是克利奥佩屈拉，而是"克"。我说：我怎么会……你是我的上司，我尊敬还尊敬不过来呢。她说道：不要狡辩了，你经常写些乱七八糟的故事给我看——你什么意思吧。事已至此，辩亦无益。我承认道：好吧，我调戏了你——放我下来。她说：没这么便宜。你不光是调戏，你还不爱我——你还有什么可说的？我无话可说。沉默了一会儿，我忽然咆哮了起来……就这样醒过来了。我失掉了在梦里和"克"辩白清楚的机会：别以为光你在受调戏，我管着七个人，他们天天调戏我……你倒说说看，他们是不是都爱我？！这个情景写在纸上，不像真正的小说。它是一段游戏文章。我整天闷在办公室里，做做游戏，也不算是罪过。这总比很直露地互相倾诉好得多。

昨天晚上，"棕色的"对我说，她要写真正的小说，这就是说，没有人要她写，是她自己要写的——正如亚里士多德说过的，假话有上千种理由，真话则无缘无故——她还扯上了亚里士多德，好像我听不懂人话似的。我还知道假话比较含蓄，真话比较直露。而这句话则是我听到过的最直露的一句话。如你所知，男女之间有时会讲些很直露的话，那是在卧室里、在床上说的。我实在不知道在什么人之间才会说："我要写真正的小说！"

我的小说就如我在写的这样。虽然它写了很多遍，但我不知道它哪一点够不上"真正的"。但"棕色的"所说的那些话就如碘酒倒到我的脑子里，引起了棕色的剧痛。上班以后，我开始一本正经地写着，这肯定有助于小说变成"真正的"。

我觉得这一段落肯定是真正的小说："那天晚上，我一直抱着老师，直到天明，嗅着她身上的女性气味——我觉得她是一种成熟的力量。至于我，我觉得自己是个小孩子。这种想法不能说没有道理，如你所知，现在我刚刚开始青春期，嘴角上正长粉刺疙瘩，当时就是更小的孩子。晚上校园里起了雾，这种白雾带有辛辣的气息。我们这样拥抱着，不知所措……

忽然间，老师对我说道：干脆，你娶了我吧——我听了害起怕来。结婚，这意味着两股成年的力量之间经常举行的交媾，远非我力所能及；但老师让我娶她，我还能不娶吗……但我没法干脆。好在她马上说道：别怕，我吓你呢。既然是吓我，我就不害怕了。"

有关成年力量间的交媾，我是这么想出来的：我现在是室里的头，上面的会也要参加，坐在会场的后排，手里拿着小本本，像煞有介事地记着。公司的领导说得兴起时，难免信口雌黄：我们是做文化工作的，要会工作，也要会生活！今天晚上回家，成了家的都要过夫妻生活……活跃一下气氛，对写作也有好处。如你所知，我没成家。回到室里高高兴兴地向下传达。那些成了家的人面露尴尬之色。到了晚上九点半，那些成年的力量洗过了淋浴，脱下睡衣，露出臃肿的身体，开始过夫妻生活。我就在这时打电话过去：老张吗？今天公司交代的事别忘了啊。话筒里传来气急败坏的声音：知道！正做着——我操你妈……说着就挂掉了。我坐在家里，兴高采烈地在考勤表上打个钩，以便第二天汇报，成年力量的交媾就是这样的。我和老师间的交媾不是成年力量间的那种。它到底该是怎样的，我还没想出来——我太困了。

我忽然想到：在以前的十稿里，都没有写过老师让我娶她——大概是以前写漏了。现在把它补进去大概是不成的："克"或者别的上司会把它挑出来，用红笔一圈，批上一句"脱离生活"。什么是生活，什么不是生活，我说了不算：这就是说，我不知道什么叫作生活。我摇摇头，把老师要我娶她那句话抹去了。

有关夫妻生活，还有些细节需要补充：听到我传达的会议精神，我们室的人忧心忡忡地回家去。在晚上的餐桌上面露暧昧的微笑，鬼鬼祟祟地说：亲爱的，今天公司交代了要过生活……听了这句话，平日最温柔体贴的妻子马上也会变脸，抄起熨斗就往你头上砸。第二天早上，看到血染的绷带，我就知道这种生活已经过完了。当然也有没缠绷带来的，对这种人我就要问一问。比方说，问那朵最美丽的花。她皱着眉头，苦着脸坐在那里，对我的问题（是否过了生活）不理不睬，必须要追问几遍才肯回答：没过！我满脸堆笑地继续：能不能问一句，为什么没过？她恶狠狠地答道：他不行！我兴高采烈地在考勤表上注明，她没过夫妻生活，原因是丈夫不行。每当上面有这种精神，我都很高兴。罗马诗人维吉尔有诗云：下雨天待在家里，看别人在街上奔走，是很惬意的。所以，老师要我娶了她，我当然不答应。万一学校里布置了要过夫妻生活，我就惬意不起来，而且我也肯定是"不行"。

我继续写道："我对老师百依百顺，因为她总能让我称心如意。当然，有时她也要吓吓我。我在长椅上冥思苦想时，她对我耳朵喊道：会想死的，你！我抬头看看她的脸，小声说道：我不会。她说：为什么你不会？我说：因为你不会让我死。她愣了一下，在我腿上直起身来说：臭小子，你说得对。然后，她把绸衫后的乳房放在我脸上，我用鼻子在上面蹭起来。校园里的水银灯颜色惨白，使路上偶尔走过的人看起来像些孤魂野鬼，但在绸衫后面，老师的乳房异常温柔——你要知道，在学校里我被视作尼斯湖怪兽，非常孤立。假如没有她肯让我亲近，我可真要死掉了。"

因为这部小说写了这么多次，这回我想用三言两语说说我和老师的性爱经历："那时候老师趴在床上，仔细端详我的那个东西。颠过来倒过去看够了以后，她说道：年复一年，咱们怎么一点都不长呢。后来，她又在我身上嗅来嗅去，从胯下嗅到腋下，嗅出这样一个结论：咱们还是没有男人味儿。我一声不吭，但心里恨得要死。看完和嗅完之后，老师跨到我身上来。此时我把头侧过去，看自己的左边的腋窝——这个腋窝大得不得了，到处凹凸不平，而且不长毛，像一个用久了的铝水勺。然后又看右面的腋窝。直到老师来拍我的脸，问我：你怎么了？我才答道：没怎么。然后继续去看腋窝。铝制的东西在水里泡久了，就会变得昏暗，表面还会有些细小的黑斑。我的腋窝也是这样的。躺在这两个腋窝中间，好像太阳穴上扣上了两个铝制水勺——我就这样躺着不动了。"

"从老师的角度来看我，就会看到一张大脸，高鼻梁、高颧骨，眉棱骨也很高，一天到晚没有任何表情——我知道自己长得什么样子。老师送我到医院去看过病，因为我总是不笑，好像得了面部肌肉麻痹症。经过检查，大夫发现我没有这种毛病，只是说了一句：这孩子可真够丑的。这使老师兴高采烈，经常冷不防朝我大喝上一声：真够丑的！做爱时我躺着不动，就像从空中看一条泛滥的河流，到处是河水的白光；她的身体就横跨在这条河上。我的那个东西当时虽小，但足够硬邦，而且是直撅撅的；最后还能像成年人一样射精。到了这种时候，她就舔舔舌头，俯下身来告诉我说：热辣辣的。因为我还能热这一下，所以她还是满意的……"这些段落和以前写的完全不同，大概都会被打回来重写，到那时再改回原样吧。我知道怎么写通得过，怎么写通不过。但我不大知道什么叫作生活。

对于性爱经历，有必要在此补充几句：如你所知，这种事以前是不让写的。假如我写了，上面就要枪毙有关段落，还要批上一句：脱离生活。现在不仅让写，而且每部有关爱情的小说都得有一些，只是不准太过分。这就是说，不过分的性爱描写已经成了生活本身。自从发生了这种变化，我小说里的这些段落就越来越简约。那些成了家的人说：夫妻生活也有变得越来越简约之势。最早他们把这件事叫作静脉注射，后来改为肌肉注射，现在已经改称皮下注射了。这就是说，越扎越浅了。最后肯定连注射都不是，瞎摸两把就算了。我的小说写到最后，肯定连热都不热。

【十三】

"毕业以后，我还常去看老师。"写到这个地方全书就接近结束了。"我开了一辆黑色的吉普车，天黑以后溜进校园去找她，此时她准在林荫道上游荡，身上穿着我的Ｔ恤衫——衫子的下摆长过了她的膝盖，所以她就不用穿别的东西了。但她不肯马上跟我走，让我陪她在校园里遛遛。遇到了熟人，她简单地介绍道：我的学生来接我了。别人抬头看看我，说道：好大的个子！她拍拍我的肚子说：可不是嘛，个子就是大。有些贫嘴的家伙说：学生搞老师，色胆包天嘛！她也拍拍我的肚子说：可不是嘛，胆子就是大……咱们把他扭送校卫队吧。但是她说的不是事实，我胆小如鼠，她一吓我，我就想尿尿。有时她也说句实话：这孩子不爱说话，却是个天才噢。假如有人觉得她穿的衣服古怪，她就解释说：他的Ｔ恤衫，穿着很凉快，袖子又可以当蒲扇。有人问，天才床上怎么样（实际情况是，着实不怎么样），她就皱起眉头来，喝道：讨厌！不准问这个问题！然后就拖着我走开，说道：咱们不理他们——老师总是在维护我。"我的稿子总是这么写的，写过很多次了。按说它该是百分之百的真实。其实这事并未发生过。所有我写的事情都未真正发生过。

也许我该从真正发生过的事情写起——我忽然想到，从老师的角度来看我，是个有趣的想法。老师留着乌黑的短发，长着滑腻的身体。我们学校的公共浴池是用校工厂废弃的车间改建的，原来的窗子用砖砌上了半截，挡住了外来的视线，红砖中间的墙缝里结着灰浆的疙瘩。顺着墙根有一溜排水沟，里面满是湿漉漉的头发。墙边还有一排粗壮的水管连接着喷头，但多数喷头已经不见了，只剩下弯曲的水龙头，像旧时铁道上用来给机车上水的水鹤。在没有天花板的屋顶下挂了几个水银灯泡，长明不灭。水管里流着隔壁一家工厂的循环水，也是长流不息。这家浴室无人看守，

门前的牌子上写着：周一三五女，二四六男，周日检修。这个规定有个漏洞，就是在夜里零点左右会出现男女混杂的情形。一般来说，没有人会在凌晨一点去洗澡，但我就是个例外。我不喜欢让别人看见我的身体，所以专找没人时去洗澡。有一回我站在粗壮的水柱下时，才发现在角落里有个雪白的身体……这件事发生在我上大一时，老师还没教过我们课——从她的角度看来，我罩在一层透明的水膜里，一动不动，表情呆滞，就如被冻在冰柱里一样。她朝我笑了笑，说道：真讨厌哪，你。然后就离去了。这就是一切故事的起因。

从老师的角度来看我，会看到有一根水柱冻结在我头顶上，我的头发像头盔一样扣在脑袋上。一层水壳结在我的身上，在我身体的凸出部位，则有一些水柱分离出来，那是我的耳朵、眉棱骨的外侧、鼻子、下巴。从下巴往下，直到腰际再没有什么凸起的地方了。有一股水柱从小命根上流下来，好像我在尿尿。那东西和一条即将成蛹的蚕有些相似。现在我不怕承认：我虽然人高马大、智力超群，却是个小孩子。直到不久之前，我洗澡和游泳都要避人。虽然我现在能把停车场上的小姐吓跑，但不能抹杀以前的事。老师说过我讨厌之后，就扬长而去，挺着饱满的乳房，迈开坚实的小腿，穿着一条淡绿色的内裤，趿拉着一双塑料凉鞋。她把绿色绸衫搭在手臂上没穿，大概是觉得在我面前无须遮挡。此时在浴室里，无数的水柱奔流着。我站在水柱里，很不开心。小孩子不会愤怒，只会不开心。这就是这个故事的起因。这件事情是真实的，但我没有写。

很多年来，我一直在老师的阴影下生活。这位老师的样子如前所述，她曾经拿根棍棒面包去吓唬露阴癖，还在浴室里碰见过我——但我们之间什么都没发生过。但我一直在写她：这是不是真正的小说，我有点搞不清楚了。也许，我还可以写点别的。比方说，写写我自己。我的故事是这样的：

大学毕业以后，他们让我到国家专利局工作：众所周知，爱因斯坦就是在专利局想出了相对论，但我在那儿什么都没想出来。后来他们把我送到了国家实验室、各个研究所，最后让我在大学里教书。所有天才物理学家待过的地方我都待过，在哪儿都没想出什么东西来——事实证明，我虽然什么题目都会做，却不是个天才的物理学家；教书我也不行，上了讲台净发愣。最后，他们就不管我了，让我自己去谋生。我干过各种事：在饭店门口拉汽车门，在高级宾馆当侍者……最古怪的工作是在一个叫作丰都城的游乐宫里干的：装成恶鬼去吓唬人。不管干什么，都没混出自己的房子，要租农民房住，或者住集体宿舍。我睡觉打呼噜，住集体宿舍时，刚一睡着，他们就往我嘴里挤牙膏，虽然夜里两点时刷牙为时尚早。最后我只好到公司来工作。公司一听我在外面到处受人欺负——这是我心地纯洁的标志——马上录取了我。同事都很佩服我的阅历，惊叹道：你居然能在外面找到事情做！但这并不是因为我明白事理，达练人情——我要真有这些本事就不进公司。我能找到这些工作只是因为我个子大罢了。

当年我在丰都城里掌铡刀，别人把来玩的小姐按到铡刀下，我就一刀铡下去——铡刀片子当然是假的——还不只是假的，它根本就不存在，只是道低能激光。有的小姐就在这时被吓晕过去了，个别的甚至到了需要赶紧更换内裤的程度。另外一些则只是尖叫了一声，爬起来活动一下脖子，伸手到我身上摸一把。我赶紧跳开，说道：别摸——沾一手——全是青灰。不管是被吓晕的还是尖叫的，都很喜欢铡刀这个把戏。到下一个场景，又是我挥舞着钢叉，把她们赶进油锅：那是一锅冒泡的糖浆。看上去吓人，实际只有三十度——泡泡都是空气。这个糖浆浴是很舒服的：我就是这么动员她们往下跳，但没有人听。小姐们此时已经有了经验，不那么害怕，东躲西藏，上蹿下跳，既躲我手上的钢叉，又躲我腰间那根直挺挺的大阴茎。但也有些泼辣的小姐伸手就来拔这个东西，此时我只好跳进油锅去躲避——那是泡沫塑料做的，拔掉了假的，真的就露出来了。既然我跳了油锅，就不再是丰都城里的恶鬼，而是受罪的鬼魂。所以老板要扣我的工资，理由是：我请你，是让你把别人赶下油锅，不是让你下油锅的……作为雇员，我总是尽心尽责，只是时常忘了人家请我来做什么。作为男人，我是个童男子……这就是一切事实。结论是：我自己没什么可写的。

【十四】

现在到了交稿的时间，同事们依次走到我面前。我说：放下吧，我马上看。谢谢你。与此同时，我头也不抬，双脚收在椅子下面——我既不肯枪毙他，也不让他踩我的脚。这就是说，我心情很坏。他放下稿子，悄悄地走出门去，就像在死人头前放上鲜花一样。我是这样理解此事：权当我的葬礼提前举行了。最后一个人走到我面前时，我也是如此说。她久久地不肯放下稿子，我也久久地不肯抬头看她。后来，她还是把稿子放下了。但她不肯走出去，和别人一样到屋顶花园去散步，而是走到桌子后面，蹲了下来，双手把我的一只脚搬了出来，放在地面上，然后站起身来，在上面狠命地一踩。这个人就是"棕色的"。我慢慢地抬起头来看着她，发现她的眼睛好像犯了结膜炎一样。我这一夜在失眠，她这一夜在痛哭。虽然她现在正单足立在我的足趾上，但我不觉得脚上比头里更疼——虽然足趾疼使头疼减轻了很多。这种行径和撒娇的坏孩子相仿，但我没有责备她。她见我无动于衷，就俯下身来，对着我的耳朵说：看见你的那东西了——

难看死了！她想要羞辱我。但我还是无动于衷，耸了耸肩膀说：难看就难看吧。你别看它不就得了……

在我的小说里，我遇到了一个谜语：世界是银子的。我答出了谜底：你说的是热寂之后。现在我又遇到了一个谜语："棕色的"女同事要写真正的小说。我应该答出谜底：你要写的是……我要是知道谜底就好了。也许你不像我，遇到任何谜语都要知道谜底。但你也不像我，从小就是天才儿童。希腊神话里说，白银时代的人蒙神的恩宠，终生不会衰老，也不会为生计所困。他们没有痛苦，没有忧虑，一直到死，相貌和心境都像儿童。死掉以后，他们的幽灵还会在尘世上游荡。我想他们一定用不着回答这样的问题：什么是真正的小说。如你所知，我一直像个白银时代的人。但自从在停车场上受到了惊吓，我长出一根大鸡巴来了。有了这种丑得要死的东西，我开始不像个白银时代的人了……

中午时分，所有的人都到楼顶花园透风去了，"棕色的"没去。抓住这没人的机会，她正好对我"诉求"一番——我不知这个词是什么意思，但我觉得这词很逗。她在我面前哀哀地哭着，说道：老大哥，我要写小说啊……大颗大颗的泪珠在她脸上滚着，滚到下巴上，那里就如一棵正在融化的冰柱，不停地往下滴水。我迷迷糊糊地瞪着她，在身上搜索了一阵，找到了一张纸餐巾（也不知是从哪里抄来的），递给了她。她拿纸在脸上抹着，很快那张纸餐巾就变成了一些碎纸球。穿着长裤在草地上走，裤脚会沾上牛蒡，她的脸就和裤脚相仿。我叹了口气，打开抽屉，取出一条新毛巾来，对她说：不要哭了。就给她擦脸。擦过以后，毛巾上既有眼泪，又有鼻涕，恐怕是不能要了。"棕色的"不停地打着噎，满脸通红，额头上满是青筋。我略感不快地想道：以后我抽屉里要常备一条新毛巾，这笔开销又不能报销——转而想道：我要对别人负责，就不能这么小气。然后，我对"棕色的"说：好了，不哭——回去工作吧。她带着哭腔说：老大哥，我做不下去——再扯下去又要哭起来。我赶紧喝住她：做不下事就歇一会儿。她说坐着心烦。我说，心烦的时候，可以打打毛衣，做做习题。她愣了一会儿说：没有毛衣针。我说：等会儿我给你买——这又是一笔不能报销的开支。我打开写字台边的柜子，从里面拿出一本旧习题集，递给她，叫她千万别在书上写字——这倒不是我小气，这种书现在很难买到了。

　　过去，我做习题时，总是肃然端坐，把案端的台灯点亮，把习题书放在桌子的左上方，仔细削一打铅笔，把木屑、铅屑都撮在桌子的右上角，再用橡皮胶条缠好每一支笔（不管什么牌子的铅笔，对我来说总是太细），发上一会儿呆，就开始解题了。起初，我写出的字有蚊子大小，后来是蚂蚁大小，然后是跳蚤大小，再以后，我自己都看不到了。所有的问题都沉入了微观世界。我把笔放下，用手支住下巴，沉入冥思苦想之中。"棕色的"情况和我不同，她把身体倚在办公桌上，脖子挺得笔直，眼睛朝下愤怒地斜视着习题纸，三面露白，脸色通红，右手用力按着纸张，左手死命地捏着一支铅笔（她是左撇子），在纸上狠命地戳着——从旁看去，这很像个女凶手在杀人——很快，她就粉碎了一些铅笔，划碎了一些纸张，把办公桌面完全写坏。与此同时，她还大声念着演算的过程，什么阿尔法、贝塔，声震屋宇。胆小一点的人根本就不敢在屋里待着。不管怎么说吧，我把她治住了。现在习题对我不起什么作用，我把这世界所有值得一做的习题都做完了。但我是物理系毕业的，数理底子好。"棕色的"则是学文科的——现有的习题够她做一辈子了。

　　大学时期，我在宿舍里，硬把身体挤入桌子和床之间狭窄的空间坐下，面对着一块小小桌面和厚厚的一堆习题集发着呆。我手里拿着一支铅笔，但很少往纸上写，只是把它一截截地捏碎。不知不觉中，老师就会到来。她好像刚从浴室回来，甩着湿淋淋的头发，递给我一张抄着题目的卡片，说道：试试这个——你准不会。我慢慢地把它接过来，但没有看。这世界上没有我不会解的数学题——这是命里注定的事情。还有一件事似乎也是命里注定：我会死于抑郁症。不知不觉之中，老师就爬到了对面的双层床顶上，把双脚垂在我的面前。她用脚尖不停地踢我的额头，催促道：愣什么？快点做题！我终于叹了一口气，把卡片翻了过来，用笔在背面写上答案，然后把它插到老师的趾缝里——她再把卡片拿了起来，研究我写的字，而我却研究起那双脚来：它像婴儿的脚一样朝内翻着。我的嗅觉顺着她两腿中间升了上去，一直升入了皮制的短裙，在那里嗅到了一股夹竹桃的气息。因为这种气味，我拥有了老师洁白娇小的身体，这个身体紧紧地裹在皮革里……她从床上跳了下来，蹲在我的面前，抱住我的脑袋说：傻大个儿，你是个天才——别发愣了！我忽然觉得，我和老师之间什么都发生过——我没有虚构什么。

我面对着窗子，看到玻璃外面长了几株绿萝。这种植物总是种在花盆里，绕着包棕的柱子生长，我还不知道它可以长在墙脚的地下，把藤蔓爬在玻璃上。走近一点看得更清楚：绿萝的蔓条上长有吸盘，就如章鱼的触足一样，这些吸盘吸住玻璃，藤蔓在玻璃上生长，吸盘也像蜗牛一样移动着，留下一道黏液的痕迹，看起来有点恶心。然后它就张开自己的叶子。这些叶子有葵叶大小，又绿又肥，把办公室罩进绿荫里。科学技术在突飞猛进，有人把蜗牛的基因植到绿萝里，造出这种新品种——这不是我这种坐在办公室里臭编的人所能知道的事。我知道的是，坐在这些绿萝下，就如坐在藤萝架下。这种藤萝架可以蔓延数千里，人也可以终生走不出藤萝架，这样就会一生都住在一道绿色的走廊里，这未尝不是一种幸福。这不是不能实现的事：只要把人的基因植到蚂蚁里，他（或者她）觉得自己是人，其实只是蚂蚁；此后就可以在一个盆景里得到这种幸福，世界也会因此变得越来越新奇。……我回头看看"棕色的",在绿荫的遮蔽下,显得更棕了。她吭吭哧哧地和一些三角恒等式纠缠不休。这是初中二年级的功课,她已经有三十五岁了。我不禁哑然失笑:以前我以为自己只有些文学才能,现在才发现,作践起人来,我也是一把好手。我真不知道自己有多聪明——而且我现在还是迷迷糊糊的。我就这么迷迷糊糊地回家去睡觉——再不睡实在也撑不住了。

【十五】

天终于晴了。在雾蒙蒙的天气里,我早就忘了晴天是什么样子,现在算是想起来了。晴天就是火辣辣的阳光——现在是下午五点钟,但还像正午一样。我从吉普车里远远地跳出去,小心翼翼地躲开金属车壳,以免被烫着,然后在粘脚的柏油地上走着。远远地闻见一股酒糟味,哪怕是黑更半夜什么都看不见,闻见这股味也知道到家了。这股馊臭的味道居然有提神的功效。闻了它,我又不困了。

我宿舍的停车场门口支着一顶太阳伞,伞下的躺椅上躺着一个姑娘,戴着墨镜,留着马尾辫,穿着鲜艳的比基尼,把晒黑了的小脚跷在茶几上。我把停车费和无限的羡慕之情递给她,换来了薄薄的一张薄纸片——这是收据,理论上可以到公司去报销。但是报销的手续实在让人厌烦。走过小桥时,下面水面上漂着密密麻麻的薄纸片,我把手上的这一张也扔了下去。这条河里的水是乳白色的,散发着酒糟和淘米水的味道。这股水流经一个造酒厂,或者酱油厂,总之是某个很臭的小工厂;然后穿过黑洞洞的城门洞——我们的宿舍在山上,是座城寨式的仿古院子——门洞里一股刺眼睛的臊味,说明有人在这里尿尿。修这种城门洞就是要让人在里面尿尿。门洞正对着一家韩国烧烤店，在阳光下白得耀眼。在烧烤店的背后，整个山坡上满是山毛榉、檞树，还有小小的水泥房子。所有的树叶都沾满了黑色的粉末，而且是黏糊糊的——叶子上好像有油。山毛榉就是香山的红叶树，但我从没见它红过；到了秋天，这山上一片茄子的颜色。这地方还经常停电。为了这一切——这种宿舍、工资，每天要长衣长裤地去上班，到底合算不合算，还是个问题。

我现在穿的远不是长衣长裤。刚才在停车场上付费时，我从那姑娘的太阳镜反光里，看清了我自己的模样。我穿着的东西计有：一条一拉得领带，一条很长的针织内裤，里面鼓鼓囊囊的，从内裤两端还露出了宽阔的腹股沟，和黑黢黢的毛——还有一双烤脚的皮鞋，长衣长裤用皮带捆成一捆背在了背上；手里还提着一个塑料冰盒子。那个女人给我收据时，嘴角露出了一丝笑意，可见别人下班时不都是这种穿着。她的嘴角松弛，脖子上的皮也松弛了，不很年轻了。但这不妨碍我对她的羡慕之情。看守停车场和我现在做的事相比，自然是优越无比。

我的房子在院子的最深处，要走过很长的盘山道才能走到。这是幢水泥平房，从前面走进门厅，就会看到另一座门，通向后院。这两道门一模一样，连门边的窗户也是一模一样。早上起来，我急匆匆地去上班，但时常发现走进了后院。后院里长满了核桃树，核桃年复一年落在地下，青色的果壳裂开，铺在地下，终于把地面染得漆黑。至于核桃坚果，我把它扫到角落里，堆成了一堆。这座院子的后墙镶在山体上，由大块的城砖砌成，这些砖头已经风化了，变成了坚硬的海绵。但若说这堵墙是古代遗留下来的，又不大像。我的结论是：这是一件令人厌恶的假古董——墙上满是黑色的苔藓。在树荫的遮蔽下，我的后院漆黑一团。不管怎么说吧，这总是我自己的家。每当我感到烦闷，想想总算有了自己的家，感觉就会好多了。

不知你见没见过看停车场的房子——那种建筑方头方脑，磨砖对缝。有扇窗子对着停车场的入口，窗扇是横拉的，窗下放着一张双屉桌，桌子后面是最好的发愣场所；门窗都涂着棕色的油漆，假如门边不挂牌子，就很容易被误认为收费厕所。这房子孤零零的，和灯塔相似。

日暮时分，我走到门外，在落日的余晖下伸几个懒腰，把护窗板挂在窗户上，回到屋里来，在黑暗中把门插上，走进里间屋——这间房子却异常明亮。灿烂的阳光透过高处的通气窗，把整个顶棚照亮。如你所知，这屋里有张巨大的床。我的老师穿着短短的皮衣，躺在床上。她的手臂朝上举着，和头部构成一个 W 形，左手紧握成拳，右手拿着小皮包，脖子上系着一条纱巾——老师面带微笑。她的双脚穿着靴子，伸到床外。实际上，她是熟睡中的白雪公主。我在她身边坐下，床瘪了下去，老师也就朝我倾斜过来。我伸手给她脱去靴子，轻轻地躺了下来，拉过被子把自己盖住，睁大眼睛看着天花板——它正在一点点地暗下去。第二天早上，我又会给老师穿上靴子，到外面上班……老师会沉睡千年，这种过程也要持续千年。我们之间什么都没发生过——虽然那东西一直是直翘翘的。这件事没法写进小说里，因为它脱离了生活。按现在的标准，生活是皮下注射。但这不是真正的生活。什么是真正的生活呢？我又记不得了。这个故事我写了十一遍，我能记住其中的每一句话。但它是真是假，我却记不得了！

我在家里，脱掉内裤，解开腰上的重重包裹。旧时的小脚女人在密室里，一定也是怀着同样的欣快感，解开自己的裹脚布。那东西获得了解放，弹向空中。我现在有双重麻烦：一是睡不着觉，二是老直着。我还觉得自己在发烧，但到医务室一量体温，总是三十六度五——那东西立在空中，真是丑死了。在学校里，我是天才学生，在公司里我是天才人物。你知道什么是天才的诀窍吗？那就是永远只做一件事。假如要做的事很多，那就排出次序，依次来干。刚才在公司，这个次序是：1.写完我的小说；2.告诉"棕色的"什么是真正的小说。现在的次序是：1.自渎；2.写完小说；3.告诉"棕色的"什么是真正的小说。在此之前，我先去找一样东西。这次序又变成了：1.找到那样东西；2.自渎……这样一个男人，赤身裸体，在家里翻箱倒柜，这样子真是古怪透了……但我还是去找了，并把它从床底下拖了出来。把那个破纸箱翻到底，就找到了最初的一稿。打印纸都变成了深黄色，而且是又糟又脆，后来的稿子就不是这样：这说明最早的一稿是木浆纸，后来的则是合成纸。这一稿上还附有鉴定材料：很多专家肯定了它的价值，所以它才能通过。现在一个新故事也得经过这样的手续才能出版、搬上银幕——社会对一个故事就是这么慎重。每页打印纸上都有红墨水批的字：属实。以下是签字和年月日。在稿上签字的是我的老师。为了出版这本书，公司把稿子交她审阅，她都批了属实。其实是不属实。不管属实不属实，这些红色的笔迹就让我亢奋。假设小说的女主人公是克利奥佩屈拉，就没人来签字，小说也就出不来。更不好的是：手稿上没有了这些红色笔迹，就不能使我亢奋。

如你所知，我们所写的一切都必须有"生活"作为依据。我所依据的"生活"就是老师的签字——这些签字使她走进了我的故事。不要以为这是很容易的事：谁愿意被人没滋没味地一遍遍写着呢。老师为我做出了重大的牺牲。后来我到处去找老师，再也找不到——她大概是躲起来了。但是这些签字说明她确实是爱我的——就是这些签字里包含的好意支持着这个故事，使我可以一遍遍地写着，一连写了十一次。

【十六】

　　他们现在说，我这部小说有生活。他们还说，现在缺少写学生生活的小说。我说过，生活这个词有很古怪的用法：在公司内部，我们有组织生活、集体生活。在公司以外，我们有家庭生活、夫妻生活。除此之外，你还可以去体验生活。实际上，生活就是你不乐意它发生但却发生了的事……和真实不真实没有关系。我初写这部小说时，他们总说我的小说没有生活，这不说明别的，只说明当时这篇小说在生活之外，还说明我很想写这篇小说；现在却说有了生活，这不说明别的，只说明它完全纳入了生活的轨道，还说明我现在不想写这篇小说了。

　　老师的生活是住在筒子楼里，每天晚上到习题课上打瞌睡，在校园里碰上一个露阴癖；而和一个大个子学生恋爱却不在她的生活之中。她在我的初稿上签字，说我写到的事情都是她的生活，原因恰恰是：我写到的不是她的生活——这件事起初是这样的。结果事情发展下去走了味儿：我一遍遍地写着，她一遍遍地签字，这部小说也变成了她的生活。所以她离开了学校，一走了之。

　　早上我去上班之前，要花大量的时间梳妆，把脸刮干净，在脸上敷上冷霜，描眉画目。这是很必要的，我的脸色白里透青，看上去带点鬼气，眉毛又太稀。然后在腋下喷上香水，来掩饰最近才有的体味。我的形体顾问建议我穿带垫子的内衣，因为我肌肉不够发达。他还建议我用带垫子的护身，但现在用不着了，那东西已经长得很大。然后我出门，在上班的路上还要去趟花店，给"棕色的"买一束红色的玫瑰花。在花店里，有个穿黑皮短裙的女孩子对我挤眉弄眼，我没理她。后来她又跟我走了一路，一直追到停车场，在我身后说些带挑逗意味的疯话……最后，她终于拦住我的车门，说道：大叔，别假正经了——你到底是不是只鸭？我闷声喝道：滚蛋！把她撵走了。这种女孩子从小就不学好，功课都是零分，中学毕业就开始工作；和我们不是一路人。然后我坐在方向盘后面唉声叹气，想着"棕色的"从来就没有注意过我。要是她肯注意我，和我闲聊几句，起码能省下几道数学题。她解题的速度太快，现有的数学题不够用了。

有关"棕色的"女同事要写真正的小说，我现在有如下结论：撇开写得好坏不论，小说无所谓真伪。如你所知，小说里准许虚构，所以没有什么真正的小说。但它可以分成你真正要写的小说和你不想写的小说。还有另外一种区分更有意义：有时候你真正在写小说，但更多的时候你是在过着某种生活。这也和做爱相仿：假如一个男人和一个女人双方都想做，那他们就是真正在做爱。假如他们都不想，别人却要求他们做，那就不是做爱，而是在过夫妻生活。我们坐在办公室里，不是在写小说，而是在过写作生活。她在这种生活中过腻了，就出去体验生活——这应该说是个错误。体验到的生活和你在过的生活其实是毫无区别的。

我知道，"棕色的"要做的事是：真正地写小说。要做这件事，就必须从所谓的生活里逃开。想要真正地写，就必须到生活之外。但我不敢告诉她这个结论。我胆子很小，不敢犯错误。

现在"棕色的"每天提前到班上来，坐在办公桌后面，一面打毛衣，一面做习题。她看起来像个狡猾无比的蜘蛛精，一面操作着几十根毛衣针，一面看着习题集——这本习题集拿在一位同事的手里。她嘴里咬着一支牙签，把它咬得粉碎，再吐出来，大喝一声："翻篇儿！"很快就把一本习题集翻完，她才开始口授答案。可怖的是，没有一道做错的。我把同事都动员起来，有的出去找习题，有的给她翻篇儿。我到班上以后，把这束玫瑰花献给她，她只闻了一下，就丢进了字纸篓，然后哇哇地叫了起来：老大哥，这些题没有意思！我要写小说！她一小时能做完一本习题集，但想不出真正的小说怎么写，让我告诉她。按理说，我该搧她个嘴巴，但我只叹了一口气，安慰她道：不要急，不要急，我们来想办法。然后坐到自己的位子上了。

在"棕色的"写作生活中，她在写着一个比《师生恋》更无聊的故事。她和我们的不同之处在于，她不会瞎编一些故事来发泄愤怒。因此她就去体验生活，然后被人轮奸了。这说明她很笨，不会生活。既然生活是这样的索然无味，就要有办法把它熬过去。这件事可不那么容易……起码比解习题要难多了。

"棕色的"告诉我说：那件事发生以后，她坐在泥地上，忽然就怕得要命。也不知为什么，她想到这些人可能会杀她灭口……她想得很对，强奸妇女是死罪，那些乡下小伙子肯定不想被她指认出来。虽然当时很黑，但她说，看到了那些人在背后打手势。这是件令人诧异的事：我知道，她原来像蝙蝠一样的瞎，在黑地里什么都看不见。但我平时像个太监，被刀尖点着的时候，也变得像一门大炮；所以这件事是可信的。有一个家伙问她：你认不出我们吧？她顺嘴答道：认不出来。你们八个我一个都认不出来。那些人听了以后，马上就走，把她放过去了。这个回答很聪明：明明是四个人，她说是八个。换了我，也想不出这么好的脱身之策。但她因此变得神经兮兮的，让我猜猜她为什么会这么怕死。如你所知，我最擅长猜谜，但这个谜我没猜出来。这谜底是：我这么怕死，说明我是活着的。这真是所罗门式的答案！现在恐怕不能再说她是傻瓜了。实际上，她去体验生活确实是有收获的。首先，她发现了自己不想死，这就是说，她是活着的。既然她是活着的，就有自己的意愿。既然有自己的意愿，就该知道什么是真正在写小说。但她宁愿做个吃掉大量习题的母蝗虫，也不肯往这个方向上想。我也不愿点破这一点：自己在家里闷头就写，不要告诉任何人。这样就是真正在写小说。我不敢犯错误，而且就是犯了错误，也不会让你知道。

我注意到"棕色的"总在咬牙签，把齿缝咬得很宽。应该叫她不咬牙签，改吃苹果——照她这个疯狂的样子，一天准能吃掉两麻袋苹果，屙出来的屎全是苹果酱……我现在是在公司里，除了"生活"无事可做。所以，我只能重返大学二年级的热力学教室，打算在那里重新爱上老师。

未来世界·

自序

　　有些读者会把《未来世界》当作一部科幻小说，我对此有些不同意见。写未来的小说里，当然有很多属于科幻一类，比如说威尔斯（Wells，H.G.）的很多长篇小说，但若把乔治·奥威尔的《1984》也列入科幻，我就不能同意。这是因为科学技术的发展在《1984》中并不是主题。我们把写过去的小说都叫作历史小说，但卡尔维诺的小说《我们的祖先》里，也毫无真实历史的影子。有一些小说家喜欢让故事发生在过去或者未来，但这些故事既非对未来的展望，也非对历史的回顾，比之展望和回顾，他们更加关注故事本身。有了这点区别，我们就可以把奥威尔和卡尔维诺的作品从科幻和历史小说中区别出来，这些作品可以简单地称之为小说。我想，这个名称就够了。

　　我喜欢奥威尔和卡尔维诺，这可能因为，我在写作时，也讨厌受真实逻辑的控制，更讨厌现实生活中索然无味的一面。假如说，知识分子的责任就是批判现实的话，小说家憎恶现实的生活的某一方面就不成立为罪名。不幸的是，大家总不把小说家看成知识分子。起码，和秃顶的大学教授相比，大家总觉得他们不像些知识分子。但我总以为，这样的想法是不对的。

　　敏锐的读者可能会说，我写这些无非是要说明，我写的是小说，我是知识分子。我的用意就是如此。文艺理论以为，作品应该"源于生活，高于生活"，但我认为，起码现实生活中的大多场景是不配被写进小说里的。所以，有时想象比摹写生活更可取。至于说到知识分子，我以为他们应该有些智慧，所以，在某些方面见解与常人是不同的。我是这样想的。至于《未来世界》能不能使读者体会到这些想法，就不是我所能知道的了。

　　　　　　　　　　　　　　　　　　1995 年 4 月 27 日于北京

上篇　我的舅舅

第一章

【一】

　　我舅舅上个世纪（二十世纪）末生活在世界上。有件事我们大家都知道：在中国，历史以三十年为极限，我们不可能知道三十年以前的事。我舅舅比我大了三十多岁，所以他的事我就不大知道——更正确的说法是不该知道。他留下了一大堆的笔记、相片，除此之外，我还记得他的样子。他是个肤色黝黑的大个子，年轻时头发很多，老了就秃了。他们那个时候的事情，我们知道的只是：当时烧煤，烧得整个天空乌烟瘴气，而且大多数人骑车上班。自行车这种体育器械，在当年是一种代步工具，样子和今天的也大不相同，在两个轮子之间有一个三角形的钢管架子，还有一根管子竖在此架子之上。流传到现在的车里有一小部分该管子上面有个车座，另一部分上面什么都没有；此种情形使考古学家大惑不解，有人说后一些车子的座子遗失了，还有人提出了更深刻的解释——当时的人里有一部分是受信任的，可以享受比较好的生活，有座的车就属于他们。另一部分人不受信任，所以必须一刻不停地折磨自己，才能得到活下去的权利，故而这种不带座子的自行车就是他们对肛门、会阴部实施自残自虐的工具。根据我的童年印象，这后一种说法颇为牵强。我还记得人们是怎样骑自行车的。但是我不想和权威争辩——上级现在还信任我，我也不想自讨没趣。

　　我舅舅是个作家，但是在他生前一部作品也没发表过，这是他不受信任的铁证。因为这个缘故，他的作品现在得以出版，并且堆积在书店里无人问津。众所周知，现在和那时大不一样了，我们的社会发生了重大转折，走向了光明——不管怎么说吧，作为外甥，我该为此大为欢喜，但是书商恐怕会有另一种结论。我舅舅才情如何，自然该由古典文学的研究者来评判，我知道的只是：现在纸张书籍根本不受欢迎，受欢迎的是电子书籍，还该有多媒体插图。所以书商真的要让我舅舅重见天日的话，就该多投点资，把我舅舅的书编得像点样子。现在他们又找到我，让我给他老人家写一本传记，其中必须包括他骑那种没有座的自行车，并且要考据出他得了痔疮，甚至前列腺癌。但是根据我掌握的材料，我舅舅患有各种疾病，包括关节炎、心脏病，但上述器官没有一种长在肛门附近，是那种残酷的车辆导致的。他死于一次电梯事故，一下子就被压扁了，这是个让人羡慕的死法，明显地好于死于前列腺癌。这就使我很为难了。我本人是学历史的，历史是文科；所以我知道文科的导向原则——这就是说，一切形成文字的东西，都应当导向一个对我们有利的结论。我舅舅已经死了，让他死于痔疮、前列腺癌，对我们有利，就让他这样死，本无不可。但是这样一来，我就不知死在电梯里的那个老头子是谁了。他死时我已经二十岁，记得事。当时他坐电梯要到十四楼，却到了地下室，而且变得肢体残缺。有人说，那电梯是废品，每天都坏，还说管房子的收了包工头的回扣。这样说不够"导向"——这样他就是死于某个人的贪心，而不是死于制度的弊病了。必须另给他个死法。这个问题我能解决，因为我在中文系修了好几年的写作课，专门研究如何臭编的问题。

有关历史的导向原则，还有必要补充几句，它是由两个自相矛盾的要求组成的。其一是，一切史学的研究、讨论，都要导出现在比过去好的结论；其二是，一切上述讨论，都要导出现在比过去坏。第一个原则适用于文化、制度、物质生活，第二个适用于人。这么说还是不明白。无数的史学同人就因为弄不明白栽了跟头。我有个最简明的说法，那就是说到生活，就是今天比过去好；说到老百姓，那就是现在比过去坏。这样导出的结论总是对我们有利的，但我不明白"我们"是谁。

我舅舅的事情是这样的：他生于1952年，长大了遇上了"文化革命"，到农村去插队，在那里得了心脏病。从"导向"的角度来看，这些事情太过久远，故而不重要。重要的是他后来怀才不遇，作品发表不了。这时候他有四十几岁，独自住在北京城里。我记得他有一点钱，是跑东欧做买卖挣的，所以他就不出来工作。春天里，每天下午他都去逛公园，这时候他穿了一件黄色灯芯绒的上衣，白色灯芯绒的裤子，头上留着长长的头发。我不知道他常去哪个公园，根据他日记的记载，仿佛是西山八大处，或者是香山一类的地方，因为他说，那是个长了一些白皮松，而且草木葱茏的地方。我舅舅的裤子膝盖上老是鼓着大包，这是因为他不提裤子。而这件事的原因又是他患过心脏病，假如束紧裤带就会喘不过气来。因为这个缘故，他看上去很邋遢。假如别人知道他是个大作家，也就不会大惊小怪，问题就在于别人并不知道。他就这样走在山上的林荫道上，并且从口袋里掏出一支香烟来，叼在嘴上。这时候路上没有人，只有一位穿蓝色大褂的男人在扫地。后者的视线好像盯在地上，其实不是的。众所周知，那个公园的门口立着一块牌子，上书：山上一级防火区，禁止抽烟，违者罚款×元。这个×是一变数，随时间增长。我的一位卓越的同事考证过，它是按几何级数增长。这种增长除了体现了上世纪对防火的重视，还给受罚者留下了讨价还价的余地。那位穿蓝工作服的朋友看到我舅舅掏烟就心中窃喜，因为我舅舅不像会讨价还价的人，而且他交了罚款也不像会要收据。我舅舅叼着烟，又掏出一个打火机。这使扫地工的情绪激动到了极点。但是他打了一下，没有打出火，就把火机放回口袋，把香烟放回烟盒，往山下走去，而那位扫地工则跟在他身后。后者想到，他的火机可能出故障了，就想上前去借给他一盒火柴，让他点着香烟，然后把他捉住，罚他的钱；但是这样做稍嫌冒昧。我舅舅在下山的路上又掏了好几次烟，但是都没打着火。最后他就走出公园，坐上公共汽车，回家去了。那位工友在公园门口顿了顿笤帚，骂他是神经病，他也没有听到。据我所知，我舅舅没有神经病。他很想在山上抽烟，但是他的火机里既无火石，也没有丙烷气。他有很多火机，都是这样的。这都是因为他有心脏病，不敢抽烟，所以把烟叼在嘴上，虚打一下火，就算是抽过了。这样做有一个好处，又有一个坏处。好处是他可以在一切禁止吸烟的场所吸烟，坏处是吸完以后的烟基本保持了原状，所以就很难说他消费了什么。他每个星期天必定要买一盒香烟，而且肯定是万宝路，每次买新烟之前，旧烟就给我了。我当时正上初一，虽然吸烟，但是没有烟瘾，所以就把它卖掉。因为他对我有这种好处，所以到现在我还记得他。美中不足的是，这个老家伙喜欢用牙来咬过滤嘴，我得用单面刀片把牙咬过的地方切掉，这种短香烟卖不出什么好价钱。他已经死了多年，这种香烟的来源也断绝了很多年。但是我现在很有钱，不需要这种香烟了。

【二】

以上事实又可以重述如下，我有一位舅舅，穿着如前所述，1999年某日，他来到西山上的一座公园里。当时天色将晚，公园里光线幽暗，游人稀少。他走到山路上，左面是山林，故而相当黑；右面是山谷，故而比较明亮。我舅舅就在右面走着，用手逐根去攀细长的灯杆——那种灯杆是铁管做的。后来他拿出了香烟，叼在嘴上，又拿出了打火机，空打了两下；然后往四下看了看，转身往山下走。有一个穿黑皮夹克的人在他身后用长把笤帚扫地，我舅舅经过他身边时，打量了他一下，那人转过脸去，不让他看到。但是我舅舅嗅到了一股麝香味，这种气味在上个世纪是香水必有的气味。我舅舅觉得他不像个扫地的人，天又晚了，所以我舅舅加快了脚步。但是他听到身后有脚步声，这当然是那位身穿黑皮夹克的扫地工跟上来了。在这种情况下，走快了没有用处，所以他又放慢了脚步，也不回头。走到公园门口时，忽然听到个浑厚的女中音在身后叫道：站住！我舅舅就站住了。那个穿黑皮夹克的人从暗处走了出来，现在可以看出她是个女人，并且脚步轻快，年龄不大。她从我舅舅身边走过去，同时说道：你跟我来一下。这时候我舅舅看了一眼公园的大门，因为天黑得很快，门口已是灯火阑珊。他很快就打消了逃跑的主意，跟着那个女人走了。

刚才的一段就是我给我舅舅写的传记，摘自第一章第一节。总的来说，它还是中规中式，看不出我要为它犯错误，虽然有些评论家说，从开头它就带有错误的情调和倾向。凭良心说，我的确想写个中规中式的东西，所以就没把评论家的话放在心上。众所周知，评论家必须在鸡蛋里挑出骨头，否则一旦出了坏作品，就会罚他们款。评论家还说，我的作品里"众所周知"太多，有挑拨、煽动之嫌。众所周知是我的口头禅，改不掉的。除此之外，这四个字还能带来两分钱的稿费，所以我也不想改。

我舅舅有心脏病，动过心脏手术，第一次手术时，他还年轻，所以恢复得很好。后来他的心脏又出了问题，所以酝酿要动第二次手术。但是还没等去医院，他就被电梯砸扁了。这只是一种说法。另一种说法是：因为医院不负责任，第一次心脏手术全动在胃上了。因为这个缘故，手术后他的心脏还是那么坏，还多了一种胃病。不管根据哪种说法，他都只动了一次手术，胸前只有一个刀疤。除了这个刀疤之外，他的身体可称完美，肌肉发达，身材高大，简直可以去竞选健美先生。每个星期天，他都要到我们家来吃饭。我的物理老师也常来吃饭，她就住在我们家前面的那栋楼，在家里我叫她小姚阿姨。这位小姚阿姨当时三十岁刚出头，离了婚，人长得非常漂亮，每次她在我家里上过厕所后，我都要抢进去，坐在带有她体温的马桶上，心花怒放。不知为什么，她竟看上了我舅舅这个痨病鬼——可能看上了他那身块儿吧。我舅舅心脏好时，可以把一副新扑克牌一撕两半，比刀切的都齐，但那时连个屁都撕不开。除此之外，他的嘴唇是乌紫的，这说明他全身流的都是有气无力的静脉血。在饭桌上他总是一声不吭，早早地吃完了，说一声：大家慢慢吃。把碗拿到厨房里，就走了。小姚阿姨举着筷子说道：你弟弟很有意思。这话是对我妈说的。我马上加上一句：他有心脏病。我妈妈说：他准备过段时间去做手术。小姚阿姨说：他一点不像有病的人。要是有机会，想和他聊聊。我妈说：他倒是很有意思的一个人，只是有点腼腆。我说：他没工作，是个无业游民。小姚阿姨说：小鬼，乱插嘴，你该不是嫉妒吧。我妈就笑起来。我就离开了饭桌。后来听见她们嘀咕，我妈说：我弟弟现在恐怕不行。小姚阿姨说：我对那事也不是太感兴趣。我妈就说：这件事你要多考虑。我就冲过去说：对！要多多考虑，最好别理他。小姚阿姨就说：这小子！真的爱上我了！我说：可不是嘛。我妈就说：滚蛋！别在这里耍贫嘴。我走开了。这是依据前一种说法，也就是我所见到，或者我舅舅日记里有记载的说法。但是这种说法常常是靠不住的，故而要有另外的说法。

另一种说法是这样的，小姚阿姨就是那个穿黑皮夹克的女人，但是在这种说法里，她就不叫小姚阿姨了。她在公园里叫住了我舅舅，把他带到派出所去。这地方是个灰砖的平顶房子，外形有点像厕所，所以白天游人多时，常有人提着裤子往里闯。但是那一次没有游人，只有一个警察在值班，并且不断地打哈欠。她和他打过招呼后，就带着我舅舅到里面去，走到灰黄色的灯光里。然后就隔着一个桌子坐下，她问道：你在公园里干什么？我舅舅说：散步。她说：散步为什么拿打火机？我舅舅说，那火机里没火石。没火石你拿它干吗？我舅舅说：我想戒烟。她说：把火机拿给我看看。我舅舅把火机递给她，那是一个很普通的塑料打火机，完全是透明的，而且是空空荡荡的一个壳子。现在好像是没有问题了。那个女人就放缓了声调说：你带证件了吗？我舅舅把身份证递了上去。她看完以后说：在哪儿上班？我舅舅说：我不上班，在家里写作。她说：会员证。我舅舅说：什么会员证？那女人说：作协的会员证。我舅舅说：我不是作协会员。她笑了：那你是什么人呢？我舅舅说：你算我是无业人员好了。那女人说：无业？就站起来走出屋去，把门关上了。那个门是铁板做的，哐的一声，然后稀里哗啦地上了锁。我舅舅叹了口气，打量这座房子，看能在哪里忍一夜，因为他以为人家要把他关在这里了。但是这时墙上一个小窗口打开了，更强的光线从那里射出来。那个女人说道：脱衣服，从窗口递进来。我舅舅脱掉外衣，把它们塞了过去。她又说：都脱掉，不要找麻烦。我舅舅只好把衣服都脱掉，赤身裸体站在鞋子上。这时候她可以看到一个男人强健的身体，胸腹、上臂，还有腿上都长了黑毛。我舅舅的家伙很大，但悬垂在两腿之间。这房子里很冷，他马上就起了一身鸡皮疙瘩。于是他把双手交叉在胸前，眯着眼睛往窗口里看。后来他等来了这样一句话：转过身去。然后是：弯腰。最后是：我要打电话问问有没有你这么个人。往哪儿打？平心而论，我认为这种说法很怪。上上下下都看到了，有这个人还有什么问题吗？

【三】

根据前一种说法，小姚阿姨用不着把我舅舅带到派出所，就能知道他身体是什么模样，因为我们一起去游过泳。我舅舅穿一条尼龙游泳裤，但是他从来不下水，只是躺在沙滩上晒太阳。他倒是会水，只是水一淹过了胸口就透不过气，所以顶多在河里涮涮脚。小姚阿姨穿一件大红的尼龙游泳衣，体形极棒。美中不足的是她不刮腋毛，露出腋窝时不好看。我认为她的乳房很接近完美的球形，腹部也很平坦。不幸的是我那时瘦得像一只小鸡，没有资格凑到她身边。而她总爱往我舅舅身边凑，而且摘下了太阳镜，仔细欣赏他那个大刀疤。众所周知，那个疤是一次针麻手术留下的。针麻对有些人有效，但对我舅舅一点用处都没有。他在手术台上疼得抖了起来，当时用的是电针，针灸大夫就加大电流，最后通的几乎是高压电，把皮肉都烧煳了，后来在穴位上留下了和尚头顶那种香疤，手术室还充满了烧肉皮的烟。据我妈说，动过了那次手术之后，他就不大爱讲话。小姚阿姨说，我舅舅很 cool①，也就是说，很性感。但是我认为，他是被电傻了。他最喜欢说的一句话就是：是吗？这话傻子也会说。那时候小姚阿姨快决定嫁给他了，但我还没有放弃挑拨离间的打算。等到我和她在一起时，我说：我舅舅毛很多。你看得见的就有这么多，没看见的更多。他不是一个人，完全是张毡子。小姚阿姨说：男子汉大丈夫，就该有些毛。这话伤害了我的自尊心，我当时没有什么毛，还为此而自豪，谁想她对这一点评价这么低。我就叹口气说：好吧，你爱和毡子睡，那是你的问题。她听了拧了我一把，说：小鬼头！什么睡呀睡，真是难听。这件事发生在上世纪末。不管在什么世纪，都会有像小姚阿姨那样体态婀娜、面目姣好的

---

① 意为"酷"，形容人外表英俊潇洒、表情冷峻坚毅，有个性。

女人，性情冲动地嫁给男人。这是人间最美好的事。不幸的是，她要嫁的是我舅舅这个操蛋鬼。

　　谈到世纪，就会联想到历史，也就是我从事的专业。历史中有一小部分是我经历过的，也就是三十年吧，占全部文字历史的百分之一弱。这百分之一的文字历史，我知道它完全是编出来的，假如还有少许真实的成分，那也是出于不得已。至于那余下的百分之九十九，我难以判断其真实性，据我所知，现在还活着的任何一个人都不能判断，这就是说，不容乐观。我现在正给我舅舅写传记，而且我是个有执照的历史学家。对此该得到何种结论，就随你们的便吧。我已经写到了我舅舅被穿黑皮夹克的女人带进了派出所，这个女人我决定叫她F。那个派出所的外貌里带有很多真实的成分，这是因为我小时候和一群同学到公园里玩，在山上抽烟被逮住了，又交不出罚款来，就被带到那里去了。在那里我掏出我舅舅给我的短头香烟，对每一个警察甜蜜地说道：大叔请抽烟。有一个警察吸了一根，并且对我的前途做了一番预言："这么点年纪就不学好，长大了一定是坏蛋。"我想这个预言现在是实现了，因为我已经写了五本历史书。假如认为这个标准太低，那么现在我正写第六本呢。那一天我们被扣了八个钟头，警察说，要打电话给学校或家长让他们来领我们，而我们说出来的电话号码全是假的。一部分打不通，能打通的全是收费厕所——我把海淀区收费厕所的电话全记住了，专供这种时候用。等到放出来时，连末班车都开走了，就叫了一辆出租回家。刨去出租车费，我们也省了不少钱，因为我们五个人如果被罚款，一人罚五十，就是二百五，比出租贵二十五倍，但是这种勤俭很难得到好评。现在言归正传，F搜过了我舅舅的衣服，就把它们一件一件从窗口扔了回去，有的落在我舅舅怀里，有的落在地上。但是这样扔没有什么恶意。她还说：衬衣该洗了。我舅舅把衣服穿上，坐在凳子上系鞋带，这时候 F 推门进来。我舅舅放下鞋带，坐得笔直。除了灯罩下面，派出所里黑色很多，F 又穿了一件黑夹克。

纳博科夫说：卡夫卡的《变形记》是一个纯粹黑白两色的故事。颜色单调是压抑的象征。我舅舅和 F 的故事也有一个纯粹黑黄两色的开始。我们知道，白色象征着悲惨。黄色象征什么，我还搞不大清楚。黑色当然是恐怖的颜色，在什么地方都是一样的。我舅舅坐在 F 面前，不由自主地掏出一支烟来，叼在嘴上，然后又把它收了起来。F 说，你可以抽烟。说着从抽屉里拿出一盒火柴扔给了他。我舅舅拿起火柴盒，在耳边摇了摇，又放在膝盖上。F 瞪了一下眼睛，说道："哼？"我舅舅赶紧说：我有心脏病，不能抽烟。他又把火柴扔回去，说了谢谢。F 伸直了身子，这样脸就暴露在灯光里。她化过妆，用了紫色的唇膏，涂了紫色的眼晕，这样她的脸就显得灰暗，甚至有点憔悴。可能在强光下会好看一点。但是一个女人穿上了黑皮夹克，就没有人会注意她好看不好看。她对我舅舅说：你胸前有块疤。怎么弄的？我舅舅说：动过手术。她又问：什么手术？我舅舅说：心脏。她笑了一下说道：你可以多说几句嘛。我舅舅说，十几年前——不，二十年前动的心脏手术。针刺麻醉。她说，是吗？那一定很疼的。我舅舅说，是很疼。谈话就这样进行下去。也许你会说，这已经超出了正常问话的程度，但是我舅舅没有提出这种疑问。在上个世纪，穿黑皮夹克的人问你什么，你最好就答什么，不要找麻烦。后来她问了一些我舅舅最不愿意谈的问题：在写什么，什么题材，什么内容等等；我舅舅都一一回答了。后来她说道：想看看你的作品。我舅舅就说：我把手稿送到哪里？那个女人调皮地一笑，说道：我自己去看。其实她很年轻，调皮起来很好看。但是我舅舅没有看女人的心情，他在想自己家里有没有怕人看见的东西，所以把头低得很低。F 见他不回答，就提高了嗓音说：怎么？不欢迎？我舅舅抬起头来，把他那张毫无表情的脸完全暴露在灯光下。他的脸完全是蒙古人的模样，横着比竖着宽。那张脸被冷汗湿透了，看上去像柚子一类的果实。他说自己的地址没有变，而且今后几天总在家。

我舅舅的手稿是什么样子的，是个很重要的问题。一种说法是用墨水写在纸上的，每个字都像大写的 F 一样清楚。开头他写简体字，后来变成了繁体，而且一笔都不省。假如一个字有多种变体，他必然写最繁的一种，比方说，把一个雷字写四遍，算一个字，还念雷。后来出他的作品时，植字的老要查《康熙字典》，后来还说：假如不加发劳务费，这活他们就不接。我给他校稿，真想杀了他，假如他没被电梯砸扁，我一定说到做到。但这只是一种说法。另一种说法是他的手稿是用牛奶、明矾水、淀粉写在纸上的，但是这些密写方法太简单、太常见了。拿火烤烤、拿水泡泡就露底了。我还知道一种密写方法，就是用王水熔化的金子来写。但是如此来写小说实在是罪孽。实际上不管他用了什么密写方法，都能被显出来，唯一保险的办法是什么都不写。我们现在知道，他没有采用最后一种办法。所以我也不能横生枝节，就算他用墨水写在了纸上吧。

【四】

现在传媒上批判《我的舅舅》，调门已经很高了。有人甚至说我借古讽今，这对历史学家来说，是最可怕的罪名。这还不足以使我害怕，我还有一些门路，有些办法。但我必须反省一下。这次写传记，我恐怕是太投入了。但投入的原因可不是我舅舅——我对他没什么感情。真正的原因是小姚阿姨。小姚阿姨当时正要成为我舅妈，但我爱她。

　　夏天我们到河边去游泳时，我只顾从小姚阿姨的游泳衣缝往里看——那东西实在严实，但也不是无隙可钻，尤其是她刚从水里出来时——所以很少到水里去，以致被晒脱了好几层皮，像鬼一样的黑。小姚阿姨却晒不黑，只会被晒红。她觉得皮肤有点痒时，就跳到水里去，然后水淋淋地上来，在太阳底下接着晒。这个过程使人想到了烹调书上的烤肉法，烤得嗞嗞响或者起了泡，就要拿出来刷层油或者是糖色。她就这么反复炮制自己的皮肉，终于在夏天快结束时，使腿的正面带上了一点黄色。我对这些不感兴趣，只想看到她从水里出来时背带松弛，从泳衣的上端露出两小块乳房，如果看到了就鼓掌欢呼。这使她每次上岸都要在肩上提一把。提了以后游泳衣就会松弛下来，连乳头的印子都没有了，这当然是和我过不去的举动。她走到我身边时，总要拧我一把，说道：小坏蛋，早晚我要宰了你。然后就去陪我舅舅。我舅舅总是一声不吭，有时候她也腻了，就来和我坐一会儿，但是时时保持警惕，不让我从她两乳之间往里看；并且说，你这小坏蛋，怎么这么能让人害臊。我说：我舅舅不让人害臊？她说不。第一，我舅舅很规矩。第二，她爱他。我说：像这么个活死人，你爱他什么？不如来爱我。她就说：我看你这小子是想死了。假如姚老师爱上初一的男生，一定是个天大的丑闻。她害怕这样的事，就拿死来威胁我。其实我也知道这是不可取的事，但还是觉得如此调情很过瘾。

　　我舅舅被 F 扣在派出所，在那里坐了很久。值班的警察伸着懒腰跑到这间房子里来了一趟，斜着眼睛打量了他一眼，说道：这家伙干什么了？他以为我舅舅是个露阴癖，还建议说，找几个联防队员收拾他一顿，放走算了。F 说：这一位是个作家。警察耸耸肩说，这就不是我们管的事了。他又说：困了，想睡会儿。F 说，那就睡去吧。警察说：这家伙块头不小，最好把他铐起来。F 说：怎么能这样对待人家呢？警察就说：

那我也不能去睡。出了什么事，我可负不起责任。F就从抽屉拿出一副手铐来，笑着对我舅舅说：你不反对吧？我舅舅把双手并着一伸。那位警察拿了铐子，又说：还得把他鞋带松开，裤带抽掉。我舅舅立刻松掉鞋带，抽掉裤带，放在地上。于是那位警察给他戴上手铐，捡起皮带往外走，嘴里还说：小心无大害。F说道：把门带上。现在房间里只剩了他们两个人了。

现在该说说我自己长大以后的事了。出于对未遂恋情的怀念（小姚阿姨是学物理的），我去考了北大物理系，并且被认为是自北大建校以来最具天才的学生，因为我只上到了大学二年级，就提出了五六个取代相对论的理论体系。当然，让不让天才学生及格，向来是有争论的。等到本科毕业时，我已经不能在物理学界混了，就去考北师大的历史研究生。众所周知，时间和空间是理论物理研究构想的对象，故此学物理的人改行搞历史，也属正常。我以第一名的成绩考上了，或者按师姐师兄们的话来说，掉进了屎（史）坑，后来以一篇名为《始皇帝赢政是阴阳人》的论文取得了博士学位，同时也得到了历史学家的执照，一张信用卡，还有一辆新车的钥匙。除了那张执照，其他东西都是出版公司给的，因为每个有照的历史学家都是畅销书作家。这时候小姚阿姨守了寡，每个周末都给我打电话，让我去，还说：阿姨给你做好吃的。我总是去的，但不是去吃东西（我正在减肥），也不是去缅怀我舅舅，而是给她拿主意。第一个主意是：你的弹性太差了，去做个隆乳手术吧。第二个主意则是叫她去整容。每个主意都能叫她痛哭一顿，但是对她有好处。最后她终于嫁到了一个有钱的香港商人，现在正和继女继子们打遗产官司。不管打赢打输，她都将是个富婆。这个故事的要点是：学物理只能去当教师，这是世界上最倒霉的差事；当商人的老婆就要好得多。当小说家也要倒霉，因为人家总怀疑你居心叵测；当历史学家又要好得多。还有一个行当是未来学家，不用我说你就能想到这也是好行当。至于新闻记者，要看你怎么当。假如出去采访，是坏行当。坐在家里编就是好行当。用后一种方法，最能写出好新闻。

我舅舅和F在派出所里。夜里万籁无声，我舅舅没有了裤带，手又铐在一起，所以衣服松塌塌的，像个泄了气的皮球或者空了一半的布口袋。F往后一仰，把腿跷到桌子上，把脸隐藏到黑暗里，说道：别着急。现在公园关了门，放你你也出不去。等明天吧。我舅舅点点头，用并在一起的手从口袋里掏出烟来，叼在嘴上，想了一想说：我想抽支烟。F说：抽吧。我舅舅说：没有火。F用脚尖踢踢桌上的火柴，说：自己拿。我舅舅把烟取下来，放到手里一握，烟变成了碎末。F见到后，想道：我忘了他没有裤带；然后起身拿了火柴走过去，从他口袋里取出香烟，自己吸着了，放到我舅舅嘴上，说道：你不要急躁嘛。我舅舅应道：是。然后她手里拿了那盒烟说：我也想抽一支。有没有你没咬过的？我舅舅双手捧着烟，摇了摇头。这个样子像只要把戏的老狗熊。F看了笑了一笑，伸手揪揪他的头发，说道：头发该理了。然后挑了一支我舅舅咬得最厉害的烟来吸。这种情况说明，她问我舅舅有没有没咬过的烟，纯粹是没话找话。

现在我想到，这个女人为什么要叫F。F是female之意。同理，我舅舅应该叫作M（male）。F和M各代表一种性别取向，这样用恰如其分。F穿了一双鹿皮的高跟靴子，身上散发着香水味，都是取向所致。我舅舅坐在凳子上像只要把戏的老狗熊，这也是取向所致。包围着他们的是派出所的房子，包围着派出所的是漫漫长夜。我所写到的这些，就是历史。

【五】

我说过，我写的都是历史，历史是一种护身符。但是每一种护身符用起来都有限度。我必须注意不要用过了分。小时候我和小姚阿姨调情（现在看来叫作调戏更正确），觉得很过瘾；这是因为和女同学约会、调情都很不过瘾。那些人专会说傻话，什么"上课要认真听讲"，"互相帮助共同进步"之类，听了让人头大如斗，万念俱灰。我相信，笼养的母猪见了种猪，如果说道"咱们好好干，让饲养员大叔看了高兴"，后者也会觉得她太过正经，提不起兴致来；除此之外，我们毕竟还是人，不是猪，虽然在这方面还有需要改进的地方。小姚阿姨比她们好得多，游泳时，她折腾累了，就戴上太阳镜，躺下来晒太阳，把头枕在我舅舅肚子上。看到这个景象我马上也要躺倒，把头枕在她肚子上，斜着眼睛研究她饱满的胸膛，后来我就得了很严重的内斜视，连眼镜都配不上。我们在地下躺了个大大的Z字。有时候有位穿皱巴巴游泳衣的胖老太太经过，就朝我们摇头。小姚阿姨对此很敏感，马上欠起身来，摘掉眼镜说：怎么了？对方说：不好看。她就说：有什么不好看的？他们都是男的嘛。这当然是她的观点，我认为假如有三位女同性恋者这样躺着就更加好看——假如她们都像小姚阿姨那么漂亮的话。

小姚阿姨其实是很正经的，有时候我用指尖在游泳衣下凸起的地方触上一下，她马上就说：想要活命的话，就不要乱伸爪子。这种冷冰冰的口气触怒了我，我马上跳到水里去，潜到河底去。那里的水死冷死冷，我在那里伏上半天，还喝上几大口；然后蹿出水来，往她腿上一躺，冰得她惨叫一声：喂！来治治你外甥！那个"喂"，也就是我舅舅，他爬起来，牙缝里还咬着一支烟，一把捞住我，举起来往水里一扔，有时候能丢出去七八米远。在这个浑蛋面前，我毫无还手之力。谢天谢地，他被电梯摔扁了，否则我还会被他摔到水里去。

我舅舅在派出所里吸了一口烟，喷出来时眼前是白茫茫的一片。一个长久不吸烟的人乍抽起来总是这样的。他还觉得胸口有点闷。F在椅子上躺好了，说道：我要睡了。天亮了叫我。就一声不吭了。我舅舅吸完了那支烟，侧过手来看表：当时是夜里三点。他长出了一口气，用手把头抱住，直到第二天早上人家把他放出去。那天夜里的事就是这样的。

第二章

【一】

我现在是历史学家了，有关这个行当，还有进一步说明的必要。现在我们有了一部历史法，其中规定了历史的定义："历史就是对已知史料的最简单无矛盾解释。"我记得这是逻辑实证论者的说法，但是这部法里没有说明这一点。一般说来，贼也不愿意说明自己家里每一样东西是从谁那里偷来的。从定义上看，似乎只能有一部历史，所有的历史学家都该失业了。但是历史法接着又规定说："史料就是：1.文献；2.考古学的发现；3.历史学家的陈述。"有脑子的人都会发现，这个3简直是美妙无比，你想要过幸福的生活，只要弄张历史学家的执照就行了。现在还有了一部小说法，其中规定，"小说必须纯出于虚构，不得与历史事实有任何重合之处"，不管你有没有脑子，马上就会发现，他们把小命根交到我们手里了。现在有二十个小说家投考我的研究生，但我每年只能招一个。这种情况说明，假如我舅舅还活着，肯定是个倒霉蛋。说不定他还要投考我的研究生哩。小姚阿姨至今认为，她嫁给我舅舅是个正确的选择，她说这是因为我舅舅很性感。我说，他性感在何处？她说，你舅舅很善良，和善良的人做爱很快乐。我问：你们经常做爱吗？她说：不经常。想了一下又说：简直很少做。除此之外，什么是善良她也说不大清楚。这种情况说明她智力有限，嫁给商人或者物理学家尚够，想嫁给历史学家就不够了。

　　F也觉得我舅舅性感，但是这种性感和善良毫无关系。她有时想到我舅舅发达的胸大肌，紧缩着的腹部，还有那个发亮的大刀疤——那个刀疤像一张紧闭着的嘴——就想再见到他。除此之外，她还想念我舅舅那张毫无表情的脸，无声地下垂的生殖器，她觉得在这些背后隐含了一种尊严。这种想法相当的古怪，但也不是毫无道理。在工作的时间里，她见过很多张男人的脸，有的谄笑着，有的激愤得涨红，不论是谄笑，还是激愤，都没有尊严；她还看到过很多男性生殖器，有的被遮在叉开的五指背后，有的则嚣张地直立着；但是这两种情况都没有尊严。相比之下，她很喜欢我舅舅那种不卑不亢的态度。所以她常到山道上去等他，但是我舅舅再也不来了。

　　后来我舅舅再也没去过那个公园，因为他觉得提着裤子的感觉不很愉快。但是他一直在等F大驾光临。他觉得F一定会去找他，这件事就这样简单地过去是不可能的，所以他就待在家里等着。他们就这样等来等去，把整个春天都等过去了。

　　夏天快过完时，小姚阿姨决定了和我舅舅结婚。这个决定是在我舅舅一声不吭的情况下做出的。每天早上她都到我们家里来等我舅舅，但是我舅舅并不是每天都来。等到早上快要过去时，她觉得不能再等了，就和我一起出去买东西。她穿上高跟鞋比我高一个头，但我不觉得这有什么，我还会长高呢。结果事实不出我所料，我现在有一米九几，还有点驼背。当时我穿了一双塑料拖鞋、小背心和运动短裤，跟在小姚阿姨的背后，胳臂和腿都特别脏。她教训我说：小男孩就是不像样。女孩子在你这个岁数，早就知道打扮了。我很沉着地说：你们那个性别就是爱虚荣。这种老气横秋的腔调把她吓了一跳。我记得她老往女内衣店里跑，还让我在外面等着。等到在快餐店里歇脚时，她才露出一点疑虑重重的口风：你看你舅舅现在正干什么？我说：他大概在睡觉。听了这话，小姚阿姨白净的脸就有点发黑，她恶狠狠地说：混账！这种日子他居然敢睡觉！这是一条重要经验：挑拨离间一定要掌握好时机。我舅舅当然可能是在睡觉，但是那一天他必然是觉得很不舒服才在家睡觉的。我又顺势说到我舅舅在想当作家前是个数学家，这两种职业的男人作为丈夫都极不可靠。小姚阿姨听了这番话，沉吟了半晌，然后紧紧连衣裙的腰带，把胸部挺了挺说：没关系。一定要把他拖下水。小姚阿姨是个知识妇女，这种妇女天生对倒霉蛋感兴趣，所以是不能挽救的了。

初夏里，F来找我舅舅时，穿着白底黑点的衬衣，黑色的背带裙子，用一条黑绸带打了一个领结，还拎了一个黑皮的小包，这些黑色使我舅舅能认出她来。我舅舅住在十四楼上，楼道里很黑。他隔着防盗门，而且一声不吭。直到F说：我能进来吗？他才打开了防盗门，让她咯噔咯噔地走了进来——那天她穿了一双黑色的高跟皮鞋——朝有光亮的地方走去，径直走进我舅舅的卧室里，往椅子上一坐，把包挂在椅子上，说道：我来看你写的小说。我舅舅往桌上一瞥，说道：都在这里。桌子上放满了稿纸，有些已经发棕色，有些泛了黄色，还有些是白色的。从公园里回来以后，我舅舅就把所有的手稿都找了出来，放在桌子上，她就拿了一部在手里。我舅舅住的是那种一间一套的房子，像这样的房子现在已经没有了，卧室接着阳台，门敞开着。F拿着稿子往外看了一眼，说道：你这套房子不坏。我舅舅坐在她身后的床上，想说"房子是我弟弟的"（我还有一个舅舅在东欧做生意），但是没有说。他想：既然上门来调查，这件事她准知道了。后来她说：给我倒杯茶。我舅舅就到厨房里去。F趁此机会把我舅舅的抽屉搜了一下，连锁着的抽屉也捅开了。结果搜出了一盒避孕套。等我舅舅端着茶回来时，她笑着举起那东西说：这怎么回事？我舅舅愣了一下，想说"这是我弟弟的"（这是实情），但是想到出卖我小舅舅是个卑鄙的行为，就说：和我抽烟一样。这话的意思是说我舅舅不抽烟，口袋里也可以有香烟。但是 F 不知联想到了什么，脸忽然红了。她把避孕套扔回抽屉，把抽屉锁上，然后把钥匙扔给我舅舅说：收好了。然后就接过那杯茶。这回轮到我舅舅满脸通红：从哪里冒出这把钥匙来？这当然是从她的百宝钥匙上摘下来的，算是个小小的礼物吧。

我家住在一楼，所以就像别人家一样，在门前用铁栅栏围起了一片空地作为院子。我们住的楼房前面满是这样的空地。有人说，这里像集中营，有人说像猪场，说什么的都有。但我对这个院子很满意。院子里有棵臭椿树，我在树下放了一张桌子，一个白色的甲板椅，经常坐在那里冥思苦想。在我身边的白布底下遮着装修厕所剩下的瓷砖和换下来的蹲式便器。在便器边上有个小帐篷，有时我在里面睡上半夜，再带着一身蚊子咬的大包躲到屋里去。这是一种哲学家的生活。有人从来没过过哲学家的生活，这不足取。有人一辈子都在过哲学家的生活，当然也是没出息的东西。那一年我十三岁，等到过了那一年，我对哲学再也没有兴趣。在那棵树下，那张椅子上，我得到了一些结论，并把它用自己才认识的符号记在纸片上。现在我还留着那些纸片，但是那些符号全都认不得了。其中一些能记得的内容如下：每个人的一生都拥有一些资源，比方说，寿命，智力，健康，身体，性生活；有些人准备把它消费掉，换取新奇、快乐等等，小姚阿姨就是这样的；还有人准备拿它来赚点什么，所以就斤斤计较，不讨人喜欢。除了这两类人，还有别的种类，不过我认为别的种类都属笨蛋之列。我非常喜欢小姚阿姨那类人，而且我又对她的肉体非常地着迷；每当我想到这些事，那个茄子把似的小鸡鸡就直挺挺的。但是这种热情有几分来自哲学思辨，几分来自对她肉体的遐想，我就说不清楚了。有一点是肯定的，就是我对哲学的爱好并不那么始终如一。我想孔夫子也有过类似的经历，所以他说：予未见好德如好色者。"未见"当然包括自己在内，他老人家一定也迷恋过什么人，所以就怀疑自己。

【二】

我说过，我十三岁时，十分热衷于小姚阿姨的身体。我甚至想到，假如我是她就好了。这样我就会有一头黑油油的短头发，白皙的皮肤，穿着连衣裙，挺着沉甸甸的乳房跑来跑去。这最后一条在我看来是有点累，不过也很过瘾。当然，我要是她，就不会和我舅舅结婚。我认真想过，假如我是小姚阿姨，让谁来分享我美好的肉体，想来想去，觉得谁都不配；我只好留着它，当一辈子老处女。那年夏天，蚊子在我腿上咬了很多包，都是我在院子里睡时叮的。夜里满天星星，我在院子里十分自由，想什么都可以。一个中国人如果享受着思想自由，他一定只有十三岁；或者像我舅舅一样，长了一颗早已死掉、腐烂发臭了的心脏。

我还说过，现在我有一张护身符——我是历史学家，历史可不是人人都懂的。有了它，就可以把想说的话写下来，但它也不是万能的。假如我年纪小，就有另一张护身符。众所周知，我们国家保护妇女儿童。有些小说家用老婆、女儿的名义写作，但这也有限度，搞不好一家三口都进去了。最好的护身符是我舅舅的那一种。心都烂掉，人也快死了，还有什么可怕？再说，心脏就是害怕的器官；它不猛跳，你根本不知道怕。我没见过我舅舅怕什么。

F看我舅舅写的小说，看了没几页就大打喷嚏。这是因为我舅舅的稿子自从写好了，就没怎么动过，随着年代的推移，上面积土越来越多。我不喜欢我舅舅，但是既然给他作传，就不得不多写一些。这家伙学过数学，学数学的人本身就古怪，他又热衷于数学中最冷门、最让人头疼的元数学，所以是古怪上加古怪。有一阵子他在美国一个大学里读博士学位，上课时愁眉苦脸地坐在第一排拿手支着脸出神，加上每周必用计算机打出一份 paper 投到全系每个信箱里，当然被人当成了天才。后来他就觉得胸闷气短，支持不住了。洋人让他动手术，但是他想，要死还不如死在家里，就休学回家来。后来他就住进了我小舅舅的房子，在那里写小说；当然也可以说是在等医院的床位以便做手术，不过等的时间未免太长了一点。他自己说，等到把胸膛扒开时，里面准是又腥又臭，又黑又绿。但是直到最后也没人把他胸膛扒开，所以里面的情况就不得而知了。在上个世纪，谁要想动手术，就得给医院里的人一些钱，叫作红包，或者劳务费，或者回扣，我个人认为最后一个说法实属古怪，不如叫作屠宰税恰当。我舅舅对早日躺上手术台并不热心，因为上一次把他其实收拾得不善，所以他一点钱都不给，躲在房子里写一些糟改我小舅舅的小说。

F 看着那些小说，打了一阵喷嚏之后就笑了起来。后来她就脱掉高跟鞋，用裙子裹住臀部，把脚跷到桌子上，这样就露出了裹在黑丝袜里的两条腿。她还从包里拿出一小瓶指甲油，放在桌子沿上；把我舅舅的手稿放在腿上，把手放在稿子上面，一面看，一面涂指甲。这是初夏的上午，外面天气虽热，但是楼房里面还相当凉。后来她涂好了指甲，又分开了双腿，把我舅舅的稿子兜在裙子里，低着头看起来。后来，她又从包里掏出了一包开心果，头也不回地递到了我舅舅面前，说：你帮我打开。我舅舅找剪子打开了开心果，递给她。她把袋口放到鼻子下闻了闻，又把袋子朝我舅舅递了过来，说道：喏。我舅舅不明其意，也就没有接。"喏"了一会儿之后，她就收回了袋子，自己吃起来。与此同时，我舅舅坐在床上出冷汗。假如有个穿黑衣服的人坐在我办公室里，把我的电脑文件一个一个地打开看，我也会是这样。尽管如此，他还是发现那女人的牙很厉害，什么都能咬碎。

　　我现在想到：在我舅舅的故事里，F是个穿黑衣服的女人，这一点很重要。那一年夏天，有个奥地利的歌剧团到北京来演出，有大量的票卖不掉，就免费招待中学教师，小姚阿姨搞了三张票，想叫我妈也去，但是我妈不肯受那份罪，所以我就去了，坐在我舅舅和小姚阿姨中间。那天晚上演的是《魔笛》，是我看过的最好的戏。我舅舅的手始终压在我肩上，小姚阿姨的手始终掐着我的脖子，否则我会跳起来跟着唱。等到散了场，我还是情绪激昂，我舅舅沉吟不语。小姚阿姨说，这个戏我没大看懂。什么夜后啦，黑暗的侍女啦，到底是什么东西？我舅舅就说：莫扎特那年头和现在差不太多吧。他的意思是说，莫扎特在和大家打哑语。我也不是莫扎特，不知他说得对不对。总而言之，那个戏里有好几个穿黑衣服的女人，舞姿婆娑，显得很地道。我还知道另一个故事，就是有一家讨债公司，雇了一帮人，穿上黑西服，打扮得像要出席葬礼，跟在欠账的人屁股后面，不出半天，那人准会还账。我说F穿了一身黑衣服，很显然受了这些故事的启迪。但是这些人的可怕之处并不在于我们欠了他的账，也不是人家要杀我们，而是我们不知他们想干什么，而且他们是不可抗拒的。F就是这些人中的一个。她坐在我舅舅的椅子上看他的手稿，看着看着举起杯子来说：再给咱来点水。我舅舅就去给她倒了水来。她把开心果吃完了，又摸出一包瓜子来嗑，还觉得我舅舅的手稿很有趣。凭良心说，我舅舅的小说在二十世纪是挺好看的。但是现在是二十一世纪了。

　　现在评论家们也注意到了F穿着黑衣服，说什么的都有。有人说，这是作者本人的化身，更确切地说，她是我的黑暗心理。这位评论家甚至断言我有变性倾向，但是我一点也不知道自己竟然急于把自己阉掉。我认为把睾丸割掉可不是闹着玩的，假如我真有这样的倾向，自己应该知道。另一位评论家想到了党卫军的制服是黑的，这种胡乱比附真让人受不了。他们中间没有一个人想到了《魔笛》。但我也承认，这的确不容易想到。

小姚阿姨的身体在二十世纪很美好，到了二十一世纪也不错，但是含有人工的成分：比方说，脸皮是拉出来的，乳房里含有硅橡胶，硬邦邦的，一不小心撞在脸上有点疼。将来不知会是什么样子，也许变成百分之百的人造品。在这些人造的成分后面，她已经老了，做起事来颠三倒四，而且做爱时没有性高潮。每回干完以后，她都要咬着手指寻思一阵，然后说道：是你没弄对！她像一切学物理的女人一样，太有主意，老了以后不讨人喜欢。我把写成的传记带给她看，她一面看一面摇头，然后写了一个三十页的备忘录给我，上面写着：

"1. 我何时穿过黑？

2. 我何时到香山扫过地？"

等等。

最后一个问题是："你最近是否吸过可卡因？"我告诉她，F不是她，她惊叫了一声"是吗？"就此陷入了沉思。想了一会儿之后说：假如是这样的话，他（我舅舅）后来的样子就不足为怪了。小姚阿姨的话说明，只要F不是她，这篇传记就是完全可信的了。这是个不低的评价，因为虽然F不是小姚阿姨，我舅舅还是我舅舅。比之有些传记里写到的每一个人都不是他们本人，这篇传记算是非常真实的了。

【三】

我舅舅1999年住在北京城，当时他在等动手术的床位，并且在写小说。有一天他到公园去玩，遇上了一个穿黑衣服的女人F。后来F就到了他的小屋里，看他写的未发表的小说。这个女人对他来说，是叵测而且不可抗拒的。说明了这一点，其他一切都迎刃而解。F坐在椅子上看小说，嗑着瓜子，觉得很 cool。这句话也可以这样说：她觉得很舒服。后来她决定让自己更舒服一些，就把右手朝我舅舅的大概方位一捞，什么都没捞着。于是她吐出嘴里的瓜子皮，说道：你上哪儿去了？坐近一点。然后她接着嗑瓜子，并且又捞了一把，结果就捞到了我舅舅的右耳朵。然后她顺着下巴摸了下来，一路摸到了领扣，就把它解开，还解开了胸前的另一颗扣子，就把手伸进去。她记得我舅舅胸前有个刀疤，光滑，发亮，像小孩子的嘴唇一样，她想摸摸那个地方。但是她感到手上湿漉漉的。于是她放下了椅子腿，转过身来一看，发现我舅舅像太阳底下暴晒的带纸冰糕，不仅是汗透了，而且走了形。于是她就笑起来：哟！你这么热呀。把上衣脱了吧。然后她又低头去看小说。我舅舅想道：我别无选择。就站了起来，把上衣脱掉放在床上，并且喘了一口粗气。F又看了三四行，抬起头来一看，我舅舅赤着上身站在门口。我已经说过，我舅舅是虎体彪形的一条大汉，赤着上身很好看。F又发现我舅舅的长裤上有些从里面沁出的汗渍，就说：把长裤也脱了吧。我舅舅脱掉长裤，赤脚站在门口。F低下头去继续看小说，而且还在嗑瓜子。门口有穿堂风，把我舅舅身上的汗吹干了。我舅舅垂手站了一会儿，觉得有点累，就把手扣在脑后，用力往后仰头。这时候F忽然觉得脖子有点酸，就抬起头来看我舅舅。我舅舅赶紧垂手站立，F继续嗑瓜子，并且侧着头，眼睛里带有一点笑意。我舅舅马上就想到了自己的内裤有点破烂。众所周知，我舅舅那辈人吃过苦，受过穷，所以过度地勤俭。后来她把稿纸一斜，把瓜子皮倒在了地上。然后穿上高跟鞋，站了起来，放下稿子，拿起了自己的包，走到我舅舅面前说：你的内裤不好看。我舅舅的脸就红了。然后她又指指我舅舅的伤疤，说道：可以吗？我舅舅不知所云于是不置可否。于是她就躬下身来，用嘴唇在我舅舅的伤疤上轻轻一触，然后说：下回再来看你的小说，我折好页了，别给我弄乱了。然后就咯噔咯噔地走掉了。我舅舅把门关上以后，到卫生间冲了凉，然后就躺倒睡着了。一直睡到了下午，连午饭都没吃。

小姚阿姨说，我舅舅的胸口是凉冰冰的，如果把耳朵凑上去，还能听见后面很遥远的地方在咚咚响。她也很喜欢他的那块刀疤，不仅用嘴唇亲吻，还用鼻子往上蹭。这种情况我撞上了好几回：小姚阿姨半躺在我家的长沙发上，头发凌乱，脸色绯红；我舅舅端坐在她身边，胸前的扣子敞开了三四个，双手放在膝盖上，像一只企鹅一样直挺挺。小姚阿姨说，如果亲热得太久，我舅舅就会很有君子风度地说：我觉得有点胸闷。她觉得我舅舅的表现像个胖胖的、脾气随和的女孩子见了甜食，非常可爱；但我觉得这种联想不仅牵强，而且带有同性恋倾向。

我觉得小姚阿姨对我舅舅有很多误解，举例言之，我舅舅说话慢条斯理，语气平和。她就说：听你舅舅说话，就知道他是个好人。其实不然，我舅舅的每一句话都是按数理逻辑组织起来的，不但没有错误，而且没有歧义；连个"嗯嗯啊啊"都没有。像我这样自由奔放的人，听见他说话，不仅觉得他讨厌，而且觉得他可恨。事实上，他非常古板，理应很招女人厌。但是像小姚阿姨这样的女人，根本等不到发现他古板，就和他黏到一块了。

现在小姚阿姨很不乐意听我说到我舅舅，倒愿意听我说说F。我到她那里以后，她总要把我让到卧室里去，然后她就坐在床上，对着我抠起了脚丫子——当然，你不要从字面上理解，实际上她是用各种工具在修理趾甲，不过那种翻来掉去的劲头，就像是在抠脚丫。这个时候她穿着一件短睡衣。虽然她的腿和脚都蛮漂亮，我也不爱看这个景象；所以我就说：你可以到美容院去修脚。她答道：等我官司打赢了吧。就在专注于脚的时候，她问：F长得什么样？我说：你猜猜看嘛。她抬头看了我一眼说：你写到过，她涂紫眼晕，用紫唇膏？我说：对呀。她就低下头去，继续收拾脚，并且说：这女孩一定是黑黑的。我心里说：我怎么没想到呢。赶紧掏出个笔记本，把这件事记下来。她还说：用绸带打领结，脖子上的线条一定是蛮好看的。而且她不怕把整个腿都露出来，一定挺苗条的，但个子不太高，因为穿着高跟鞋。高鼻梁大眼睛，头发有点自来卷——带点马来人的模样。然后她就问我：F到底长得什么样？我说：假如不是你告诉我，我还真不知是啥模样。后来她要看F的相片，我就照这个样子到画报上找了一个，是泰国航空公司的空中小姐；扫到计算机里，又用激光打印出来，中间加工了一下，所以又不能说完全是那位空中小姐——这幅相片我还要用来做插图，可不要吃上肖像权官司。得到照片以后，小姚阿姨端详了她半天，说道：挺讨人喜欢的。我能不能认识一下？我说：你要干吗？搞同性恋吗？把她顶回去了。否则就要飞到泰国去，把那位空姐的母亲请来，因为假如F近二十年前是这位空姐的模样，现在准是空姐的妈了。这件事可以这么解释：F1999年在北京，后来领了任务到泰国去，在那里嫁了人，生下了这位空姐。我这样治史，可谓严谨，同时又给整个故事带来了神秘的气氛。但是这样写会有麻烦，所以就把这些细节都略去吧。

【四】

有一件事小姚阿姨可以做证，就是我舅舅有一台BP机，经常像闹蛐蛐一样叫起来。他自己说，有些商业伙伴在呼他，但不一定是这么回事。有一次在我家里，闹过以后，他拨回去，对方听他说了几句之后，马上就说：你怎么是男的呀！还有一次，他拨通了以后，就听到 F 浑厚的女中音："在家吗？"这种嗓音和美国已故歌星卡朋特一模一样。他说：在我姐姐家吃饭。要马上回去吗？ F 说：那就不用了。改天再来找你。我舅舅从我家回去以后，从第二天开始就不出门了。这或者可以解释小姚阿姨为什么等不到他。不管怎么说，我对此没有任何不满之处，但小姚阿姨就不是这样的了。在商场里，每次看到一对男女特别亲热，她都要恶狠狠地说：我要宰了你舅舅！但是很久以后，我舅舅还活着。听了这句话，我昂起头，把胳臂递过去。她挽着我走上几步，就哈哈笑着说：算了算了，我还是拉着你走吧。有些人上初一时个子就长得很高，但我不是的，所以吃了很多亏。上了初二，我才开始疯长，但已经晚了。总而言之，那一年夏天，我身高一米三二，不像个多情种子的模样。每次她让我在更衣室外等她时，我都只等一小会儿，然后猛地卧倒在地，从帘子底下看进去，看到小姚阿姨高踞在两条光洁的长腿上面，手里拿了一条裙子，朝我说道：小子，你就不怕别人把你逮了去！然而没人来逮我，这就是一米三二的好处，超过了一米五就危险了。

我舅舅在家里第二次看到 F 时，问了她一句：你现在上着班吗？她可以回答说：上班时间跑你这儿来？我敢吗？如果这样回答，对我舅舅的心脏有一定的好处。但是她觉得这样回答不够浪漫，所以答道：不该打听的事别瞎打听。我舅舅马上把嘴紧紧闭住，并且想道：好吧，你就是拿刀子来捅我，我也不问了。我个人认为，对付他这样的一条大汉，最好是用手枪，从背后打他的后脑勺。当时是在我舅舅的门厅里，F 的穿着和上一次一样，只是背了一个大一点的包。她从我舅舅身边走过，我舅舅跟在她后面。她到卧室里找到了那份稿子，正要坐下看，忽然听到楼下有人按喇叭，就拿着稿子跑到凉台上去，朝下面说道：喂！然后又说：看牌子！就回来了。当时有个人开了一辆车想进院子，看到另一辆汽车挡路，就按了一阵喇叭。听了 F 的劝告之后，他低头看看前面那辆车的车牌，看见是公安的车，就钻进自己的车，倒了出去，开到别的地方去了。我舅舅从另一个窗子里也看到了这个景象。然后她又坐回老地方，忽然把稿子放下来说：差点忘了。就打开皮包，拿出一大堆塑料包装的棉织物来，递给我舅舅说：我给你买的 underwear①。我舅舅有好几年不说英文了，一时反应不过来，但是他还是老老实实地接了过来，把那些东西放在床上，自己也随后坐在了床上。F 就接着看小说，嗑瓜子。过了一会儿她说：怎么样呀？我舅舅说：什么？噢，underwear。他拿起一袋来看了看，发现那东西卷得像一卷海带一样，有黄色的、绿色的、蓝色的，都是中国制造，出口转内销的纯棉内裤，包装上印了一个男子穿着那种内裤的髋部，一副雄赳赳气昂昂的模样。虽然都是 XL，但是捏起来似乎不比一双袜子含有更多的纤维。他说：谢谢。F 头也不抬地喷出两片瓜子皮，说道：去试试。我舅舅愣了一会儿，拿起一袋内裤，到卫生间里去了，在那里脱掉衣服，挂在挂衣钩上，然后穿上那条内裤，觉得裹得很厉害；然后他就走出来，垂手站在门边上。这一次 F 侧坐在椅子上看稿子，把右手倚在椅背上，用左手嗑瓜子。地下很快就积满了瓜子皮。我舅舅不仅不嗑瓜子，而且不吃任何一种零食，所以他看到一地瓜子皮感到触目惊心，很想拿把笤帚来打扫一下。但是他又想：一个不吃零食者的举动，很可能对吃零食的人是一种冒犯。所以他就站着没有动。

　　小姚阿姨回家时，提着满满当当的一只手提包。我问她：你都买了一些什么呀？她就从包里掏出一袋棉织内衣来，乳罩和三角裤是一套，是水红色的。她问我：这颜色你舅舅会喜欢吗？我看着商标纸上那个女人的胴体出了一阵神，然后说道：你不穿上给我看看，我怎么知道？她

---

① 意为"内衣"。

在我额头上点了一指头，把那东西收回包里去。这时候我看到她包里这种塑料袋子有一大批，里面的衣服有红色的，黄色的，还有绿色的。回到家里她问我妈：大姐，你胸围多少？这说明她遇上了便宜货，买得太多了，想要推销出去一些。现在她还有这种毛病，门厅里摆着的鞋三条蜈蚣也穿不了。

女人上街总是像猎人扛枪进了山一样，但是猎取的目标有所不同。比方说我姥姥，上街总是要带一条塑料网兜；并且每次见到我出门，都要塞给我一块钱，并且说：见到葱买上一捆。当然，现在的女人对葱有兴趣的少了，但是女人的本性还是和过去一样。F在街上看到了她以为好的男内裤，就买了一打，这件事没什么难理解之处。她买了这些东西之后，就到我舅舅家里来，让我舅舅穿上它，自己坐在椅子上嗑瓜子、看小说。有一件事必须说明，那就是我舅舅一点都不明白她是什么意思，他不想问，他也不关心。

【五】

小姚阿姨和我舅舅谈恋爱，我总要设法偷听。这件事并不难办，她家的后窗户正对着我的院子，离我的帐篷只有十几米。我们家有台旧音响，坏了以后我妈让我修，被我越修越不成样子，她就不往回要了。其实那台机器一点毛病也没有，原来的毛病也是我造出来的。小姚阿姨不在家时，我撬开她的后窗户进去，把无线话筒下在她的沙发里面，就可以在帐篷里用调频收听他们说话，还可以录音。因为我舅舅在男孩子里行大，小姚阿姨管他叫"老大"。有一天，小姚阿姨听见邻居的收音机在广播他们的谈话，就说：老大，大事不好了！然后还说：我们也没说什么呀！我舅舅

"喂喂"地吼了两声，然后说："你等我一下。"我听到了这里，就从帐篷里落荒而逃，带走了录音带，但是音响过于笨重，难以携走，还是被我舅舅发现了，很快又发现了沙发里的话筒。好在他们还比较仗义，没有告诉我妈。小姚阿姨见了我就用手指刮脸，使我很是难堪。这件事的教训是：想要窃听别人说话，就要器材过硬，否则一定会败露。我听到过小姚阿姨让我舅舅讲讲他自己的事，他就说：我这一生都在等待。小姚阿姨很兴奋地说：是吗，等待谁？我舅舅沉默了一会儿说：等待研究数学，等待发表小说。小姚阿姨拉长了声音说：是吗。然后呢？我舅舅说：我现在还在等待。小姚阿姨说：噢。那你就等待吧。说着她就踢踢踏踏地走出去了。这件事说明我舅舅只关心他自己，还说明了女人喜欢被等待。等到窃听的事被发现以后，我就告诉小姚阿姨：我一直在等待你。她听了说：呸！什么一直等待，你才几岁？

在学校里时，老师告诉我们说，治史要有两种态度，一是科学态度，那就是说，是什么就说什么；二是党性的态度，那就是说，是什么就偏不说什么。虽然这两种态度互相矛盾，但咱们也不能拿脑袋往城墙上撞。这些教诲非常重要。假如我把话筒的事写入了我舅舅的传记，那我就死定了。众所周知，我们周围到处是窃听器。我想知道我舅舅和小姚阿姨在新婚之夜说什么，有关部门也想知道我们在说什么。我这样写，能不是影射、攻击吗？

F在他家里时，我舅舅靠门站着，一声不吭。后来她终于看完了一段，抬起头来看我舅舅，把他上下打量了一番后，面露笑容，偏着头嗑了一粒瓜子，说：挺帅的，不是吗？我舅舅在心里说：什么帅不帅，我可不知道。然后她又低头去看小说，看一会儿就抬头看一眼我舅舅，好像一位画家在看自己的画。但我舅舅可不是她画的。他是我姥姥生的，生完之后又吃了四十年粮食才长到这么大，不过这一点和有些人很难说明白。她只顾看我舅舅宽阔的胸膛，深凹的腹部，还有内裤上方凸现的六块腹肌。那条内裤窄窄的，里面兜了满满的一堆。她对这个景象很满意，就从桌子上捞起个杯子说：去，给咱倒杯水来。我舅舅接过那个杯子去倒水，感到如释重负。

第三章

【一】

F 和小姚阿姨一直认为我舅舅是个作家，这个说法不大对。我舅舅活着的时候没有发表过作品，所以起码活着的时候不是作家。死了以后遗著得以出版，但这一点不说明问题：任何人的遗著都能够出版，这和活着的人有很大的不同。这个道理很容易明白，死掉是最好的护身符。我认识的几位出版家天天往监狱跑，劝待决犯写东西，有时候还要拿着录音机跟他们上刑场，赶录小说的最后几节。有个朋友就是这样一去不回了，等他老婆找到他时，人已经躺在停尸房里，心脏、肾、眼球、肝脏等等都被人扒走了，像个大梆子一样——你当然能想到是崩错了人，或者执行的法警幽默感一时发作，但是像这样的事当然是很少发生的。这些死人写的书太多了，故而都不畅销。可以说我舅舅成为作家是在我给他写的传记在报上连载之后，此时他那些滞销的遗著全都销售一空。小姚阿姨作为他的继承人，可多抽不少版税。但是她并不高兴，经常打电话给我发些牢骚，最主要的一条是：F 凭什么呀！她漂亮吗？我说：你不是见过相片了吗？她说：我看她也就一般，四分的水平——你说呢？我不置可否地"嗯"了几声，把电话挂上了。F 不必漂亮，她不过是碰巧漂亮罢了。我舅舅也不必写得好才能当作家，他不过是碰巧写得好罢了。人想要干点什么或者写点什么，最重要的是不必为后果操心。

只要你有了这个条件，干什么、写什么都成，完全不必长得漂亮，或者写得好。

我舅舅和小姚阿姨的谈话录音我还保留着，有一回带到小姚阿姨那里放了一段，她听了几句，就说：空调开得太大！其实当时根本就没开空调。又听了几句，她赶紧把录音机关上了。我舅舅那种慢条斯理的腔调在他死了以后还是那么慢条斯理，不但小姚阿姨听了瑟瑟发抖，连我都直起鸡皮疙瘩。那一回小姚阿姨问他为什么不搞数学了，他说：数学不能让他激动了。后来他还慢慢地解释道：有一阵子，证明一个定理，或者建好了一个公理体系，我的心口就突突地跳。小姚阿姨说：那么写小说能使你激动吗？我舅舅叹了一口气说：也不能。后来小姚阿姨带着挑逗意味地说：我知道有件事能让你激动——就是听到这里，小姚阿姨朝录音机挥了一拳，不但把声音打停，把录音机也打坏了。但我还记得我舅舅当时懒洋洋地说道：是吗——就没有下文了。我舅舅的心口早就不会突突跳了，但是这一点不妨碍他感到胸闷气短、出冷汗、想进卫生间。这些全是恐惧的反应，恐惧不是害怕，根源不在心脏，而在全身每个细胞里。就是死人也会恐惧——除非他已经死硬邦了。

现在该谈谈 F 在我舅舅那里时发生的事了。他去给她倒了一杯开水，放在桌子上，然后还站在门口。F 用余光瞥见了他，就说：老站着干啥，坐下吧。我舅舅就坐在床上，两手支在床沿上。后来 F 的右手做了个招他的手势，我舅舅就坐近了。F 换了个姿势：跷起腿，挺起胸来，左手拿住手稿的上沿，右手搭在了我舅舅的右肩上，眼光还在稿纸上。你要是看到一个像我舅舅那样肌肉发达皮下脂肪很少的男子，一定会怀疑他吃过类固醇什么的。我敢和你打赌说他没有吃，因为那种东西对心脏有很大的害处。F觉得我舅舅肩膀浑圆，现代力士都是这样，因为脖子上的肌肉太发达。她顺着他肩膀摸过来，一直摸到脖子后，发现掌下有一个球形的东西，心里就一愣：怎么喉结长在这里？后来又发现这东西是肉质的，就问：这是怎么了？我舅舅也愣了一下才说：挑担子。有关这件事，我有一点补充：我舅舅不喜欢和别人争论，插队时挑土，人家给他装多少他就挑多少。因此别人觉得他逞能，越装越多。终于有一次，他担着土过小桥时，桥断了，连人带挑子一起摔进了水沟里。别人还说他：你怎么了？连牲口都会叫唤。总而言之，他就是这么个倒霉鬼。但是他的皮肤很光洁。F后来把整个手臂都搭在他脖子上，而我舅舅也嗅到了她嘴里的瓜子香味。我已经说过，我舅舅从来不吃零食，所以不喜欢这一类的香气。

现在可以说说我舅舅的等待是什么意思了。他在等待一件使他心脏为之跳动的事情，而他的心脏却是一个多灾多难的器官，先是受到了风湿症的侵袭，然后又成了针刺麻醉的牺牲品，所以衰老得很快。时代进步得很快，从什么都不能有，到可以有数学，然后又可以有历史，将来还会发展到可以有小说；但是他的心脏却衰老得更快。在1999年，他几乎是个没有心的人，并且很悲伤地想着：很可能我什么都等不到，就要死了。但是从表面上看，看不出这些毛病。我舅舅肌肉坚实，皮肤光洁，把双手放在肚子上，很平静地坐在床上。F抬起头来看他的脸，见到他表情平静，就笑吟吟地说：你这人真有意思。我舅舅说：谢谢——他非常多礼。然后她发现我舅舅的脖子非常强壮，就仔细端详了一阵他的脖子。她很想把自己的绸带给我舅舅系上，但是不知为什么，没有那么做。

小姚阿姨说，我舅舅很爱她，在结婚之前，不但亲吻过她，还爱抚过。她对我说，你舅舅的手，又大又温柔！说着她用双手提起裙子的下摆，做了一个兜，来表示我舅舅的手；但是我不记得我舅舅的手有这么大。我舅舅那一阵子也有点兴奋，甚至有了一点幽默感。我们一家在动物园附近一家久负盛名的西餐馆吃饭时，他对服务员说：小姐，劳驾拿把斧子来，牛排太硬。小姐拿刀扎了牛排一下，没有扎进去，就说，给你换一份吧。把牛排端走了。我们吃光了沙拉，喝完了汤，把每一块面包都吃完，牛排还是不来。后来就不等了，从餐馆里出来。他们俩忽然往一起一站，小姚阿姨就对我妈说：大姐，我们今天结婚。我妈说：岂有此理！怎么不早说？我们也该有所表示。我跟着说：对对，你们俩快算了。我舅舅拍拍我的脑袋，小姚阿姨和我妈说了几句没要紧的话，就和我舅舅钻进了出租车，先走了。我感到了失恋的痛苦，但是没人来安慰我。没人把我当一回事，想要有人拿我当回事，就得等待。

F把我舅舅的脖子端详了一阵之后，就对他说：往里坐坐。我舅舅往里挪了挪，背靠墙坐着。F站了起来，踢掉了高跟鞋，和我舅舅并肩坐着，嗑了几粒瓜子之后，忽然就横躺下来，把头枕在我舅舅肚子上。如果是别人，一颗头发蓬松的脑袋枕在肚子上，就会觉得很逗，甚至会感觉非常好。但我舅舅平时连腰带都不敢束紧，腹部受压登时感到胸口发闷。他不敢说什么，只好用放在腹部的手臂往上使劲，把她托起一点。因此他胸部和肩膀的肌肉块块凸起，看起来就如等着健美裁判打分，其实不是的。F先是仰卧着，手里捧着一些稿纸，后来又翻身侧卧，把稿纸立在床面上。这样她就背对着我舅舅，用一只手扶着稿子，另一只手还可以拿瓜子。在这种姿势之下，她赞叹道：好舒服呀！我认为，我舅舅很可能会不同意这句话。

【二】

我很喜欢卡尔维诺的小说《看不见的骑士》。这位骑士是这样的，可以出操、站队，可以领兵打仗，但是他是不存在的。如果你揭开他的面甲，就会看到一片黑洞洞。这个故事的动人之处在于，不存在的骑士也可以吃饭，虽然他只是把盘子里的肉切碎，把面包搓成球；他也能和女人做爱，在这种情况下，他把那位贵妇抱在怀里，那女人也就很兴奋、很激动。但是他不能脱去铠甲，一脱甲，就会彻底涣散，化为乌有。所以就是和他做过爱的女人也不知他是谁，是男是女，更不知他们的爱情属于同性恋还是异性恋的范畴。你从来也看不见 F 打哈欠，但是有时会看到她紧闭着嘴，下颌松弛，鼻子也拉长了，那时她就在打哈欠。你也从来看不到她大笑，其实她常对着你哈哈大笑，但是那种笑只发生在她的胸腹之间，在外面看不见。躺在我舅舅肚子上看小说时，她让我舅舅也摸摸她的肚子，我舅舅才发现她一直在大笑着（当然，也发现了她的腹部很平坦）。这一点很正常，因为我舅舅的风格是黑色幽默。由于这种笑法，她喝水以后马上就要去卫生间。她笑了就像没笑，打了哈欠就像没打，而不存在的骑士吃了就像没吃，做了爱就像没做。我舅舅也从来不打哈欠、不大笑，也不大叫大喊，这是因为此类活动会加重心脏负担。他们俩哪个更不存在，我还没搞清楚。

小姚阿姨对我说，那个 F 是你瞎编的，没有那个人吧。我说：对呀。她马上正襟危坐道：你在说真的？我说：说假的。她大叫起来：浑球！和你舅舅一样！这个说法是错误的，我舅舅和我一点儿都不一样。其实小姚阿姨和其他女人一样，一点都不关心真假的问题；只要能说出你是浑球就满意了。当时我们在她的卧室里，小姚阿姨穿一件红缎子睡衣，领口和袖子绲着黑边，还系着一条黑色的腰带。她把那条腰带解开，露出她那对丰满的大乳房说：来吧，试试你能不能搞对。等事情完了以后她说：还是没弄对。到了如今这把年纪，她又从头学起理论物理来，经常在半夜里给我打电话，问一些幼稚得令人发笑的问题。我还是第一次听说有人一辈子学两次理论物理。

　　现在该继续说到我舅舅和 F 了。我舅舅坐在床上，手托着 F 的头，渐渐觉得有点肌肉酸痛。他又不好说什么，就倒回去想起元数学来。这种东西是数学的一个分支，也可以说是全部数学的基础，它的功能就是让人头疼。在决定了给我舅舅作传以后，我找了几本这方面的书看了看，然后就服了几片阿司匹林；这种体验可以说明，我舅舅是因为走投无路，才研究这种东西。一进入这个领域，人的第一需要就是一支铅笔和一些纸张。那些符号和烦琐的公式，光用脑子来想，会使你整个脑子都发痒，用纸笔来记可以解痒痒。但当时的情况是他得不到纸和笔，于是他用手指甲在大腿的皮肤上刻画起来。画了没几下，F 就翻过身来说：干什么呀你！抠抠搜搜的！我舅舅没有理她，因为他在想数学题。F 翻回身去继续看小说，发现我舅舅还是抠抠搜搜，就坐了起来，在我舅舅喉头下面一寸的地方咬了一口。但是她没有把肉咬掉，只是留下了一个牙印。然后她就往后退了退，看着我舅舅瞪大了眼睛，胸前一个紫色的印记在消退，觉得很有意思。然后她又指着我舅舅的右肩说：我还想在这儿咬一口。我舅舅什么都没说，只是把右肩送了过去。她在那里咬了一口，然后说：把手放在我肚子上。我舅舅就把手放在那里，发现她整个腹部都在抽动，就想：噢，原来这件事很逗。但是逗在哪里，他始终没想出来。

　　F 对我舅舅的看法是这样的：块头很大，温驯，皮肉坚实（她是用牙感觉出来的），像一头老水牛。小姚阿姨对他的看法也差不多，只是觉得他像一匹种马；这是因为她没用牙咬过我舅舅。那天晚上他们俩坐出租车回到家里，往双人床上一躺，小姚阿姨把脚伸到我舅舅肚子上。我已经说过，我舅舅的肚子不经压，所以他用一只手的虎口把那只脚托起来。小姚阿姨把另一只脚也伸到我舅舅肚子上，我舅舅另一只手把她的脚托了起来。人在腿乏的时候，把脚垫高是很舒服的。小姚阿姨感觉很舒服，就睡着了。而我舅舅没有睡着。当时那间房子里点着一盏昏黄的电灯，我从外面趴窗户往里看，觉得这景象实属怪诞；而且我认为，当时我舅舅对螃蟹、蜘蛛、章鱼等动物，一定会心生仰慕，假如他真有那么多的肢体，匀出两只来托住小姚阿姨的脚一定很方便。而小姚阿姨一觉醒来，看到新婚的丈夫变成了一只大蜘蛛，又一定会被吓得尖声大叫。我觉得自己的想象很有趣，就把失恋的痛苦忘掉了。

现在该说说我自己了。我失恋过二十次左右，但是这件事的伤害一次比一次轻微，到了二十岁以后就再没有失恋过，所以我认为失恋就像出麻疹，如果你不失上几次，就不会有免疫力。小姚阿姨的特殊意义，在于她排在了食堂里一位卖馅饼的女孩前面。她知道了这件事以后，还叫我带她去看看；买了几块馅饼之后，我们俩一齐往家走。她说道：有胡子嘛。那姑娘上唇的汗毛是有点重，以前我没以为是个毛病，听她一说，我就痛下决心，斩断了万缕情丝，去单恋高年级的一个女孩，直到她没考上重点高中。要知道我对智力很是看重，不喜欢笨人。这些是我头三次失恋的情形。最后一次则是这样的：有一天，在街上看到一个女孩迎面走来，很是漂亮，我就爱上了她。等我走到她身后，嗅到了一股不好闻的味儿，就不再爱她了。小姚阿姨说我用情太滥、太不专。我说，这都是你害的。她听了叫起来：小子，我是你舅妈呀！现在我叫她舅妈她就不爱听了，这说明女人在三十岁时还肯当舅妈，到了四五十岁时就不肯了。

【三】

有人说，卡彭铁尔按照贝多芬《第五交响乐》的韵律写了一本小说，到底这本小说是不是这样的，只有贝多芬本人才能做出判断，而他写这本书时，贝多芬已经死了。我舅舅的全部小说都有范本，其中一本是《逻辑教程》。那本书的第78页上说：

1. 真命题被一切命题真值蕴涵；

2. 假命题真值蕴涵一切命题。

我舅舅的小说集第78页上也有他的一段自白：在一切时代都可以写好小说，坏小说则流行于一切时代。以上所述，在逻辑学上叫作"真值蕴涵的悖论"，这一段在现在的教材里被删掉了，代之以"……"，理由是宣扬虚无主义。我舅舅的书里这一段也被"□"取代，理由也是宣扬虚无主义。像这样的对仗之处，在这两本书里比比皆是，故而这两本书里有很多的"……"和"□"。他最畅销的一本书完全由"□"和标点符号组成，范本是什么，我当然不能说出来。它是如此的让人入迷，以至到了人手一本的地步，大家都在往里填字，这件事有点像玩字谜游戏。F读这些小说时，其中一个"□"都没有，这就是我舅舅流冷汗的原因。但是F并没有指出这些不妥之处，可能是因为当时她已经下班了。到天快黑时，F跳了起来，整整头发，走了出去。我舅舅继续坐在床上一动不动，直到听见汽车在楼下打着了火，才到窗口往下看。那辆汽车亮起了尾灯、大灯，朝黑暗的道路上开走了。他慢慢爬了起来，到厕所里擦了一把脸，然后回来，从书架上拿下一本书来读，可能是本数学书，也可能是本历史书，甚至可能是本小说。但是现在我舅舅已经死了，他读过了一些什么，就不再重要了。在读书的时候，他想象F已经到了公园里，在黑暗的林荫道上又截住了一个长头发的大个子。那个人也可能拿了个空打火机，可能拿了一盒没有头的火柴；或者什么都没有拿，而是做出别的不合情理的举动。被她截住后，那人也可能老老实实，也可能强项不服。于是 F 就用浑厚的女中音说道：例行检查，请你合作啊！"合作"这个词，在上个世纪被用得最滥了。起初有一些小副食商店被叫作"合作社"，后来又有合作化等用法，当然在大多数情况下，是要你束手就擒之意。最后演化为甜蜜、nice 的同义语，是世纪末的事。F 的工作，就是检查每个人是否合作。我舅舅想，也许她会发现一个更合作的人，从此不来了。这样想的时候，心里有点若有所失。但这是他多心，很少有人比他更合作——换言之，很少有人比他更甜蜜、更 nice，因为他是个没有心的人。

因为我说我舅舅是个很合作的人，有读者给报纸写信说我笔下有私。他认为我舅舅根本就不合作，因为他把"真值蕴涵的悖论"偷偷写进了小说里。我怀疑这位读者是个小说家，嫉妒我舅舅能出书。但我还是写了一篇答辩文章，说明我舅舅不管写了什么，都是偷偷在家里写；而且他从来不敢给报纸写信找历史学家的麻烦。这样答辩了以后，就不再有人来信了。这种信件很讨厌，众所周知，现在数理逻辑正在受批判，官方的提法是，这是一门伪科学，正如上世纪初相对论在苏联，上世纪中马尔萨斯《人口论》在中国一样。再过些时候，也许会发现没有数理逻辑不行，就会给它平反。在这之前，我可不想招来"宣传数理逻辑"的罪名。

我舅舅生活的时代夜里路灯很少，晚上大多数窗口都没有灯光。他点了一盏灯看书，就招来了一大群蚊子、蛾子，噼噼啪啪撞在了纱窗上。后来他关掉了灯，屋子里一片漆黑，只剩下窗口是灰蒙蒙的，还能感到空气在流动。虽然住在十四楼上，我舅舅还是感觉到有人从窗口窥视，随时会闯进来。他想的是：假如有人闯了进来，就合作。没人闯进来就算了。想完了这些，他躺下来睡了。

小姚阿姨说，我舅舅在新婚之夜也很合作。那天晚上她一觉醒来，看到屋里黑洞洞，就爬起来开灯。灯亮了以后，发现我舅舅坐在床头在甩手。她觉得这样子很怪，因为她不知道我舅舅一直用手托着她的脚，故而血脉不通，两手发麻。因为她卧室里安了一盏日光灯，那种灯一秒钟闪五十下，所以她看到我舅舅有好多只手，很是怪诞。后来我舅舅甩完了，那些手也消失了，只剩下了两只，但她还是觉得我舅舅很陌生。据我所知，有些女人在初次决定和某男人做爱时，对他会有这种感觉，小姚阿姨就是这些女人里的一个。她对我舅舅说：去洗洗吧。我舅舅进了卫生间，等他出来时，小姚阿姨没往他身上看，也进了卫生间，在那里洗了一个淋浴，穿上她那套水红色的内衣内裤，走了出来。这时候我舅舅已经关上了大灯，点亮了床头灯躺在床上，身上盖了一条毛巾被。小姚阿姨走过去，拉起那条毛巾被，和我舅舅并肩躺下。后来我舅舅说道：睡吧。然后就没了声息，呼吸匀静，真的睡着了。小姚阿姨想起我妈过去说过的话，"我弟弟可能不行"，原来她已经把这话忘掉了。但是她还是决定要有所作为。等我舅舅睡熟以后，她悄悄爬了起来，关上了台灯，自己动手解下了胸罩，揭开了毛巾被，骑跨到我舅舅身上，像一只大青蛙一样；把脸贴在我舅舅胸前那块冷冰冰的地方，也就是心脏的所在；然后也睡着了。小姚阿姨给不少人讲过这件事。有些人认为，"合作"应当男女有别，一个男人在新婚之夜有这种表现，不能叫作"合作"。在这种时刻，男人的合作应该是爬起来，有所作为。在这方面，我完全同意小姚阿姨的意见：合作是个至高无上的范畴，它是不分时刻，不分男女的。它是一个"接受"的范畴，有所作为就不是合作。

那天夜里天气闷热，我舅舅很难受。他觉得胸闷气短，脖子上流了不少热汗。午夜时下了一场雨，然后凉爽很多，我舅舅就在那时睡着了。他醒来时，窗外已是灰蒙蒙的，大概有四点钟光景。虽然是夏季，这时候也很冷。蒙眬中，他看到 F 站在床头，头发湿漉漉的，正把裙子往书架上挂。然后她转过身来，我舅舅看到她把衬衫的前襟系住，露出黑绸内裤，而黑色的丝袜正搭在椅子上。并且伸了个懒腰——手臂没有全伸开，像呼口号时那样往上举了举——打了个哈欠，鼻子皱了起来。我舅舅知道 F 打哈欠别人是不应当看到的，所以他觉得事情有点不对了。然后 F 就撩起我舅舅身上的毛巾被爬到床上来，还用肩膀拱拱我舅舅说：往里点。我舅舅当然往里缩了缩——换言之，他把身子侧了侧，F 就背对着我舅舅躺下了。我舅舅认为，F 可能是在梦游，或者下班时太困，所以走错了路。这两种情况的结果是一样的，那就是 F 并不知道自己在什么地方，不知道我舅舅是谁。而且我舅舅不能断定 F 在梦游，故而也不能断定提醒她一句是不是冒犯。假设你是个准备合作的人就肯定会同意，不能断定对方是否在梦游，是人生在世最大的噩梦：假如你以为对方睡着了，而对方是醒着的，你就会有杀身之祸，因为你不该污蔑说对方睡了；假如你以为对方是醒着的，而对方睡了，也会有杀身之祸，因为你负有提醒之责。我舅舅僵在那里，一动也不敢动。后来 F 用带了睡意的声音说道：你身上有汗味，去洗洗吧。我舅舅就轻轻爬了起来，到卫生间淋浴去了。

那天早上我舅舅洗冷水淋浴，水管里的水流完了之后，出来的是深处的水，所以越洗越冷，他的每一个毛孔都紧闭起来。因此他阴囊紧缩，双臂夹紧双肋。他关上水龙头往窗外看，看到外面灰茫茫的一片。然后他从卫生间出来，看到 F 在床上伸展开四肢，已经睡熟了。

【四】

二十一世纪心理学最伟大的贡献，就是证明了人随时随地都会梦游，睁着眼睛进入睡梦里，而且越是日理万机的伟大人物，就越容易犯这种病。这给我们治史的人提供了很好的工具，很多重大历史事件都可以用这个理论来解释。人在梦游时，你越说他在梦游，他就会沉入越深的梦境，所以必须静悄悄地等他醒来。但是有时实在叫人等不及，因为人不能总活在世界上。

你在这个世界上活得越久，就越会发现这世界上有些人总是在梦游。由此产生的沟通问题对心脏健康的人都是一种重负，何况我舅舅是一个病人。我舅舅坐在椅子上，而 F 在睡觉，衬衫上那个黑领结已经解开了，垂在她肩上。那间房子里像被水洗过一样的冷，并且弥漫着一股新鲜水果才有的酸涩味。起初周围毫无声响，后来下面的树林里逐渐传来了鸟叫声。F 就在这时醒来，她叫我舅舅站起来，又叫他脱掉内裤，坐到床上来。我舅舅的那东西就逐渐伸直了，像一根直溜溜的棍子。F 向它俯过身去，感到了一股模糊不清的热气。她又用手指轻轻地弹它，发现它在轻轻颤动着。F 舔舔嘴唇，说道：玩吧。然后就脱掉上衣。这时候我舅舅想说点什么，但后来什么都没有说。

我舅舅的传记登在了《传记报》上，因为上述那一段，受到了停报三天和罚款的处分。为了抵偿订户的损失，报社决定每天给每户一桶可乐。总编说，我们已经被罚款了，这可乐的钱不能再让我们出。我本可以用支票或信用卡来支付买可乐的钱，但我借了一辆小卡车，跑遍了全城去找便宜可乐。最后我终于找到了一种最便宜的，只差三天就到保质期。最让我高兴的是：这是一种减肥可乐，一点都不甜，只有一股甘草味。中国人里没人会爱喝，而我恰恰是要把这种东西送给中国人喝。这种情况说明我不想合作，心里憋了一口气——众所周知，我们从来都是从报社拿稿费，往报社倒贴钱的事还没有过——但我不能不合作，因为是我的稿子导致报社被停刊，假如不合作，以后就不会有人约我稿了。在这种情况下，我感到很是气恼、难堪，整整一天都是直撅撅的。因为这种难得的经历，我能体会到我舅舅当时的感觉。他赤身裸体坐在床上，背对着F，周围空气冷冽。F弓起身来，把脸贴在他大腿上，眼睛盯着他的那玩意儿，这使他感到非常难堪；而那玩意儿就在难堪中伸展开来，血管贲张。不管怎么说吧，别人没有看到我的难堪，而我舅舅却在别人的注视之下；因此他面色通红，好像很上劲的样子。其实假如F不说"玩吧"，他就要说"对不起"、"sorry for that"之类的话了。直到最后，他也不知那样子是不是合作，因为从下半截来看，他是一副怒气冲冲、强项不伏的样子，这不是合作的态度；从上面看，他满面羞愧，十分腼腆，这样子又是十分合作的了。就是在干那件事时，他也一直感到羞愧难当，后来就像挨了打的狗一样在床上缩成一团。好在后来F没有和他再说什么，她洗了个冷水澡，穿上衣服就走了。对于我舅舅传记的这个部分，《传记报》表示：您（这是指我）的才气太大，我们这张小报实在是无福消受；再说，明知故犯的错误我们也犯不起。这是从报社的角度提出问题，还有从我这面提出问题的：您是成名的传记作家，又是历史学会会员，犯不上搞这样直露的性描写——这是小说家干的事，层次很低。但是我舅舅干出了这样直露的事，我又有什么办法呢？

这些都是历史事实。不是历史事实的事是这样的：我舅舅和小姚阿姨结了婚后，就回到他原来住的房子里，找出一台旧打字机，成天噼噼啪啪地打字。小姚阿姨叫我去看看他，但我不肯去。这是因为小姚阿姨在我心目里已经没有原来的分量了。后来她答应给我十块钱，这就不一样了。骑车到我舅舅那里，来回要用一小时。在十三岁时，能挣到十块钱的小时工资，实在不算少。我认为，十块钱一小时，不能只是去看一看，还该有多一点的服务，所以就问小姚阿姨：是不是还要带句话去。她就显得羞答答的，说道：你问问他怎么了，为什么不回家。我的确很想记着问我舅舅一句，但是到了那儿就忘了。

我给我舅舅写传记，事先也做过一些准备工作，不是提笔就写的。比方说，我给他过去留学时的导师写信，问我舅舅才情如何。那位老先生已经七十岁了，回信说道：他记得我舅舅，一个沉默的东方人，刚认识时，此人是个天才，后来就变得很笨。我再写信去问：我舅舅何时是天才，何时很笨？他告诉我，我舅舅初到系里当他研究生时是个天才，后来回中国去养病，就变笨了；经常寄来一些不知所云的 paper，声称自己证出了什么定理，或者发明了什么体系。其实这些定理和体系别人早就发现了。这老先生说，你舅舅怎么把什么都忘了？开头他还给我舅舅寄些复印件，告诉他，这些东西都不新鲜了；后来就不再搭理我舅舅。因为我舅舅的发现是逆历史潮流而动的，换言之，他先发现高级的和复杂的定理，再发现简单和原始的定理，最后发现了数学根本就不存在；让人看着实在没有意思。考虑到收信人是他所述那位先生的外甥，他还在信尾写了几句安慰我的话：据他所知，所有的天才最后都要变成笨蛋。比方说他自己，原来也是个天才，现在变成了一个"没了味的老屁"。这段话在英文里并不那么难听，是翻成中文才难听的。如此说来，从天才变老屁是个普遍规律，并且这个事件总发生在男人四十多岁的时候；具体到我舅舅这个例子，发生在他和小姚阿姨结婚前后。这件事也反映到了他的小说里，结婚前他写的小说里"□"很多，婚后"□"就少了，到他被电梯砸扁前几个月，他还写了一篇小说，现在印出来一个"□"都没有。当然，这也要看是什么人，从事什么样的事业。有些人从来就证不出最简单的数学定理，写的小说也从来就不带"□"，还有些事业从来就显不出天才。女人身上也有个类似的变化，从不穿衣服更好看，变到穿上一点更好看。这个事件总发生在女人三十多岁的时候。当然，这也要看是什么女人和什么衣服，有些女人从来就是穿上点好，有些衣服也从来就是穿了不如穿。原来我打算以此为主题写写我舅舅和小姚阿姨，但是有关各方，包括上级领导、《传记报》编辑部，还有我舅舅小说的出版商都不让这样写，他们说：照我这个逻辑，大家不是已经变成了老屁，就是从来就是老屁；不是已经变成了"遮着点"好，就是从来都是遮着点好。现在四十多岁的男人和三十多岁的女人太多了，我们得罪不起。因此我就写了我舅舅和 F 这条线索。谁知写着写着，还是通不过了。早知如此，就该写小姚阿姨。作为我舅舅的遗孀，她一点都不在乎我把我舅舅写成个老屁。对于这件事，她有一种古怪的逻辑，根据这种逻辑她说：这么一来，我们就扯平了。

【五】

我说过，我舅舅很年轻时就得了心脏病。医生对他说：你不能上楼梯，不能呛水，不能抽烟喝酒，不能……有很多不能；其中当然包括不能做爱。但是大夫又说：只要你不想活了，想干什么都可以。领导对我们说：只要你不出格，写什么都可以。这两句话句式相似，意思却相反，想活和出格的意义完全相悖。所以我舅舅一旦不想活了，就可以干一切事，而我们不出格，就什么都不能写。我舅舅一直很想活，所以假如哪天回家时看到电梯停了电，就在楼下等着。到天黑时还不来电，他就叫一辆出租车到我家来，和我挤一张床。我那张床一人睡还算宽敞，再加上一条九十公斤的壮汉，地方就不够了。因为这个缘故，新婚之夜他对小姚阿姨说，睡吧。第二天早上他醒来时，看到小姚阿姨睡在他怀里，当时她有一对纯天然、形状美好的乳房，身体其他部分也相当好看。我舅舅看了以后，马上就变了主意，不想活了。他立刻奔回家来给自己料理后事，把没写完的小说都写完，并且搜罗脑子里有关数学的主意，把它们都写成论文投寄出去。这些事干得太匆忙，所以小说没有写好，论文也带有老屁的味道。他这个人独往独来惯了，做这些事的时候，忘掉了或者根本就不会想起要和小姚阿姨打个招呼。后来他倒是托我告诉小姚阿姨，他忙完了就回去。我回去以后总是忘记把这话告诉小姚阿姨。所以她现在怀疑，这段时间里，我舅舅在和 F 做爱，天天云雨不休。那位 F 穿了一件白底带黑点的衬衫、一条黑裙子，脖子上系着黑绸带，内衣是黑色的。小姚阿姨告诉我说，她从来不穿黑色的内衣，因为觉得太不正经。这一点我倒没有想到。总而言之，我舅舅再回到小姚阿姨那里时，头顶已经秃了，皮肤变成了死灰色，完全是个老屁的模样。他要求和小姚阿姨做爱，小姚阿姨也答应了，但是觉得又干又涩又难为情，因为"你舅舅那个大秃脑袋像面镜子，就放在我胸口上！"

小姚阿姨告诉我这件事时，我在她家里。我说道：不对呀。你说过，我舅舅是个善良的人，和他做爱很快乐，现在怎么变成了又干又涩呢？她就把自己的拳头放在嘴里咬了一口说：我说过的吗？我告诉她时间、地点、上下文，让她无法抵赖。这是我们史学家的基本功。不过，时间地点上下文都可以编出来。她说：不记得了。又说：就算说过，不能改吗？我对后一句话击节赞赏，就说：你别学物理了，来学历史吧。我看你在这方面有天才，我招你当研究生好了。她愣了一下说：你说话可要算话呀。这话使我又发了一阵子愣，它说明女人没有幽默感，就算有一点，也是很有限。其实我并不想招她当研究生，而且今年上面很可能不让我招研究生——我已经出格了。

　　现在该说说我出格的事了。有一天早上，我收到一张传票，让我到出版署去一趟。到了那里，人家把我的史学执照收去打了一个洞，还给我开了三千元的罚单，让我去交钱。因为执照上已经有了三个洞，还被停止著述三个月，并且要去两星期的学习班。此后每天都要去出版署的地下室，和一帮小说家、诗人、画家坐在一起。有一位穿黑皮夹克的女孩子坐在主席位子上，手里拿了一根黑色的藤棍，说道：大家谈谈吧。新来的先谈。你怎么了？我羞答答地说：我直露。她砰的一声把藤棍抽到卷宗上，喝道：什么错误不能犯，偏要直露！你是干啥的？我说：史学家。她又砰地抽了一下桌子，说道：史学家犯直露错误！新鲜啊。以为我们不查你们吗？我低声下气地检讨了一阵子。等到午餐时间，我和她去吃饭，顺便把给她买的绿宝石项链塞到她包里。她笑吟吟地看着我，说：小子，不犯事你是不记得我呀。我当然记得她，她是个真正的虐待狂，动起手来没轻没重。如果求别人有用的话，绝不能求她；但我的执照上已经有了三个洞，不求不行了。我说：我想考张哲学执照。她说：有事晚上到家里去谈吧。钥匙在老地方……带上一瓶人头马。我擦擦脸上的汗水，说道：我去。于是她站了起来，挥了一下藤鞭说：下午我有别的事。谁欺负你了，告诉我啊。

　　我在学习班里，的确很受欺负，但这不意味着我要找督察（就是那位穿黑夹克的女孩，她也是师大历史系毕业的，所以是我的师妹）告状。下午分组讨论时，听到了很多损我的话。有位小说家阴阳怪气地说：我以为犯直露错误是我们的专利哪。还有位诗人说：这位先生开了直露史学的先河，将来一定青史留名。有位画家则说，老兄搞直露史学，怎么不通知兄弟一声？让我也能画几张插图，露上一手。这种话听上一句两句不要紧，听多了脸上出汗。我禁不住要辩解几句：诸位，我写的是我家里的人，是我嫡亲的娘舅。所以虽然犯了直露错误，还有些有情可原的地方。结果是那些人哄堂大笑起来，说道：以前还不知道，原来史学家干的就是这样的事呀！这种遭遇使我考哲学执照的决心更加坚定了。众所周知，哲学家很少会出格，就是出了格也是宣传部直接管，不会落到层次如此之低。

第四章

【一】

　　我到出版署的那个女孩家里去，带去了一瓶人头马。她住在郊区的一所花园公寓里，院子里有一棵樱桃树。每回我到她那里去，她都要带我去看那棵树。那棵树很大，弯弯曲曲的，能供好几个人上吊之用，看到它，心里就有一种不祥的预感。晚上花园里黑森森的，一棵老树一点都不好看。看完了那棵树回到客厅里，她让我陪她玩一会儿，还说：轻松一下。咱们是朋友嘛。最早一回"轻松"时，我是前俄国海军上将波将金，这个官儿着实不小；但她是沙皇叶卡婕琳娜。所以我要单膝下跪去吻她的手，并且带来了一个蛋糕，说是土耳其苏丹的人头。她让我把它全吃下去，害得我三天不想吃饭。上一回她是武则天；我是谁就不说了，免得辱没了祖宗——总而言之，我奏道：臣阳具伟岸。她就说：拿出来我看看——就这个样子也叫伟岸？搞得我很难堪。这一回她不过是个上世纪的女红卫兵，扎了两条羊角小辫，身穿绿色军装，手舞牛皮武装带，而我穿了一件蓝色中山服，头上戴了纸糊的高帽子。她大喝一声道：你们这些知识分子，三天不打，皮肉就发痒啊。我则哭咧咧地答道：思想没改造好——噢！错了，回小将的话，思想没改造好嘛。她说：那就要先触及你的肉体，后触及灵魂。你可有不同意见？我说：小的哪里敢。她说：胡扯。"小的"是什么时候的话，亏你还是史学家。我还真不知该说些什么（红卫兵哪有打人前问被打者意见的），只好说：就算我罪该万死，你来砸烂狗头好了。然后她就说：去！刷厕所！我去刷洗了厕所、厨房，回来的时候四肢酸痛，遍体鳞伤。奇怪的是她好像比我还要累，但要把我背上的瘀伤算在内，也就不奇怪了。后来她往沙发上一躺，说道：和历史学家玩，真过瘾！二十世纪真是浪漫的世纪，不是吗？但我实在看不出它有什么浪漫的。假如让我来选择，我宁愿当波将金。这就是说，我以为十八世纪更加浪漫。但我也不想和督导大人争。

后来我就是哲学家了，这件事是这么发生的：我交了一篇哲学论文，通过了答辩，就得到了哲学博士学位；凭此学位，就拿到了哲学家的执照，前后花了两个月的时间。考虑到出版署执照处文史督导，也就是我师妹给我打了招呼，这个速度还不算太快。但假如没有人打这个招呼，我就是亚里士多德以来最伟大的哲学天才了。我现在有两张照，一张是粉红色的，上面有三个洞。另一张是大红色的，崭新崭新，也没有洞，像处女一样。从皮夹里拿出来一看，感觉真好。但我要时刻记住，我不是武则天，不是叶卡捷琳娜，也不是红卫兵。从本质上说，我和我舅舅是一类的人。虽然我舅舅拿不到执照，我能够拿到执照，但我拿到了执照，也只是为了在上面开洞。用督导大人的话来说，这就叫贱。我和我舅舅一样，有一点天才，因此就贱得很。

《传记报》来约我把我舅舅的传记写完，并且说，我想写啥就写啥，他们连稿都不审了。这个故事告诉我们说：同样一件事，如果你说是小说家的虚构，问题就很严重；假如说成历史事实，问题就轻微，但还是有问题。假如你说它是高深的隐喻，是玄虚的象征，是思辨的需要，那就一点问题都没有了。在第一种情况下，你要回答：你为什么要虚构成这样，动机何在，是何居心，简直一点辩解的余地都没有。在第二种情况下，你固然可以辩解说这件事真的发生过，人家也可以把眼一瞪，说道：我觉得这种事就不该发生！在第三种情况下，则是你把眼一瞪，说道：要我解释为什么这么写？我解释出来，你能听懂吗？很显然，这最后一种情形对作者最为有利，这也是我拼命要拿哲学照的原因。报纸关心这些事的原因是：作者出了问题，报纸也会被停刊、罚款。所以我舅舅的传记又开始连载时不叫人物传记，而叫哲理小说了。读者反应还不坏，有人投书报社说，狄德罗写过《拉摩的侄子》，现在我们有了《我的舅舅》，实在好得很。还有人说，不管它是人物传记也好，哲理小说也罢，总之现在又有的看了。讨厌的是哲学界的同行老来找麻烦，比方说，有一位女权主义哲学家著文攻击我说：《我的舅舅》描述的实际上是一个父权制社会下个人受压制的故事，可惜这个故事被歪曲了。那位舅舅应该是女的（这样她就不是我舅舅，是我的姨妈），而 F 应该是男的（这样他就不叫 F，叫作 M）。这真叫扯淡，我舅舅是男是女，我还不知道吗。有一个公开的秘密想必你也知道了：大多数女权主义哲学家，不管她叫菊兰也好，淑芬也罢，净是些易装癖的男人，穿着高领毛衣来掩饰喉结，裙子底下是一双海船大小的高跟鞋，身上洒了过量的香水，放起屁来声动如雷；搞得大街上的收费厕所都立起了牌子：哲学家免入。你可以说我舅舅是数学家、小说家，但不能说他是哲学家；故而不管他所处的社会是不是父权社会，他都是男的。当然你也可以说，他不过凑巧是男的罢了。

说到我舅舅是男的，我就联想到我的哲学论文。众所周知，我是免了资格考试去拿哲学博士的，这种情况非常招人恨。学位委员会的人势必要在答辩时给我点颜色看，故而作什么论文十分关键。假如我作科学哲学的论文，人家就会从天体物理一直盘问到高深数学，稍有答不上，马上就会招来这样的评语：什么样的阿猫阿狗也来考博士！学两声狗叫，老子放你过去。我作的是历史哲学论文，结果他们搬出大篆、西夏文、玛雅文来叫我识，等到我识不出来时，他们就叫我自杀。我赖着不肯死，他们才说：知道你有后门我们惹不起。滚吧，让你通过了。从以上叙述可知，哲学本身不可怕，可怕的是相关学科。女权主义哲学其实是最好的题目，只要你男扮女装到学位委员会面前一站，那些女委员都会眼前一亮。再说，除了花木兰、樊梨花，她们也真盘不出什么了。这种情况可以说明现在女权主义哲学家为什么特别多。我师妹也劝我作女权主义哲学，她说在这方面朋友多。我宁愿忍辱偷生，也不肯扮作女人。虽然我已说过，身为妇女儿童，不管是真还是假，都是一个护身符。还有一个最管用的护身符，那就是身为低智人。

【二】

我舅舅和F熟了以后，就常到F家里去做客，有时候他是臭老九，有时候他是波将金，有时他是犹太人；F有时是红卫兵，有时是女沙皇，有时是纳粹。在我的故事里，他始终也没有变成老屁，始终保持了一头黑油油的头发和沉郁的神情。这和历史不符，但我现在是哲学家，另有所本。所谓沉郁的神情，实际是创造力的象征。这是生命的一部分。我说我舅舅到死时还保有创造力，这也与事实不符。其实，在这个意义上，生命非常短暂。有的人活到了三十岁，有人活到了四十岁。有的人根本就没活过。我们知道，海明威在六十岁上感到自己丧失了创造力，就用猎枪把脑子轰掉。川端康成在七十岁上发现自己没有了创造力，就叼上了煤气管。实际上，从丧失了创造力到自己觉察到，还要很长一段时间。他们两位实际死掉的时间要早得多。

我现在还保有创造力，有关这一点，小姚阿姨是这么说的：你有点像你舅舅，就是比他坏得多。而我那位做督察的师妹有另一种表达方式：一见到就想揍你一顿！众所周知，挨揍不是什么好滋味。她为什么那样地爱揍我是一个谜。她的头发有点自来卷，肤色黝黑，总爱穿黑色的内衣。她还有件夏天穿的绉纱上衣，是白底黑点的，领子上缀了一条黑丝带。说实在的，我就怕执照出毛病，但还是出了毛病。我给我师妹打电话，她说：连哲学照你都给弄上了洞，本事真不小啊！说吧，这一回你想要什么照？我说：这回什么照都不想要。你能不能介绍我到出版署工作？她沉吟了一阵说：师哥，你可要想好了。你要是在我们这里工作，写什么是都方便。但是出了毛病，就要往脑袋上打洞了。我说：打就打。晚上我到你那里去，要不要再带瓶人头马？这件事告诉我说，所谓创造力，其实出于死亡的本能。人要是把创造力当成自己的寿命，实际上就是把寿命往短里算。把吃饭屙屎的能力当作寿命，才是益寿延年之妙法。

我和我舅舅不同的地方是我有点驼背，皮肤苍白，胸前只有一些肋骨，没有肌肉。这是很不体面的，所以我加入了一个健身俱乐部，到那里去举哑铃，拉拉力器。练了一天，感觉肌肉酸痛，就再也不去了。夏天我也到海滨去过，在那里的沙滩上晒太阳，不过我又没耐性在沙滩上躺太久。所以我的皮肤还是像一张白色的无光纸。唯一像我舅舅的是那杆大枪，我师妹见了这个模样就捂着嘴笑起来说：师哥，你真是逗死了——快收起来吧。我不是我的舅舅，我师妹也不是F。我觉得她有点喜欢我，因此很放松，嘻嘻哈哈的，再加上她老叫我"收起来"，所以什么事也搞不成。因为这个缘故，后来我就没当成出版署的公务员，也没当上我的师妹夫，这后一种身份又称"出版署家属"，非常好的护身符。我还拿着打了两个洞的哲学家执照鬼混——用它还能把我舅舅的故事写完，以后怎么办，再想办法吧。

下篇　我自己

第一章

【一】

我被取消了身份，也就是说，取消了旧的身份证、信用卡、住房、汽车、两张学术执照。连我的两个博士学位都被取消了。我的一切文件、档案、记录都被销毁——纸张进了粉碎机，磁记录被消了磁。与此同时，我和公司（全称社会治安综合治理总公司）的钱财账也两清了——这笔账是这么算的：我的一切归他们所有，包括我本人在内；他们则帮我免于进监狱。公司的人对我说，假如把你移交给司法机关，起码要判你三十年徒刑，还可能在你头上打洞，但是我们也不希望发生这样的事——这说明我们的工作没做好。他们给了我一个新的身份，我的名字叫 M，我有一张蹩脚中学的毕业文凭，让我在一个建筑公司当工人，还给了我五块钱——考虑到我在银行里的五十万块存款都将归公司所有，只给这一点钱真是太少——然后开车送我去新的住处，有一样东西不用他们给，就是我的新模样。安置以前我有一点肚子，甚至可以说在发胖，现在已经尖嘴猴腮了。

有一件事必须补充说明，我现在犯的不光是直露错误，还有影射错误，因而万劫不复了。这后一条错误是公司的思想教育研究会发现的。我绝不敢说公司这样检举我，是为了扩大自己的营业额。我只是说，有这么一回事。

　　这个故事到此就该重新开始：某年某月某日下午，有一个 M，他是个又瘦又高、三十岁的男子，穿着一件宽大的白色丝衬衣，一条黑色的呢料裤子，一双厚底的皮鞋，钻进了一辆黑色的大汽车（这辆汽车和殡仪馆的汽车有点像，并且也被叫作送人的车），前往东郊一个他不认识的地方。有两个穿黑衣服的男子陪他同去，并且在汽车后座上不断地敲打他的脑袋，拍打他的面颊，解开他衬衣的领扣，露出一小片苍白、消瘦的胸膛，说一些尖酸的话，但是意在给他打气。后来汽车在一座上世纪五十年代建成的旧砖楼前停了下来，同去的人在他后背上推了他一把说：你到了。并且递给他一张窄行打印纸，说：该记着的事都在上面。M 从车上下来，走了几步，拍了一下前门，司机把玻璃放下来。M 说：能给我几支烟吗？司机取出一个烟盒，往里看了看，说道：还有六支。递给他，并且问道：还有事吗？ M 摇摇头，转过身去，汽车就从他身后开走了。

　　此时天色将暗，旧楼前面有很多乱糟糟的小棚子。因为天有点凉，M 打了一个寒噤。然后他就走到那座旧楼里去，爬上砖砌的露天楼梯。那张打印纸上写着"407"，也就是四楼七号。走廊上一盏灯都没有，所以也看不出哪里是几号。于是他随手敲了一家的房门，门开时，一个小个子女人用肩膀扛住门扇。M 想，我应该让她看个清楚，以免她不信任我，就一声不响地站着。从敞开的门里，传来一股羊肉炖萝卜的气味。据我所知，M 既不喜欢吃羊肉，也不喜欢吃萝卜，所以他对这股气味皱起了鼻子。那女人看清他以后让开了门，把头往里一摆，M 就走进去。这间房子里很热，因为有个房间里生了火。她用手一指说：往里走，给我看着孩子，饭一会儿就得。M 就朝里面走去，绕过了破旧的冰箱、破烂的家具，走进一间尿味扑鼻的房间，这里有两个小床，床上躺了两个婴儿，嘴里叼着橡皮奶嘴，瞪着眼睛看着他。M 想道，你们千万不要哭，哭起来我真不知怎么办好。这间房子里点了一盏昏黄的灯。那个女人在厨房里说：你会做饭吗？

M 说：不会。她又问：会不会鼓捣电器？他想到自己过去学过物理，就说：会一点。于是她说：那还好，不是白吃饭。

在被重新安置（也就是说，被取消了旧身份，换上新身份）之前，我上过两星期的学习班。如前所述，参加学习班原本就是我生活的一部分，但这回和以往不同：除了让你检讨错误，还讲一些注意事项。最重要的是，我们不要回到原来住的地方，也不要和过去认识的人取得联系，假如这样做了的话，"重新安置"就算无效，我们过去犯的错误也就不能一笔勾销了。我们当然明白，这是暗示我们将住监狱。重新安置了以后，我们既没有妻子（或者丈夫），也没有儿女。假如原先有，公司也会替我们处理，或者离婚，或者替我们抚养。要知道我们这些人都是挺有钱的，现在一切都归他们了。我记得讲到这里时，会场上一片不满的嘘声。公司的代表不得不提高嗓音说：这就够好的了，要知道在上个世纪，你们这些人不是去北大荒，就是去大戈壁，而现在你们都安置在北京城里！作为一个史学家，我不用他提醒我这个。我只关心重新安置了以后，活不下去怎么办。公司的代表回答说，假如大家都活不下去，就会产生新的治安问题。他们不会让我们活不下去的。我们会有新的家庭，新的妻子或者丈夫，这些公司会安排。我认为，我未来的妻子是什么样的，最好现在就形容一下。但公司的代表认为，这不是我该或者我配关心的问题。

还有一个问题，我们这些人可不可以互相联系，以便彼此有个照应？公司的人说：绝对不可以。我们之间不能横向串联，也许公司会安排我们彼此认识，除此之外，一切联系都不可以有。这些问题都明确了以后，我就开始想象，在公司给我安排的新家里有什么。我怎么也没想到会有一个半老不老的婆子，还有一对双胞胎。还有这么辛辣的臊味。在昏黄的灯光下，我四处张望，看到这座旧砖楼满是裂缝，还有一只大到不得了的蟑螂爬在房顶上。我必须吃我不爱吃的羊肉萝卜汤，还要在这间臊烘烘的屋子里和那个小个子女人做爱——这是那种一间半一套的房子，除了这个大房间，还有一间小得像块豆腐干。那个小个子女人脸上满是皱纹，额头正上方有一绺白头发——这些事情我都不喜欢，很不幸的是，它们没有发生。后来那个女人看了我拿的那张窄行打印纸，发现我该去 407，而这里是 408，就把我撵到隔壁去了。那间房子敞着门，满地尘土和碎纸片。我不必吃不喜欢的羊肉炖萝卜了，这是个好消息。坏消息是什么可吃的都没有，连晚饭都没有了。

【二】

M 重新安置后的第一个夜晚在 407 室度过。这套房子的玻璃破了不少，其中一些用三合板、厚纸板堵上了，还有不少是敞开的，张着碎玻璃的大嘴。这房子和 408 是一样的，在那个大房间的地上放了一个旧床垫，还有一个旧冰箱，有一盏电灯挂在空中，但是不亮。奇怪的是，打开冰箱的门，里面的灯却是亮的。他借着冰箱里的灯光检查了这间房子，看到了满地的碎玻璃。当然，冰箱里除了霉斑、一个烂得像泡屎的苹果之外，什么都没有了。后来他就在那个床垫上睡了一夜，感觉到了床垫里的每一根弹簧。凌晨时分他爬了起来，就着晨光在暖气片上找到了一盒火柴，一连吸了三支烟，还看到一只老鼠从房子中间跑过去了。后来他就出门去，想到附近拣点垃圾——另一个说法是别人废弃的东西——来装点这间房子。但是在这片破旧、快被拆除的楼房附近，想拣点什么还真不容易——除了烂纸、塑料袋子，偶尔也能见到木制品，但是木头已经糟朽掉了。

我扛着一把白色的破椅子回家时，又想起我那辆火鸟牌赛车来。那辆车是我从公司的拍卖场买来的，买的时候崭新，而且便宜得叫人难以置信。后来我又把它开回公司的拍卖场，这叫我对因果报应之说很感兴趣了，因为我知道，这辆崭新的车还会以便宜到令人难以置信的价格卖掉。假如一个人死了，他生前穿的衣服也只能很便宜地卖掉，尤其是他断气时穿的那一件。所以到公司的拍卖场去买东西，不仅是贪小便宜，而且性格里还要有些邪恶的品性。我在车里留了一盘录音，告诉在我之后那个贪小便宜的家伙这些事，并且预言他也会被重新安置。这是因为敢贪这种小便宜的人胆子都大，而胆子大的人早晚都要被安置。没了这辆车，到哪里都要走路，实在不习惯，除此之外，我还穿了不合脚的皮鞋，这更加重了我的痛苦。扒了半天的垃圾，我身上的白衬衣也变成灰色的了。

我就这么一瘸一拐地扛着椅子走回家来，发现那张破床垫上坐了一个女人，梳着时髦的短头发，大约二十四五岁，长得也很时髦——也就是说，虽然细胳膊细腿，但是小腿上肌肉很发达，看来是练过——但是穿得乱糟糟。上身是件碎玻璃式的府绸衬衫，下身是条满是油渍的呢裙子，脚下是一双皮带的厚底鞋，四边都磨起了毛。她看到我回来，就拿出一张窄行打印纸来，问这里是不是407。我把椅子放下来，坐在上面说：把这破纸条扔了吧，现在没有用了。而且我还对她说：你原该穿件旧衣服的，现在天凉啊。

我说过，在被重新安置之前，有一阵子我总得到公司里去。那时候我和往常一样，开了一辆红色的火鸟牌赛车，但我那阵子总穿一套黑色西服，好像家里死了人，这可和往常不一样。最后一点是公司要求的，他们还要求我们在胸前佩戴个大大的红D字。这一点叫我想起了霍桑的《红字》；公司的人也知道，所以笑着解释说：诸位，这纯属偶合。他们提供做好的红字，底下还有不干胶，一粘就能粘上。我还发现这种胶留下的污渍用手一搓就掉，不污衣服，当时以为公司在为我们着想，后来发现不是的。在重新安置那一天，坐上送人的车之前，送我的人上下打量了我几眼，说道：把衣服脱下来。他看我目瞪口呆，就进一步解释说：你跟公司订的合同里有一条，重新安置以后，你原有的一切财产归公司所有——还记得吧？我这才恍然大悟道：衣服也算？他说：废话！这么好的衣服，怎么能不算？按照他的原定方针，就要把我扒得只剩一条短裤。说了好半天，才把长裤和衬衣保住了，至于我现在穿的这双厚底皮鞋，是用一双鳄鱼皮的轻便鞋和送人的家伙换的。那些家伙都是从贫困地区雇来的农民工，财迷得要命。他们还说：你今天就该穿几件旧衣服——现在天凉啊。这件事可以说明公司为什么要提供不污损衣服的不干胶：为了剥我们。它也能说明该女人出现在我面前时，为何衣冠不整。我听说公司也雇了一些女农民工，而且女人往往比男的更财迷。我以为拿这个开玩笑很有幽默感，但是那个女人很没幽默感地说道：你现在说这个已经晚了。后来她还一本正经地从床垫上站了起来，把手伸给我，做了自我介绍，我也一本正经地吻了她的手，告诉她，我是何许人也。这样我们就在落难时表现了君子和淑女的风度，但是不知表现给谁看。她说她是画家，搞现代艺术搞到这里来了。我说我是史学家、哲学家，写了一本《我的舅舅》，把我自己送到这里来了。她说她听说过我；我说真抱歉，我没听说过她，所以我就不能说久仰的话了。

后来在那间破房子里，我们生造了很多新词，比方说，安置后——重新安置以后，安置前——重新安置以前，错误——安置的原因；以此来便利交谈。晚上睡觉时有两个选择：睡床还是睡板。睡床就是睡在破床垫上，睡板则是睡在搭在砖头上的木板上。我总是坚持睡板，表面上是对女士有所照顾，其实我发现板比床舒服。这位女士告诉我说，她的错误是搞了现代艺术，我对这一点不大相信。众所周知，男人被安置的原因大多是

"思想"错误，女人被安置的原因大多是"自由"错误。所谓自由，是指性自由。当然，我也没指望一位女士犯了这种错误会和男人说实话。

有关这个女人的事，我可以预先说明几句：她先告诉我说，她是画家，后来又说自己是个"鸡"，也就是高级妓女。后来她又说自己是心理学家。我也不知该信哪个好了。我对她的态度是：你乐意当什么，就当什么好了；而且不管你说自己是什么，我都不信。我开头告诉她，我是史学家，后来说我是哲学家，最后又说自己是作家，说的都是实话，但也没指望她会信，因为太像信口开河了。我们俩如此的互不信任，不能怪我们缺少诚意，只能怪真的太像是假的，假的又太像真的了。

【三】

假如我叫 M 的话，和我住在同一间房子里的那女人就该叫作 F 了。在安置前，所有的 F 和 M 都在公司的地下车库办学习班，那车库很大，我们在一头，她们在另一头，从来不聚在一起，但是有时在路上可以碰见。我们 M 胸前佩了 D 字以后，多少有点灰头土脸的感觉，走到外面低头驼背，直到进了车库才能直起腰来。而 F 则不是这样。她们身材苗条、面目姣好，昂首挺胸地走来走去，全不在乎胸前的 D 字。假如和我们走到对面，就朝我们微笑一下，但绝不交谈。我的一位学友说，她们都是假的，是公司雇来的演员或模特儿。看上去还真有点像，但这位学友是怀疑主义哲学家，犯的是怀疑主义错误；假如不是这样，我就会更相信他的说法。顺便说一句，这位学友一点骨气都没有，成天哭咧咧地说：我的怀疑主义是一种哲学流派，可不是怀疑党、怀疑社会主义呀！假如一只肥猪哭咧咧地对屠夫说：我是长了一身膘，但也没犯该杀之罪呀，后者可会放过它？当然，没有骨气的人，看法不一定全错，但我更乐意他是错的。现在我房间里有一个 F，似乎已经证明他错了。

上完班疲惫地走回家，发现这间房子完全被水洗过了，原来的臊气、尘土气，被水汽、肥皂气所取代；当我坐在床垫上解鞋带时，F 从厨房里出来，高高挽着袖子，手被冷水浸得红扑扑的。她对我说：把衬衣脱下来，现在洗洗，晚上就干了。这时我心情还不坏。后来我光着膀子躺在烂床垫上说：你哪天去上班哪？问了这句话以后，心情就坏了。

我已经说过，安置后我是个建筑工人，所以我就去上班。在此之前，我对这个职业还有些幻想，因为建筑工人挣钱很多，尤其是高空作业的建筑工。上了班之后这种幻想就没有了。他们把我安置到的那个地方名叫某某建筑公司，却在东直门外一个小胡同里，小小的一家门面房，里面有几个面相凶恶的人，而且脏得厉害。其实这是个修理危旧房屋的修建队。人家问我：干过什么？我说：史学家，哲学家，等等。对方就说：我们是建筑队——你会干什么？我只好承认自己什么都不会，人家就叫我去当小工。这时候我又暗示自己可以记记账，做做办公室工作，人家则狠狠地白了我一眼。于是我就爬上房去，手持了一根长把勺子去浇沥青，还得叫一个满脸粉刺的小家伙"师傅"。下班时那小子说：明天记着，一上了班，先要给师傅"上烟"——咱们是干一天拿一天钱，不合意可以早散伙。我答应着"哎"，心里却在想：给死人是上香，给你是上烟，我就当你死了吧。沥青是有毒的，闻了那种味直恶心；房顶上没有遮阴的地方，晒得我头昏脑涨；我两个胳臂疼得像要掉下来——假如掉下来就不疼，我倒希望它们掉下来；这个工作唯一的好处，就是每天算一次账，当天就有工资，解了我的燃眉之急。我上班的情形就是这样。

现在该说说那个 D 的含义了，公司的人说，D 是 delivery（发送）之意。安置就是把我们发送出去。听了这个解释之后，我就觉得自己是个邮包，很不自在。他们说，我们这种包裹有两种寄法，一是寄给别人，二是寄给我们自己。在前一种情况下，必须要有肯要我们的人，举例言之，408 那位太太。她是个退休的小学教师（有二十年教龄就可退休，所以她年龄不太大），四十二岁结了婚，四十三岁生了双胞胎，同时遭丈夫遗弃，就到公司去申请了一个丈夫。头天晚上，她以为我就是那个邮包——这种错误是可以想象的，嫌我太瘦弱，但没有说。后来她收到了真的丈夫，是个出租车司机，同时又是个假释的刑事犯（公司的业务也包括安置这种人），虽然不瘦弱，却天天揍她，还说：你敢去公司诉苦，我就宰了你。但这都是后话了。我和 F 属于后一种情况，在公司学习时，他们说，对这类情形要实行三搭配：男女搭配，高低搭配，错误搭配。第一条是指性别，第二条是指收入，最后一条指什么我也不知道。说实在的，我对第二条抱很大希望，因为我已经是个每天只挣二十块钱的小工了，她再挣得少，那就没法活。我问她哪天去上班，她说：我已经上班了。我问：在哪儿？她说：在这儿。公司给我安置的职业是家庭主妇。听了这话，我都快晕过去了。她还怕我晕不掉，从厨房里跑出来说，我给你做家务，你可要养我呀！我万分沮丧，无可奈何地说：安置前你怎不这样讲？

众所周知，二十一世纪女权高涨，假如有位女士对男友说：我让你养我，这是至高的求爱之词。安置之前假如有位女人对我这么说，我一定会养她，除非她是安徽来的小保姆。而不养安徽小保姆，绝非因为藐视那个省份，而是一养就要养一大批人，包括她爹妈、她的七大姑八大姨，还有堂兄表弟之类，而且这些表兄弟里还有一个是她指腹为婚的未婚夫，就在你眼皮底下不干不净；这种现象被人叫作"徽班进京"，多的时候一班有一二百人。所以，男人养了一个女友或是妻子，实在是体面得很，但是很难养到。有位女士说过：谁要养我，必须满足三个条件：1.长得要像阿波罗（指雕像）；2.阴茎不短于八英寸；3.年收入在百万元以上。这些条件，尤其是第二条，极难满足——因为中国男人很少长这么大，而且这么大并无用处，所以也就是瞎说说罢了——所以男人家里很少有主妇。倒是有时到某位女士家里做客时，能看到一位很体面的小伙子。主人指着他说：我先生，我养着他。偷偷和他聊几句时，他皱着眉头说：没办法，想过家庭生活——与此同时，听到河东狮吼：你们在干啥？要搞同性恋吗？他赶紧灰溜溜去陪老婆。不敢像主妇那样吼起来：我和人说几句话也不行吗？这说明男人的条件不那么苛刻。综上所述，有女人要我养，我不能拒绝。我只能委婉地和她算这本账：每天二十块钱，咱们两个人，怎么活呀？

　　F告诉我说，只要省吃俭用，两个人花二十块钱也能活。吃的方面，我们只吃粗茶淡饭，她决不追求比我吃得好；穿的方面她也可以凑合，只是要买一两件时装和几件内衣（我皱着眉头指出，这些东西贵得很），再加上一点起码的化妆品、卫生用品，她就不再要求什么了。我知道这是要求我每年出勤350天，天天腰酸腿疼，生不如死。这样规划了以后，她就把我今天的全部工资搜去，一个子儿也不留。然后她到厨房里去做饭，我则躺倒在旧床垫上长吁短叹。

【四】

　　从前述的情节里，你一定能想到安置是四月底的事。那时候北京常是阴雨天气，就是不下雨，天也阴得黄惨惨的。就算是风和日丽，我也没有好心情。到了五月初，天就会连续晴朗。五月一日放假，当然也没有工资。我心情比初安置时好了一些，像一个男人一样收拾了这间房子，用拣来的塑料薄膜把窗子上的碎玻璃补上，然后爬上房顶，用新学会的手艺修补漏雨的地方。在干这件事的同时，凭高眺望这片拆迁区。当然，景色没有什么出奇之处。在四周玻璃大厦的蓝色反光之下，这里有十几座土红色的砖楼，楼前长着树皮皲裂的赤杨树。楼前面还有乱糟糟的小棚子，是多年以前原住户盖起来的，现在顶上翘着油毡片。我还看到最北面那座楼房正在拆，北京城和近五十年来的每个时期一样，在吐出大量的房渣土。这个景象给我一个启迪，我从房顶上下去对 F 说：等我们这座楼被拆掉时，就可以搬出去住好房子了。她笑吟吟地看着我说：住好房子？付得起房租吗？这使我相当丧气，但还是不死心，说道：也许我可以考个电工什么的；你也可以去考个秘书，这样可以增加收入。她继续笑了一下，就转过身去。然后我就更丧气地想到了和公司订的合同：服从公司的安置，不得自行改换工作。我很可能要当一辈子的小工，住一辈子拆迁区。本来我还想下午去外面找找，看哪个废弃的房间里有门，把它拆回来安在自己家的卫生间里；但是我没了情绪，就在床垫上躺过了那一天余下的时间。那一阵子我总是这样没精打采——因为实在没有什么事可高兴的。

有关我想考电工的事，还有必要补充几句。人到了我这个地步，总免不了要打自己的主意，想想还能做点什么。作为一个物理系的毕业生，很容易想到去考电工。而作为一个喜欢在公路上和人赛车的人，我又想去考垃圾车司机。这些奇思异想都是因为当小工太累，挣钱又太少，还要受那个小兔崽子师傅的气。每次我说起这类的话头，F 总是那么干脆地打断我。假如她能顺着我说几句，我也能体验一点幻想的快乐。这娘们没有一点同情心。

《我的舅舅》得了汉语布克奖，为此公司派车把我从工地上接了去，告诉我这个消息。这个奖的钱不多，只有五千块，在我现在的情况下也算是一笔款子了。我向来是喜怒不形于色的，但是当坐在我对面的公司代表说"祝贺我们吧"时，还是面露不快之色：这和你们有什么关系？他说：怎么没有关系？你忘了我们的合同吗？你的一切归我们所有，而我们则重新安置你。其实不等他提醒，我就想起来了。我站起身来说：谢谢你告诉我这件事，我要回家了。他说：别着急呀，现在还用得着你。你得去把奖领回来，还得出席一个招待会……我说：我哪里都不想去。那人就拉下脸来说：合同上可有缔约双方保证合作的条款，你想毁约吗？我当然不想毁约，毁约也拿不回损失的东西，还要白白住监狱。然后我就被带去洗澡，换上他们给我准备的体面衣服，到 U.K. 使馆去。有两个彪形大汉陪我去，路上继续对我进行教育：怎么着，哥们儿，不乐意呀？不乐意别犯错误哇。我说：我不犯错误会落到你们手里吗？他们说：也对。你们不犯错误，我们也没生意。但是，"这我们就管不着了"。

　　作为一个史学家，我马上就想到了"这我们就管不着了"像什么——它像上世纪六十年代林彪说自己是天才的那句话：我的脑袋特别灵，没办法，爹妈给的嘛。"这我们就管不着了"和"没办法"是一个意思，带着一种无可奈何的自豪心情，使我气愤得很。我想找个没人的地方骂几句。在汽车里不能骂，在 U.K. 使馆更不能骂，那儿的人对"cao"、"bi"这类的音节特敏感，一听见就回答"fuck you"，比听见"How do you do"反应还快。我忍了一口气，在招待会上狼吞虎咽，打饱嗝，而且偷东西。这后一种行径以前没有练习过，但是我发现这并不难，尤其是别人把你当个体面人，不加防备时。我共计偷掉了两个镀金打火机、四把刀叉、四盒香烟，还偷了一本书。公司陪我的人只顾听我在说什么，一点没看见这些三只手的行径。不幸的是我吃不惯那些 cheese①，回来大泻特泻。我觉得自己赚回来了一点。既然我的一切，包括体面都归你们所有，那我就去出乖露丑。为公司跑了一趟，回来以后得了一个信封，里面装了十五块钱

———————————————

① 意为"奶酪"。

（这是误工费，公司代表说），还有一通说教。他们说我没有体面，表现不好。

　　晚上回家，我告诉 F 今天发生的事，还告诉她我在招待会上捣了一顿乱，多少捞回了一点。她说我还差得远，公司从这个布克奖里得到的不只是五千块钱。《我的舅舅》得了奖后，肯定比过去畅销。会出外文本，还能卖电影改编权。所以我该平平气，往前看，还会有前途。往前看，我只能看到自己是个浇沥青的小工，所以气也不能平。她又从另一面来开导我：你不过是得了布克奖，还有得诺贝尔文学奖的呢。这话倒也不错，从公司的宣传材料里我知道，被安置的人里有诺贝尔文学奖得主、霍梅尼文学奖得主、海明威小说奖得主，有教皇科学院院士、第三世界科学院院士、撒旦学院院士（这最后一位我还认识，他是研究魔鬼学的），他们大家都犯了错误，在公司的安置下获得了新生。相比之下，我又算得了什么呢。所以我拿起了一根撬棍，对 F 说，我出去找找门，找到了回来叫你。我已经说过了吧，我们的房间里少一扇门。后来我真的找到一扇很好的门，把它从门框上卸了下来。等到招呼 F 把它抬回家里后，我又懒得把它再安到卫生间门框上，因为我的情绪已经变坏了。我的情绪就像小孩子的脸，说坏就坏，一点控制不住。而且我也不想控制。

【五】

　　如前所述，有一个叫作 M 的男人和一个叫作 F 的女人，在某年四月底遭到安置，来到一间拆迁区的房子里。鉴于 M 就是我本人，用不着多做介绍。F 的样子我也说过一些，她身材细高、四肢纤长、眉清目秀，后来我还看到她乳房不大，脐窝浅陷。除此之外，她在家里的举动也很有风度，这就使我想起一位学友的话：所有的F都是演员，或者雇来的模特。

F对我说，你要警惕"重新安置综合征"。我说：你不嫌绕嘴吗？她说：那就叫它"安置综合征"，我还是嫌它太长。最后约定叫作"综合"，我才满意了。所谓综合，是指安置以后的一种心理疾病，表现为万念俱灰，情绪悲观，什么都懒得干。各种症状中最有趣的一条是厌倦话语，喜欢用简称。在公司受训时，听到过各种例子：有人把"精神文明建设"简化到了精神，又简化到了精，最后简化成"米"；把"社会治安综合治理总公司"简化成公，最后又简化成了"八"；把自己从"重新安置后人员"简称为员，后来又简称为"贝"。所以公司招我们这种人去训话（这句话未经简化的原始形态是："社会治安综合治理总公司向重新安置人员布置精神文明建设工作"）就成了"八贝米"；由拆字简化，造成了一种极可怕的黑话。我现在正犯这种毛病。这种毛病的可怕之处在于会导致性行为的变化，先是性欲减退，然后异性恋男人会变成被动的同性恋者，简称"屁"，最后简称"比"。我对F说：怕我比？我还不至于。她居然能听懂，答道：你不比，我在这里还有意义。你比，我就爱莫能助了。

我承认自己有点综合，比了没有，自己都不清楚。心情沮丧是不争的事实，但我也很累。成天浇沥青、搬洋灰袋子——第一次把一袋洋灰扛到房顶上时，我自己都有点诧异：原来我还这么有劲哪——下了班老想往床上躺。说实在的，过去我干的力气活都在床上，现在已经在床外出了力，回到它上面自然只想休息。这时F露出肌肉坚实的小腿，从它旁边走过去，有时我也想在她腿上捏一把，但同时又觉得胳膊太疼了，不能伸出去。她就这样走进了卫生间，坐在马桶上。我已经说过，卫生间没有门，她在门上挂了一块帘子，故而她坐在马桶上，我还能看到她的脚，还能看到她把马桶刷得极白。这时候她对我说：什么时候把门给咱安上呀。这件事没有她想象的那么容易，我得找木匠借刨子，把那个破门刨刨，还得买钉铞儿、买螺丝，甚至应该把它用白漆刷刷；这样一想，还不必去干，心里就很烦的了。但我没有这样详细地回答她，只是简约地答道：哎。然后她站了起来，提起了裙子，然后水箱轰鸣，她走了出来。尽管是从这样一个地方、伴随着这样一些声响走出来，F依然风姿绰约。看到她，我就觉得自己不该比。但是我有心无力。

作为一个史学家，我想到这样一些事：在古代汉语里，把一个不比的男人和一个有魅力的女人放在一起时他想干的事叫作"人道"，简称"人"。这说明祖先也有一点综合。晚上睡在板上，对自己能不能人的问题感到格外关切。F从板边上走过去，坐在床垫上，我看到她裙子上的油渍没有了，上衣也变得很平整。她告诉我说：我从408借了熨斗。然后使劲看了我一眼（仿佛要提醒我的注意），把裙子脱了下来，里面是光洁修长的两条腿，还有一条白色的丝内裤，里面隐隐含着黑色。当她伸手到胸前解扣子时，我翻了一个身，面朝墙壁说道：你说过，要买几件衣服？她说：是呀。我说：买吧。要我陪你去？她说：不用。我说那就好。在她熄灯以前，我始终面向墙壁。在我身后，F脱衣就寝，很自然地露出了美好的身体。我有权利看到这个身体，但我不想看。

【六】

安置一个月后，我们又回公司去听训，这是合同规定的。那天早上我对F说：今天回公司，你不去吗？她说：我们要晚半周。因为她比我来得晚，这种解释合情合理。我走到公司的栅栏门外，对传达室说了我的合同号，里面递出一件马甲来，并且说：记着，还回来。那件马甲是黑色的，胸前有个红色的D字。我穿上它走到地下车库里，看到大家三五成群散在整个车库里，都在说这个月里发生的事。我想找那位怀疑主义的学兄，但到处都找不到。后来听说他已经死掉了。人家把他安置在屠宰厂，让他往传动带上赶猪，他却自己进去了。对于这件事有三种可能的解释：其一，不小心掉进去的；其二，自己跳进去的；最后，被猪赶进去的。因为屠宰厂里面是全自动化的，所以他就被宰掉了，但是他的骨骼和猪还是很不一样，肢解起来的方法也不同，所以终于难倒了一个智能机器人，导致了停工，但这时他已经不大完整——手脚都被卸掉，混到猪蹄子里了。经大力寻找，找到了一只手两只脚，还有一只手没找到。市府已经提醒市民注意：在超级市场买猪蹄时，务必要仔细看货。还有一个家伙打熬不住，跑去找前妻借钱。前妻报了警，他已经被收押了，听说要重判。除了他们两位，大家都平安。到处都在讨论什么工作好，比方说，在妇女俱乐部的桑拿浴室里卖冷饮，每天可以得不少小费，或者看守收费厕所，可以贪污门票钱；什么工作坏，比方说，在火车站当计件的装卸工。我的工作是最坏的一类，所以我对这种谈话没有了兴趣，从人群里走出来，打量时而走过的F们。她们也穿着黑马甲，但是都相当合身，而且马甲下面的白衬衣都那样一尘不染。有时候我站在她要走的路上，她就嫣然一笑，从旁边绕过去——姿仪万方。我虽然不是怀疑主义哲学家，但也有点相信那位死在屠场里的老兄了。后来散会以后，公司留些人个别谈话，谢天谢地，其中没有我。

　　我从U.K.使馆偷了一本书，它是我自己写的，书名叫作《我的舅舅》；扉页上写着××兄惠存，底下署着我自己的名字。很显然，它是我那天晚上题写的几十本书之一，书主把它放在餐桌或者沙发上，我就把它偷走了。按我现在的经济能力，的确买不起什么书，不管它是不是我自己写的，有没有六折优待。我回家时，F正平躺在床垫上，手里拿着那本书。她把视线从书上移开片刻，说道：你回来了。我没有回答，坐在椅子上脱掉皮鞋，心里想着，无论如何要弄双轻便鞋。后来她说：这书很好看。过了片刻又说：很逗。出于某种积习，我顺嘴答道：谢谢。她就坐了起来，看看那书的封面，说道：这书原来是你写的——真对不起，我看书从来不看书名。这种做法真是气派万千——把世界上所有的书当一本看，而且把所有的作者一笔抹杀。我觉得演员或者时装模特儿不可能有这么大的派，对她的疑心也减少了。那天下午上工之前，我就把卫生间的门装上了。

以上故事又可以简述如下，F和M被安置在一起，因为她始终保持了风度，还因为M有一位怀疑主义的学兄，所以他对她疑虑重重。后来怀疑主义的学兄死掉了，还因为别的原因，M决定把这些疑虑暂时放到一旁，和她搭伙干些必要的事。不知道你是否记得，我小时候在自己家的院子里搭过帐篷，在里面鼓捣半导体。这种事实说明我在工艺方面有些天赋，除此之外，我这个人从来就不太老实。所以后来我就从建筑队里偷了油漆、木料，还有建筑材料，把那间房子弄得像了点样子，还做了一张双人床。这个故事和《鲁滨孙漂流记》的某些部分有点雷同，除了那张双人床。

那张床的事是这样的：有一天上班我给那位操蛋师傅上烟时，把整整一盒烟塞到他口袋里，而且说：我要给自己做张床。他说他不管，但是他看到工地上有一捆木檩条。这捆檩条我早就看到了。然后我给了木匠师傅一盒烟，说了我要做床的事，他说他也不管，就去找别人聊大天。然后我打开一盒烟，散给在场的每一个人，就把那捆檩条拖出来，依次使用电锯、电刨子、开榫机，把檩条做成床的部件，然后打成捆，塞到角落里。我干这件事时，大伙都视而不见。直到干完，才有人对我说：你好像干过木匠活。我告诉他小时候干过，他就说：下回我打家具找你帮忙。天黑以后，我叫F和我一道来工地把那一捆木头拿了回去，当夜就组装成床架。我不记得鲁滨孙干过这种事。在此之前，我已经把床垫拆开修好了，F还把破的地方补了补丁。我们把床垫从地上抬起来，放在床板上，就完成了整个造床过程。它是一件很像样的家具，但很难说清它是我自己造的，还是偷来的。初次睡在上面时，我心花怒放。当你很穷时，用上了偷来的东西，实在是很开心的事。临睡时，我甚至一时兴起，给F解开了脖子下面的两个扣子。F依旧很矜持，但是脸也有点红。后来她就在昏暗的灯光下躺在我身旁，身上有一副乳罩和一条内裤，都是粉色的。我也饶有兴致地看着她窄窄的溜肩，还有别的地方。F目不斜视，但我看出她在等待我伸手去解开她的内衣。说实在的，我已经伸手准备这样干了，但是我又觉得这粉红色的内衣有点陌生，就顺嘴问了一句。她说是她买的。我问什么时候买的，她说前天。忽然间，我情绪一落千丈，就缩回手去。又过了一会儿，我说：睡吧。就闭上了眼睛。再过了一会儿，F关上了电灯。我们俩都在黑暗中了。

怀疑主义的学兄说，公司怕我们对合同反悔，就雇了一大批漂亮小姐，假装待安置人员，用她们来鼓舞我们的士气。假如此说是成立的，那么她们的工作就该只是穿上佩有红色D字的衣服在公司里走走，不会有一个F来到我家里。现在既然有一个F睡在我身边，我应该狐疑尽释，茅塞顿开，但我还是觉得不对头——她和我好像根本不是一类东西。在这种情况下，我当然想再听听那位学兄的高见，可惜他死掉了。我和F睡在一个床上时，就在想这些问题。后来她说：喂。我说：什么？她说：你该不是舍不得钱给我买衣服吧？我说：不是。她说：那我就放心了。过了一会儿，她都睡着了，我又把她叫醒，告诉她说：我当然不反对你去买衣服，不过，你那些衣服假如不是买的，而是偷来的，那就更好了。我怎么会说出这些话来，这些话是什么意思，我自己都无法解释。就着窗外的路灯光，我看到F大睁着眼睛在想。忽然她嘿嘿一笑，说道：我明白了。她明白了些什么，我也是不清楚。

第二章

【一】

晚上我回家时，床上好像摆了摊，放满了各种颜色的内衣、口红、小镜子。F告诉我说，今天大有所获。她现在每天都去逛商场，顺手偷些小东西回来，然后就开这种展览会。我把它们拂开，给自己腾出个地方坐下说：没给我偷点什么？她说：有。就递给我一个纸盒子。不用看就知道里面是避孕套。她还说：不知道你的号。说着露出想笑的样子。我把这盒子放到一边——我不觉得有什么好笑。于是她把笑容从脸上散去，说：我给你弄饭去。就走开了。我坐在床边上解鞋带，嘴里忽然冒出一句来：你是演员吗？直到听到F回答：不是。我才领悟到那句问话是从我嘴里冒出来的。然后她从厨房里跑出来说：你问这个干吗？我信口说：没什么，我觉得你长得像个演员。她说道：谢谢。就回厨房里去了。也许你会说，这样的关系就叫相敬如宾。但我知道不是的。我和她的关系实际上是互相不予深究——我对她那种可疑的演员似的做派不予深究，她对我的性无能也不予深究。假如深究的话，早就过不到一块儿了。

我对自己也不予深究，假如深究的话，就会问：我干吗要写《我的舅舅》，我干吗要买那辆赛车和那所房子？一个答案就在眼前：我总得干点事吧，写几本书、挣点钱、买点东西；然后就冒出个反答案：瞧瞧你干出的结果！我倒是写了不少书，挣了不少钱，也买了不少东西，但是都被公司拿去了。这样自问自答永无休止，既然如此，就不如问都不问。话虽如此说，问话的神经却不是我能控制的。晚上睡觉的时候，我又问了一句：你真是画家吗？F 听到这话时愣住了。

我说过，在公司的地下车库里，当所有的 M 都在讨论什么活儿好、什么活儿坏时，F 们却穿着合身的马甲，挺着小巧玲珑的胸膛走来走去。我曾经拦住了一个，她压低了声音说道：对不起。就从我身边绕过去。说实话，我说不出那个 F 和眼前这个有何区别；眼前这个 F 从 407 走出去，到了公司的地下车库里，我也分辨不出来。她们对我来说，每一个都是漂亮的年轻女人，仅此而已。她们和我毫无关系。我不明白的只是：假如她们像我们一样，都是艺术家、哲学家，何以在我们一个个灰头土脸时落落大方、丝毫也不感到屈辱呢？F 深深地吸了一口气，说道：我是鸡。她脸上泛起一抹红晕，看了我一眼。我不动声色。她又说：他们让我打小报告，我没打。我长出了一口气，问道：那你以后准备怎么样呢？她说：先这样吧。

我应该解释一下和 F 的对话。F 说，她是鸡。这就是说，她是那种出没于大饭店的高级妓女。有一天，她被人逮住了，重新安置到我这里；但有可能是暂时的，假如她把我的一言一行都汇报上去的话。她还说，她没有汇报我，假如是真的，那倒值得感谢。不过世界上的这种话都不可信，而且就是她去汇报，也只能汇报出我小偷小摸，没有什么严重性。对于她的话，我没有发现什么特别不可信的地方，也没发现什么特别可信的地方。安置前，假如我遇到了一个"鸡"和我睡在一个房间里，那我一定要刨根问底，问出她的身世、教育、收入、社会交往。但我现在已经没有那么广泛的兴趣，只是轻描淡写地说了一声：是吗。就结束了问话。

在安置前，我没有打过鸡，换言之，我没有嫖过妓。一般来说，这种情形有两种解释：有洁癖，或者特别胆小。我却既没有洁癖也不特别胆小，只是怕麻烦。我告诉 F 这件事，她说：那你一定特别懒。我说：随你怎么想。就熄灯睡觉了，但是翻来覆去睡不着，因为她不是演员，而是鸡。后来我伸手把灯又打开，与此同时她翻身起来，坐在灯下，身上穿了一只真丝的胸罩和真丝的内裤，都是偷来的。我把手朝她伸去，中途又改变了主意，用目光在她胸前一瞟，然后说：解开吧。她把胸罩解开，我就看到了一对小而精致的乳房，很好看的，但是像隔着玻璃看一样。几年前，我在美国的新奥尔良，就隔着玻璃看到过这样一对乳房，长在一位脱衣舞女身上，现在的心情和当时一样。那位舞女下场后，我还和她聊过几句。她说脱衣舞是一门艺术。后来我伸手到床头取了一支烟，F 也取了一支，放到嘴边说道：喏。我伸手拿了打火机，伸到她胸前，给她点了烟；然后缩回来给自己点上烟。过了一会儿，她躺了下来，把左臂枕在头后，露出了短短的腋毛。我对她说：腋毛没刮。她说：啊。后来又说：过去是刮的。又过了一会儿，她伸手到床头把烟捻灭，侧过身子躲开灯光，睡去了。而我则在灯光下又坐了一会儿，才熄灯睡觉——那天晚上的情况就是这样的。

安置前，我认识很多打过鸡的人。他们说，那些女孩子大多受过很好的教育，有个别人甚至有博士学位。当时我不理解她们为什么要做这种事。现在则认为这种事也不特别坏。就拿我来说吧，有两个博士学位，也没有打鸡，结果还不是遭了安置。第二天早上，我对 F 说，假如公司问我的情况，你就告诉他们实话好了。她说：假如人家想听的不是实话呢？我愣了一阵子，说：那你就顺着他们，编一些好了，反正我也没什么指望了。她马上答道：我不。不光你，大家都没什么指望。她还说：你这个人太客气。虽然我能听出她有一语双关之处，但我还是简单地回答道：随便你啦——我不想再横生枝节了。

【二】

F对我说，你总是这样，会不会出问题？我翻着白眼说，我怎样了，出什么问题？她说我太压抑。我当然明白她的意思，但是不想搭理她。后来她直截了当地问我，最近有没有手淫过。我说我经常手淫，每天晚上她睡着以后必手淫一次。这是瞎编，但她听了以后说道：这我倒有点放心了——从理论上说，假如她是鸡，男人手淫就是剥夺她挣钱的机会，她该对此深恶痛绝才对，怎么会放心了呢？

从安置以后，我就性欲全无，心里正为这事犯嘀咕。所以下了班以后，我就去找小姚阿姨。她住得很远，我是坐公共汽车去的，一路上东张西望，看看有没有人盯梢——其实我也知道这是瞎操心。公司安置了这么多人，哪能把每个人都盯住。小姚阿姨见了我说：小子，你上哪去了？到处找找不着。你怎么破稀拉撒的了？我说我遭了劫——这也是实话。不管公司有多么冠冕堂皇的说法，反正我的财产都没了。小姚阿姨是港澳同胞，人家不会把我的事告诉她。我在她那里洗了个热水澡，吃了一顿饭。但是最后那件事却没做成。小姚阿姨说，她要给我吹口仙气，但是吹了仙气也不成。于是她就说我不老实。其实最近我老实得很。最后没等到天黑透，我就告辞了，还向她要了一点钱坐出租车。等到回了家，F意味深长地看了我一眼，看得我心底有点发凉。但是她没有说什么。

F告诉我说，她在我这里的时候不会太长了。这是可以理解的，我犯的是思想错误，她犯的是自由错误，前者的性质比后一种严重得多。再说，像她这样漂亮的女孩给小工当主妇也是一种浪费。照我看，她可以到饭店当引座小姐，或者当个公关小姐——总之，是当小姐。现在当主妇是一种惩罚。所以我对她说：什么时候要走了，告诉我一声。

她问我为什么，我说我要准备点小礼物，或者一道吃个饭。她说她明天就要走，我说今晚上就去吃饭。于是我们俩去了 Pizza Hut[①]，在那里点了两份 panpizza[②]。吃完以后回家，她又告诉我说，明天她不走，是骗我的，说完了哧哧地笑。我说：那也不要紧，什么时候真要走了，再告诉我吧。

我和 F 住在一间房子里，我是个男人，而且不是伪君子，但我对她秋毫无犯。本来我会继续秋毫无犯，但是后来我变了主意，在床上和她做起爱来，不止不休，而且还是大天白日的。开头她还以为这是个好现象，而且很能欣赏；后来就说：你今天是怎么了？你不是有病吧？但我还是不休不止，直到她说：歇歇吧。我才停了下来，抽了一支烟。后来我又要干，她就说：能不能告诉我你怎么了？我说：不能。事实说明 F 很有耐性，她跷起双腿，眼看着天花板，偶尔说一句：你这是抽风。然后她说，要去洗一洗。回来以后让我告诉她，我怎么了？等她回来以后，我又抓住了她。她说：你得告诉我为什么，否则我要喊了。我说：我没有什么，挺正常的。她说：你真是讨厌啊！这时天快黑了，屋里半明半暗的。这一回做着半截爱，她就睡着了。我把这件事做完，回来拥着她躺下。这时她醒了，翻身坐起，说道：你今天抽的是什么风啊？我嬉皮笑脸地说：猜猜看。她想了想说：你吃错药了。我说：你乐意这样理解也成哪，我可是要睡一会儿了。

那一天是返校日（这一天还有一个称呼，叫作"八贝米日"，近似黑话），和上一次一样，我们回去听训。那种讲话当然是毫无趣味的，

---

① 意为"必胜客"，餐厅名。
② 一种比萨饼。

一半说他们要干的事：思想教育的好传统永远不能丢，用严格的纪律约束人，用艰苦的生活改造人，用纯洁的思想灌输人，等等；另一半是说我们：安置对我们来说，是一种严肃的考验，有的人经得起考验，就能重新站起来做人；还有一些会堕落——说到堕落时，还特地说道，这不是吓唬我们。等到散会以后，他们把我留下个别谈话。会谈什么，我早就知道，是给我重新安排工作；让我加入公司的写作班子——它还有一个名字，叫作××写作公司——做一名写手。这个写作公司有小说部、剧本部、报告文学部，等等。其中也有不少有名望的人物，得海明威奖、诺贝尔奖的都有，我要不是得了布克奖，人家也不会这么快地重新安置我。众所周知，该公司的产品臭不可闻，但是待遇还可以。我的回答也早经过了深思熟虑，我宁可去当男妓也不当写手——就是这个意思，但是不能这么说。我可以说：我乐意当小工。但是人家不会信的。也可以说，我乐意再考虑考虑。但是人家会以为我要拿一把、讲价钱，因而勃然大怒。所以我把这些回答推荐给别的和我处境相同的人。我只简单地说：我不行。他劝说我时，我就答道：一朝经蛇咬，十年怕井绳。这个回答不是比愿做男妓好得多吗？公司的那位训导员还安慰、劝解了我半天，态度殷勤，就如小姚阿姨对我吹仙气时一样。语多必失，他假装关心我，让我不要自渎——"手淫不仅伤身体，还会消磨革命意志"——我马上想到这话只对F讲过。这只是个小证据，真正的证据是她根本就不像个鸡。因此回家以后，我对F就性欲勃发。

后来F也承认自己是公司的人了，那是第二天早上的事。在此之前，她还说过，早上做爱感觉好。感觉好了之后，我们坐在床上，身体正在松弛，就是在这种时候脑子管不住舌头。我问道：你真的是鸡吗？她就沉下脸来，想了想才说道：谁跟你说了什么吧？好吧，我是公司调查科的。不过我可是实心实意地要帮助你呀。我赶紧点头道：我信，我信。说着手就朝她胸前伸去了。

【三】

公司是一座玻璃外墙的大厦，从某个角度看去，就像不存在的一样；所以它顶上那红色的标语牌就像浮在空中一样。那条标语是语录："世间一切事物中，人是第一个可宝贵的。"在大厦的脚下，有一圈白色的栅栏，栅栏里面是停车场，里面停着我那辆红色的赛车。车前面放了一块牌子，上书"11000"；我认为这个价钱太便宜了，我买时是22000，才开了不到一年嘛。栅栏墙外有个书摊，摊上摆着《我的舅舅》，封面装潢都是老样子，并且署的还是我的名字，但是也有一个白底红字的"D"，并且注明了是"社会治安综合治理总公司监印"。老板说，内容和"没D字"的全一样，可是看它不犯法，所以书价也就加倍了。但我看到这一切时，心里想着：反正我也是要死的，等我死了以后，这些东西和我又有什么关系呢？谁爱拿就给谁拿去好了。我承认，那时我满脑子是自暴自弃的想法。但听说F是公司的人之后，我又振作起来了。

我把手伸到F胸前时，她把我的手推开道：你听我讲嘛。于是我就把手缩回去，把食指咬在嘴里。我必须承认，当时我处于一种恍惚的状态，这种状态和与我师妹做爱时大不相同。F告诉我说，她是心理学家——是技术人员（这也没什么不对的，假如把人当成机器零件的话）——不介入公司的业务，她只管给人治心理病——她讲的这些话，我都听见了，但没有往心里去，一双色眼上上下下地打量她。凭良心说，我觉得她比我师妹好看多了。

　　我上次和女人做爱是三个月前的事了。当时我在公司上学习班，收到我师妹的信，让我去一下。傍晚时我就开车去了，我师妹那里还是老样子，白色的花园洋房，只是门前挂了一块"出售"的牌子。我在她门前按了好久的门铃，然后看见她瘦了不少，短头发有好久没剪了。然后我的胃囊上就挨了狠狠的一拳，疼得我弓起身来，鼻涕眼泪一齐流。再以后她就往里面走去，说道：混账东西！你把我害惨了你！

　　那时我师妹的家里大多数家具都没有了，客厅里剩了两个单人沙发，她就坐在其中之一上面，黑着脸不说话。我坐在另一个上面，抚摸着惨遭痛打的胃——幸好我还没吃晚饭，否则准要吐出来——这时我的脸想必是惨白的。这件事用不着解释，她肯定是遭我连累了。那间客厅铺了厚厚的地毯，地毯上面有几张白纸片。沉默了好久之后，我师妹气哼哼地说道：明天我就要滚蛋了，你有什么临别赠言要说吗？我确实想说点什么，比方说，我是浑蛋；再比方说，我也要被安置了。但是最后我暂时决定什么都不说。这样比较含蓄。

　　有关我师妹的情形，有必要补充几句：她是洋人叫作"tomboy①"那一类的女孩，而且脾气古怪。有时候我和她玩，但没有过性关系。有关我自己的情况也有必要补充几句，在遭安置，更确切地说，被她打了一拳以前，我最擅长于强词夺理，后来就什么都不想说。那一拳也值得形容一下，它着实很重，她好像练过拳击，或者有空手道的段位。我们在客厅里枯坐良久，我师妹就站起来上楼梯。上了几磴之后，忽然在上面一跺脚，说道：你来呀！我跟她上去，上面原来是她的卧室，有一张床，罩着床罩，我在那里只能弓着腰，因为是阁楼。我师妹把衣服都脱掉，拉开床罩

①　意为"假小子"。

爬上床去，躺在上面说：做回爱吧。我要去的地方连男人都没有了。

我师妹后来去了哪里，是个很耐猜的问题。除了住监狱，还可能去了农场、采石场、再教育营地，现在这样的地方很多，有公办的、民办的、中央办的、地方办的，因为犯事的人不少，用工的地方也多。她不说，我也没有问。这类地方都大同小异。顺便说一句，在安置的前一天，我受了她的启发，从"Pizza Hut"要了十二张pizza，这是我最爱吃的东西，每张上面都要了双份cheese，加满了mushroom①、green pepper②、bacon③，以及一切可加的东西。我拼了老命，只吃下了两张半，后来还吐了。但是不大管用，到现在还想吃pizza，而且正如我当时预料到的那样，没钱去吃了。只有做爱管得特别长，到现在还是毫无兴趣。我师妹并不特别漂亮，皮肤黑黑的，只是阴毛、腋毛都特别旺。她气哼哼地和我做爱，还扯下了我的一绺头发。从那时起我开始脱发。再过一些日子，我就会秃顶了。

现在我经常想：假如和我师妹安置在一起，情况将会是怎样——也许每天都做爱，也许每周做两次，或者十天半月一次。不管实际情况是怎样的，我们彼此会很有兴趣。上次干到中途，我告诉她自己就要遭安置的事。她从鼻子里哼了一声：该！等我说到自己的汽车、房子、银行存款都要归别人所有时，她就十分的兴高采烈了。这种情形说明我们前世有冤、近世有仇，不是无关痛痒。

我师妹对我说：假如不是你小子害我，我就要升副署长了。我想安慰她一下，就说：那有意思吗？无非是多开几次会罢了。她说：长一倍的工资！还能坐罗尔斯—罗伊斯。我则说：你想过没有，你还不到三十岁，当

---

① 意为"蘑菇"。
② 意为"青椒"。
③ 意为"培根"。

那么大的官，别人会怎么说你？她想了想说：那倒是。尤其我是女的，又这么漂亮。但是过了一会儿，她又一脚把我踹倒，说道：这话从别人嘴里说出来倒也罢了，从你嘴里出来，越听越有气！你为什么要犯"影射"？"直露"错误还不够你犯的吗？

我师妹还告诉我她升官的诀窍：那就是光收别人的礼金，不给人办事；这样既不会缺钱花，又不会犯错误。不过这个诀窍没用到我身上，她给我办了很多事，却没要过钱。我总共就买了三瓶人头马，一个大蛋糕，而且那个蛋糕还是我自己吃下去了。这也是我一直诧异的问题——"你到底是为什么呀？"她说：还不是因为有点喜欢你。这话着实使我感动，但是她又说，她还不如去喜欢一只公狗。如前所述，我常试图勾引我师妹，但那是想找张护身符。我师妹就是不上钩，也是因为她知道我想找张护身符。我师妹在不肯和我做爱时，心里爱我，在和我做爱时，心里恨我。因为这种爱恨交集的态度，有时候她说："喏。"把乳房送给我抚摸，有时候翻了脸，就咬我一口。而我的情况是这样的，如果为了那张护身符，我就不爱我师妹，但我要勾引她。如果不想那张护身符，我就爱我师妹，但又不敢勾引她。这本账算得我自己都有点糊涂。不管怎么样吧，现在我很想和我师妹在一起，这说明我虽然坏，却天良未泯。但这是不可能的事，人家不会让男人进女子监狱；而且我师妹再也回不来了，出了监狱也要在大戈壁边上住一辈子，将来还会嫁给一个赶骆驼的。希望那个人能对她好一点，最起码不要打她。我和师妹做爱时，心里很难堪，背上还起了疹子。这些疹子 F 也看到过，她说：你这个人真怪，雀斑长在背上！这说明那些疹子后来在我背上干枯、变黑，但是再也不会消退了。

【四】

我和 F 的事是这么结束的，她打了我一个大嘴巴，因为我说：你是公司的人，不干白不干。我同意，把"干"字用在女人身上是很下流的，应该挨个嘴巴。打完以后她就穿上衣服走了。我这样说，是因为我完全管不住自己的嘴巴。现在我承认这话说得太过分，尤其对这样一个还没有从学校毕业的女孩子；再说，公司又不是她开的。我虽然比她大不了几岁，却像个老头子，学历史的人都是这样的；而公司是谁开的，在历史上也查不出来。它现在是全世界第一大公司，生产各种各样的产品，经营各种各样的业务，甚至负责起草政府的白皮书。总而言之，它是个庞然大物，谁也莫奈它何，更别说和它做爱了。但 F 不是个庞然大物。她长了一对小巧玲珑的乳房，乳头像樱桃一样。

和 F 闹翻了以后，我就一个人过了。在此介绍几条经验供将来遇到这种麻烦的人参考：假如你懒得做饭，可以喝生鸡蛋，喝四个可以顶一顿饭。假如没有烟抽，可以在床底下找烟头，烟头太干了就在烟纸上舔一舔。有一件事我不教你就会，当你百无聊赖时，就会坐在桌前，拿起一支笔往纸上写，也可能是写日记，也可能是写诗，但是不管你起初是写什么，最后一定会写小说。不管你有没有才能，最后一定能写好——只要你足够无聊、足够无奈。最后你还会变成这方面的天才，没有任何人比得上你——这可能是因为无聊，也可能是因为无奈，也可能是因为喝生鸡蛋，也可能是因为抽干烟屁。假如邻居打老婆，吵得你写不下去，你就喊：打！打！使劲打！打死她！他就会不打了。顺便说一句，我用这种方法劝过了架，第二天早上那位出租车司机就站在走廊上，叉手于胸，挡着我的路，看样子想要寻衅打架。但我笑着朝他伸出手去说：认识一下，我住在 407，叫 M。那人伸出又粗又黑的右手来握我的手，左手不好意思地去摸鼻子。但这不说明他想和我友好相处。晚上我回来时，他又拦在路上。我笑了笑说：劳驾让一让。他又让开了。建筑队里养了一只猫，原来老往我身上爬，现在也不爬了。有人还对我说：以前没注意，现在才发现，原来你是三角眼！我瞪了他一眼，他就改口说：我的意思是，你的眼睛很好看！在公共汽车上还有人给我让座——对于一个三十岁的男人来说，真是罕见的经历。这些情况说明我的样子已经变得很可怕了。

我说过，公司经营着各种业务，但是它最主要的业务是安置人，而且它安置的人确实是太多了，所以在节日游行时，叫了我们中间的一些人组了一个方阵，走在游行队伍后面。我因为个子高，被选做旗手，打着那面红底黑字的"D"字旗，走在方阵的前面。走着走着，听到大喇叭里传来了电视广播员的老公鸭嗓子："各位观众，现在走来的是被安置人员的方阵……社会治安综合治理是我们国家的基本国策……被安置人员也是……建设的一支积极力量。"听到这样的评价，我感到羞愧、难堪，就拼命挥舞旗子，自身也像陀螺一样转动。在我身后的方阵里，传来了疏疏落落的掌声。这是我们自己人在给我鼓劲。F走了以后，我觉得寂寞，感情也因而变得脆弱了。

F曾经告诉我说，她是学心理的研究生，正在公司调查科实习、作论文。提起公司派她来做这种奸细的事，她笑着说："以前在学校里只有过一个男朋友，我觉得这回倒是个增长见识的机会。"她还告诉我说，她的论文题目是"重新安置综合征"。一边说，一边还嘻嘻哈哈，说道："看来你没有这种病，我亏了。"我当时气愤得很：第一，这不是好笑的事。第二，我也没有好心情。唯一使我开心的事是她亏了。所以我还要和她做爱，她说：行了，你做得够多的了。我就说：反正你是公司的人，不干白不干。结果挨了一嘴巴。然后她还哭起来了。所有的人都是这样的，在没倒霉之前，兴高采烈，很自私。在倒霉以后，灰心丧气，更自私了。而倒霉就是自尊心受到打击，有如当头一棒，别的尚在其次。我就这样把她气跑了。开头我以为她会到公司去告我一状，让那里的人捉我去住监狱，但是等了几天，没有人来逮我。这说明我把她看得太坏了。

第三章

【一】

如前所述，有一个人叫作 M，因为犯思想错误被安置了。另外有一个女人叫 F，开头和他安置在一起，后来走掉了。我就是 M。有关我被安置的事，可以补充如下：是公司的思想教育研究会首先发现我的书有问题，公司社会部检举了我，公司治安部安置了我，公司财务部接收了我的财产，公司出版部拿走了我的版权。我现在由公司训导部监管，公司的调查科在监视我，而公司的写作班子准备吸收我加入。公司的每个部门都和我关系紧密，可以说我是为公司而生，公司是为我而设。我实在想象不出 F 为什么和公司搅在一起。假设我是个女孩子，长得漂漂亮亮，并且学了临床心理学，那么公司对我根本就不存在。假设有一天，因为某种意外，我和公司有了某种关系，被它安排到一个阴沉不语、时而性无能时而性欲亢奋的男人身边，那将是人生的一个插曲。这种事不发生最好，发生了以后也不太坏，重要的是早点把它忘掉，我绝不会走了以后又回来。我就是这么替她考虑问题的。

F 走掉以后，我开头打算一个人过，后来又改变了主意，到公司去申请一个伴儿。他们收了我十块钱的登记费，然后说：给你试试看。你有什么要求吗？我说：能做饭、会说话就行。他们说：你收入太低，两条没法同时保证；或则给你找个哑巴，不会说话；或则找个低智女人，废话成堆，但是不会做饭。我听了大吃一惊，连忙说：那就算了，把登记费退给我吧。那些人忽然哈哈大笑，说道：别怕，还不至于那样。拿你开个玩笑。我退了一步，瞪了他们一眼，就走开了。他们在我身后说：这小子怎么那样看人？看来真得给他找个哑巴。但这时我已经不怕低智女人了，何况只是哑巴。

　　我现在发现，不论是羞愤、惊恐还是难堪，都只是一瞬间的感觉，过去就好了。由此推导出，就是死亡，也不过是瞬间的惊恐，真正死掉以后，一定还是挺舒服的。这样想了以后，内心就真正达观，但表面却更像凶神恶煞。我现在身边能够容下一个女人，哪怕她把我当笼养的耗子那样研究，只可惜 F 已经走了。于是我就去登记，然后就有女人到我这里来了。

　　我收到一张明信片，上面只有一句话：在电视上看到了你（游行）。我觉得是 F 寄来的，虽然那张明信片没有落款，我又没有见过 F 的中文笔迹。这就是一种想法罢了。我还在床垫底下找着了一沓纸片，上面写着故作深奥的拉丁文，还有几个希腊字母。假如我还能看懂一点的话，是对我做身体测量时的记录。我说过，开始做小工时，我很累，每夜都睡得像死人，所以假如 F 对我做过这种测量的话，就是那时做的。这说明 F 做事很认真。我也有过做事认真的时候——上大学一年级时，每节课我都做笔记；到二年级时才开始打瞌睡。就是在那时，也有过在手淫之后夜读"量子力学"的时候——恐怕考试会不及格。这些事说明，这个世界是怎样的，起初我也不知道。F 比我年轻，她当然可以不知道。我说 F 是"不干白不干"是不对的。因为她不知道，所以就没有介入其中，她是无辜的。但这也就是一种想法罢了。

　　现在该说说公司给我介绍的那些伴儿了。有一天傍晚回家，看到屋里有个女人，年龄比我稍大，肤色黝黑，穿了一些F初来时那样的破衣服，在我屋里逡逡巡巡，见我回来就说：你有没有吃的东西？我饿死了。与此同时，我看到桌上一块剩了好几天、老鼠啃过的烙饼没有了，冰箱里的东西也一扫而空。我可以假设她在给我打扫卫生，但是她没有扫。所以我就带她到楼下的小铺吃炒饼，她一连吃了六份。这个女人眼睛分得很开，眉毛很浓，长得相当好看，只可惜她要不停地吃东西。我怀疑她有甲状腺功能亢进的毛病，但是她说她没有这种病，原来一切都正常，只是在安置以后老觉得饿，而且不停地要去卫生间。我等了三天，她一点都没有好转，我只好把钱包拿出来给她看：里面空空如也了。这个女人犯的是思想错误，故而非常通情达理。她说：我回公司去，说你这里没有东西吃，是我要求回来的。这样她就帮了我的忙，因为登记一次只能介绍三个女人。她提出不能和我共同生活，就给我省了三块三毛三。对于这件事可以做如下补充：这是我在公司里得罪的那几个家伙特意整我，想让她把我吃穷，但我对这个女人并无意见。她还告诉我说，她们受训的地点是在公司的楼顶上，不在地下车库。那里除了F，也有些M，都是俊男——这说明怀疑主义学兄的猜测是对的。因为她告诉我这件事，所以第二个到我这里来的女人见了我说：你怎么这么难看哪？我也没有动肝火，虽然她才真正难看。

后来我又收到一张明信片，上面写着：看过了你舅舅的小说。你真有一个舅舅吗？这句问话使我很气愤：我岂止有一个舅舅，而且有一大一小两个舅舅，大的是小说家，被电梯砸死了。小的是画家，现在还活着，但我没怎么见过。就在收到这张明信片的当天，那个肥婆来到我家里，说我长得难看。这女人还会写点朦胧诗，我对诗不很懂，但是我觉得她的诗很糟。这样的人不像会犯思想错误，我怀疑她是自己乐意被安置的。她到我这里时衣着整齐，听说就是最冷酷的人对傻婆子也有同情心——但也可能是因为她的衣服号太大，剥下来没人能穿吧。她还提了个手提袋，里面放了很多的五香瓜子，一面嗑，一面想和我讨论美学问题；但是我始终没说话。后来我接二连三地放响屁，她听见以后说道：真粗俗！就奔回公司去了。

有关这位肥婆的事，后来我给 F 讲过。她听了就跳起来，用手捂着嘴笑，然后说：现在你一定把我当成了该肥婆之类。那些明信片果然是她寄来的。她还给我寄过钱，但我没有收到汇款单。像我这样的人只能收到明信片，不能收到钱。

我现在和公司的训导员很熟了，每个返校日都要聊一会儿。他对我说：人家说你是个黄鼠狼——你是成心的吧？一听就知道他是在说那个肥婆。我告诉他，我不是成心的，但这不是实话。和公司的人不能说实话。那个肥婆果然是自愿被安置的，大概是受了浪漫电视剧的毒害。现在她不自愿了，想让公司把原来的身份、财产都还给她。公司的人对她倒是蛮同情的，但是还她过去的身份却不可能：没有先例。作为一个前史学家，我对这种事倒不惊讶。过去有向党交心当右派的，有坦白假罪行被判刑的。就是我舅舅，也是写了血书后才去插队的。这世界上有些事就是为了让你干了以后后悔而设，所以你不管干了什么事，都不要后悔。至于在那些浪漫电视剧里，我们总是住在最好的房子里，男的英俊，女的漂亮，吃饱以后没事干，在各种爱情纠纷里用眼泪洗脸。假如我肯当写手，现在就在编这种东西了。公司编这些连续剧，就是想骗人。众所周知，在我们周围骗局甚多，所以大多数假话从编出来就没指望有人信；现在真的骗着了一个，良心倒有点不安。他们准备再努力给她安置几次，假如不成功，再送她去该去的地方，因为他们不能容忍有人老在公司里无理取闹。我看这个肥婆最后免不了要住监狱，因为除了到了那里，到哪儿她都不满意；但在这件事的过程中，我看出公司也有一点品行。对我，对那个眼睛分得很开的女人残忍；对傻呵呵的肥婆则颇有人情味。顺便说一句，那个眼睛分得很开的女人是个先锋派电影导演，做爱时两腿也分得很开。我觉得跟她很投缘。假如不是怕两人一起饿死，我一定让她留下来。

夏天快要过完时，我又收到一张明信片，上面写着：我找到你舅妈了，她告诉我好多有意思的事。我从这句话里感到一种不祥气味。F后来告诉我说，同一张明信片上，她还写了"我对你有一种无名的依恋"，但是那句话消失了。我收到的可能是经过加工的明信片，也可能是复制品，是真是假，F自己也不能辨别。后来公司又给我送来一个真正的画家，瘦干干的像根竹竿。这家伙穿着迷彩服，背着军用背包来的，当晚就要洗劫楼下的西瓜摊。我说兔子不吃窝边草，然后她就和我吵起来了。我和她同居一星期就散了伙，因为实在气味不投，而且我还想多活些时候。她把我房间里的一面墙画成了绿莹莹的风景画，开头我想把它涂掉，后来又改变了主意，因为我已经看惯了。

到了秋天里，有一天我回家时，房子被扫得干干净净，F坐在床上说：我回来了，这回是安置回来的。我真想臭骂一顿，再把她撵出去，但我没有这么做。因为现在她和我一样，除了此地，无处可去了。

F回来的当晚，我觉得和她无话可说，就趴到她光洁、狭窄的背上了。上一次没有这样弄过，但是这样弄以后，也没觉得有什么新意。后来她对我说：你没上次硬——这么说你不介意吧？我也不说介意，也不说不介意，一声不吭地抽了一阵烟，然后在黑地里抓起她的衣服扔在她身上，说道：穿上，出去走走。那天晚上出门前的情况就是这样。在散步时我对她说，我准备到公司里当个写手。她听了以后沉默良久，然后说：你不是因为我吧。我没说是，也没说不是。这是因为是和不是都不是准确的答案。她还对我说，她觉得我们俩之间有未了的缘分，假如不亲眼看到我潦倒而死，或者看见我吃得脑满肠肥中风而亡，缘分就不能尽。我没有说有，也没有说没有。我没有想这个问题——虽然不能说我对此不关心。我的内心被别的东西占据了。

【二】

后来 F 告诉我，她给我寄过很多明信片，除了我收到的那几张，还有好多。在那些明信片里，她说了自从被安排到我这里做奸细，她就不能对我无动于衷——后来她怎样了解了我的过去，又怎样爱上了我。假如我收到了，就不会对她的到来感到突然。但是这些事已经不重要了。假如一个女人自己犯了错误，我欢迎她和我一起过这种生活——只要还能活。但假如这个错误是由我而起的话，我就要负责任，不能对这种状况听之任之了。

【三】

我现在是公司第八创作集体 G 组的三级创作员，但我每星期只上一天班。用我以前的标准，在这一天里，我也几乎什么都没干。这丝毫不奇怪，因为公司有不计其数的一级、二级、三级创作员，大家只要稍稍动手，就能凑出几本书、几篇文章，而且这些书根本就没人看，只是用来装点公司的门面。而我们这些创作员的待遇是如此丰厚，以至我都担心公司会赔本了。

第四章

【一】

我现在相信，有的男人，比方说，我，因为太聪明，除了给公司做事，别无活路；还有些女人因为太漂亮，比方说，F，除了嫁给公司里的人，也别无出路。得到了这个汤马斯·哈代式的结论之后，我告诉训导员，我愿意到写作部去工作。在做出这个决定之前，我曾经做噩梦、出冷汗、脸上无端发红、健忘、不能控制自己的脾气，但是决定了以后，一切就都好了。不管你信不信，第一次到第八创作集体去时，走在黑暗的楼道里，忽然感到这里很熟悉；我还感到很疲惫，不由自主地要松弛下来。这种感觉就像是到家了。

每次我来到公司门口，把工作证递给传达室里的保安员看了以后，他就要递给我一个黑马甲，上面有红线缀成的D字。这一点提醒我，我还是个"被安置人员"，和公司的官员不同，和在公司里打工的人也不同。官员们穿着各色西服，打着领带，可算是衣冠楚楚；而保安员更加衣冠楚楚，穿着金色的制服，就像军乐团的乐师。女的保安员穿制服裙子，有些人不会穿，把前面开的衩穿到身体的侧面，这可以算公司里一种特别的风景吧。

我在第八创作集体，这是一大间白色的房子，像个大车间，向阳的一面全是玻璃，故而里面阳光灿烂。也许是太灿烂了，所以大家都戴着茶色眼镜。上班的第二天，我也去买了一个茶色镜。这间房子用屏风隔成迷宫似的模样，我们也是迷宫的一部分。在这个迷宫的上空，有几架摄像机在天花板上，就像直升飞机上装的机关枪，不停地对我们扫射。根据它的转速和角度，我算出假如它发射子弹，可以在每十五分钟把大家杀死一遍。开头每次它转到我这边，我都微笑、招手。后来感到脸笑疼、手招累了，也就不能坚持了。

　　G组有七个人，其中有两个女同事。我们这个组出产短中篇，也就是三万字左右的东西，而每篇东西都分成四大段。其一，抒情段，大约七千字，由风景描写引入男女主人公，这一段往往是由"旭日东升"这个成语开始的；其二，煽情段，男女主人公开始相互作用，一共有七十二种程式可以借用，"萍水相逢，开始爱情"只是其中一种，也是七千字左右；其三是思辨段，由男女主人公的内心独白组成；可以借用从尼采到萨特的一切哲学书籍，也是七千字；最后是激情段，有一个剧烈的转折。开始时爱情破裂、家庭解体、主人公死去。然后，发生转机，主人公死而复生，破镜重圆，也就是七八千字吧。每月一篇，登到大型文艺刊物上。到了国庆、建党纪念日，我们要献礼，就要在小说里加入第二抒情段、第二煽情段，就像double burger①，double cheese burger②一样，拉到五万字。什么时候上级说文艺要普及，面向工农兵，就把思辨段撤去。顺便说一句，这种事最对我的胃口。因为作为前哲学家执照的持有者，我负责思辨段的二分之一，抒情段的六分之一，煽情段的十二分之一，激情段我就管出主意，出主意前先吃两片阿司匹林，以免身上发冷。只要不写思辨段，我就基本没事了。上了一周的班，我觉得比想象的要好过。正如老美说的那

①　意为"双层汉堡"。
②　意为"双层奶酪汉堡"。

样，"A job is a job"①。我没有理由说它比当肛门科大夫更坏。我现在干的事，就叫作当了"写手"。

我坐在办公桌前写一段思辨文字时，时常感到一阵寒热袭来，就情不自禁地在稿纸上写下一段尖酸刻薄的文字，对主人公、对他所在的环境、对时局、对一切都极尽挖苦之能事。此种情形就如在家里时感到性欲袭来一样——简单地说，我坐不住。在一个我仇恨的地方，板着脸像没事人一样，不是我的一贯作风。这段文字到了审稿手里，他用红墨水把它们尽数划去，打回来让我重写。他还说：真叫调皮——可惜你调皮不了多久了。对于这话，我不知道应该怎样理解。也许应该理解为威胁。这位审稿是个四十多岁的人，头发花白，脸像橘子皮。众所周知，我们这里每个人都犯过思想错误，所以虽然他说出这样意味深长的话来，我还是不信他能把我怎么样。审稿说：我也不想把你怎么样——到时候你自己就老实了。从我出了世，就有人对我说这样的话。而直到现在，我还没见过真章哪。

有一件事，我始终搞不明白，到底是什么使这些人端坐在这里写这样无趣的东西，并且不停地呷着白开水。我自己喝着最浓的茶，才能避免打瞌睡。但是不管怎么难熬，每周也就这么一天嘛。我说过，G组一共有七个人，都在同一个办公室里。除了审稿坐在门口，其他人的办公桌在窗边放成一排。靠着我坐的是两位女士，都穿着棕色的套服，戴着茶色眼镜，一位背朝我坐，有四十来岁。另一位面朝我坐，有三十多岁。我说自己从出世就没见过真章，那位三十来岁的就说：在这里你准会见到真章，你等着吧——而那位四十来岁的在椅子上挪动一下身体，说：讨厌！不准说这个。然后她就高声朗诵了一段煽情的文章，表面上是请大家听听怎么样，其实谁也没听。不知道为什么，这间房子里的每一个人都有点脸红，大概

① 意为"工作就是工作"。

是因为这段文字实在不怎么样。

　　这间房子里的每个人都有不尴不尬的毛病，只有我例外。所有的人之间都不互称名字，用"喂""哎""嗨"代替。我想大家是因为在这种地方做事，觉得称名道姓，有辱祖宗。因此我建议用代号，把年纪大的那位女士叫作"F1"，把年纪小的叫作"F2"。这两位女士马上就表示赞成。男人中，审稿排为M1，其余顺序排列，我是M5。只要不是工间操时间，我们都要挺胸垂着头写稿子，那样子就像折断了颈骨悬在半空中的死尸。长此以往，我们都要像一些拐杖了。照我看来，这是因为在办公室的天花板上装了一架能转动的摄像机，而且它没有闲着，时时在转。

【二】

　　我告诉F说，在公司里做事，感觉还可以。她说：事情似乎不该这么好。她听说公司对我们这些人有一套特别的管理制度，能把大家管得服服帖帖的。对于这一点我也有耳闻，并且到第八创作集体的第一天，我就签了一纸合同，上面规定我必须服从公司的一切规章制度。对于这一点，我不觉得特别可怕，因为作为一个被安置者，我必须服从公司的一切安置制度；作为一个公民，我又必须服从国家的一切制度；更大而化之地说，作为一个人，我还要服从人间的一切制度，所以再多几条也没什么。他们所能做的最坏的事，无非是让我做我最不想做的事。我已经在做了，感觉没有什么。F指出，我所说的在心理学上是一个悖论，作为人，我只知道我最想做的是什么，不可能知道最不想做的是什么。从原则上说，我承认她是对的。但是我现在已经不知道自己最想做的是什么，既然如此，也就没什么不想做的事。我认为，作为人我已经失魂落魄，心理学的原则可以作废了。

我们的办公室里有张床，周围还拉了一圈帘子。那张床是个有轮子的担架床，加上帘子，就像基督教青年会的寄宿舍一样。我想它是供午休之用的，有一天中午，我从食堂回来早了，就在上面睡着了——后来我被M1叫醒了，他说：起来，起来！你倒真积极，现在就躺上去！我坐起来时，看到所有的人都面红耳赤，好像憋不住笑的样子。M3朝我扑了过来，把我从床上拉了下来。顺便说一句，大家对这张床的态度十分可疑。有人不停地把帘子拉上，仿佛遮上它好；又有人不停地把帘子拉开，仿佛遮上也不好。这件事纯属古怪。但是我认为，见怪不怪，其怪自败。我既然当了写手，一切早都豁出去啦。

有关我当了写手，有一个正确的比方：一个异性恋男人和同性恋男子上了床。这是因为我被安置之前做的事就是写了一本书，而这本书还得了奖，它将是我这辈子能做的最后一件有人味的事。在这种情况下当写手，无异于受阉割。有一天上班时，我看到我们楼层的保安员桌子上放了一本《我的舅舅》，感觉就像在心窝上被人踹了一脚。保安员的桌子放在楼梯口上，他们穿着金色的制服，经常在桌子后面坐着，偶尔也起来串房间。有一天串到我们屋里来，在门口和M1说话：你们屋有个新来的？是呀。他不会找麻烦吧？M1稍稍提高了嗓门儿说：谁敢跟你们找麻烦？谁敢呢？这时候他的脸涨得像猪肝一样。保安员用手按住M1的肩头说：你不冷静……老同志了，不要这样嘛。而M1就沉住了气说道：每回来了新人，我都是这样。说到这里，他们两个一齐朝我这里转过头来。我端坐在那里，目不转睛地看着他们。那时候我觉得自己什么都不怕。

说到了保安员，必须补充一句，他们中间有女的，而且为数相当不少，这种情况只有在百货商场那种需要搜身的地方才有。在我们这里，她们格外地喜欢串房间。我们层有一个宽脸的小姑娘，长了一脸很可爱的雀斑，操河北唐山一带口音，老爱往我们房间跑，并且管 Fl 和 F2 叫大姐。这两位大姐就这样和她寒暄：你值班吗？她答道：是呀，值到月底。听到这样的回答，F2 的额头上就暴起了青筋，低下头去。后来她就到我对面坐下，和我搭讪道：大哥，听说你会写书——我也想写书，你能不能教教我？对这一类的问题我是懒得答复的，但也不能不搭理人家；所以就说道：你要写什么哪？她说：我可写的事多着哪。就在这时，我听见有人猛烈地咳嗽起来了，抬头一看，只见 F2 一副要中风的样子，朝门口比着手势。见了这个手势，我就站了起来，说道：我要去上厕所——她当然不可能跟着我。等我回来时，那女孩走了。F2 说：M5，你不错。我说：能告诉我这是怎么回事吗？她说道：不能。我说不出口。到下星期你就知道了。

我发现 G 组的同事里，只有审稿像个真正的"被安置人员"，换言之，只有他才像会犯思想错误的样子。这是因为我听说过他。众所周知，在我们的社会里，犯错误的人只是极少数，而我正是其中的一个。所以我认为，像这样的人就算我不认识，也该有个耳闻。而组里别的人我都没听说过。F2 也有点像个被安置人员，因为她虽然不聪明，但还算漂亮，有可能犯自由错误。其他的人既不聪明也不漂亮，不大可能犯错误。我找审稿打听了一下，他告诉我说，这里多数人都是走后门进来的。这使我大吃一惊，说道：我以后说话要小心了。但是他摇摇头说：用不着。不管怎么进来的，最后都是一样。他还说，你就在外面当小工也挺好的，进来干吗？我则拿同样的问题问他。于是他叹口气说道：现在说这样的话，一点意义都没有了。

有关走后门进来，我是这么理解的：假如只有犯了思想错误的人才能进公司来当创作员，那么就会有些人的著述明明不算犯错误，他却请客送礼托关系，硬要受到检举，以便到这里来——这和我没被安置时的作为相反，那时候我总要找我师妹把我错误的记录消去，带累得她进了监狱——这是可以理解的，因为这里待遇丰厚，并且每周只上一天班。

唐山女孩来串门是 24 号的事，而那个月没有 31 号。有关 30 号，我知道那一天领工资，还知道那天下午重新安置人员放假，这些都是从公司发的手册上知道的。别的事在 29 号我还一无所知，到了 30 号上午，我在门口就被人叫走了，被叫到训导部里听了一上午不着边际的训。作为一个常犯错误、常听训的人，我一看到训导员笑眯眯、慢条斯理地说话，就怀疑他要诈我交代点什么，所以我一直在等他转入正题："好了，现在谈谈你的问题吧。"在这以后，他可能会翻了脸，大声地呵斥我；而在这段时间我应该不动声色地顶住，等着他来提醒我。但是我空等了一上午，他也没有转到正题上，也就是说，他胡扯了整整一上午，总在说我的错误是多么严重，而他们现在对我又有多好。中午时，他叫我到小餐厅吃招待饭，我等着他下午继续胡扯。但是在吃饭时他看了看手表，说道：你回组去吧。连饭都不让我吃完。只是当我离去时，他在我身后说：今天中午发生的事对你大有好处，希望你能保持谦虚、谨慎、合作。事后我想到，整整一上午他并没有完全胡扯，只是当你没有亲历那个事件时，根本就不知他在说什么。

【三】

假设你没有亲历过那个事件，我告诉你训导员的话，你也猜不出是要干什么。所以你就把现在的一段当成考验你是否比我聪明的谜语来读吧。训导员说：知识分子是党和国家的宝贵财富，任重而道远。我们需要好好改造思想，但是这将是个痛苦的过程。假如你不幸是个知识分子，这样的话你一定听过上千遍了，但你不知所云。这不是你的错，因为说话的人并无所指。当它第一千零一次重复时就有所指，可这次你却忽略了。我也是这样的。

我回组里去，那座楼里没有一点声音，楼道里也没有人。这使我以为大家都下班了。但我还是要回组里去，因为那天领工资。我认为他们就算走了，也会在我桌上留条子，告诉我工资的事。但我推开 G 组的门时，发现所有的人都在位子上坐得直挺挺，好像一个 surprise party①。然后我就被这种肃穆的气氛所慑服，悄悄溜回自己位子了。

现在我认为，把那天中午发生的事比作 surprise party，这个比方不坏。那一天，第八创作集体里有一个秘密，但只对我一个人是秘密。我坐在自己位子上时，周围静悄悄的，但有时会听到一些古怪的声响，然后有些人蹑手蹑脚地走掉了，而且假如我没听错的话，这种声音是越来越近了。我还看到所有的人都面红耳赤，虽然我没有照镜子，但我知道自己也是面红耳赤。对于要发生的事，我还是一无所知，但我觉得没有必要再问，只要等着就是了。

在进公司当创作员之后，我受过不少次训导，但我和往常一样，左耳进，右耳出。坐在位子上等待时，我又力图把这些教训回忆起来。我能想到的只有这样两句话：一句是说，公司出钱把我们这些人养起来，是出钱买安定。这就是说，我们这些人，只要不在这里，就会是不利社会安定的因素。我看不出，像这样每周只上一天班，怎么才能把我们安定住。另一句话是：在创作集体里，他们还要不断地对我们进行帮助、教育。假如说那些训导就是帮助、教育，我相信是不能把我安定住的。所以我已经猜出了正确的答案，这个 surprise party 就是一次帮助教育。这个猜测虽然是

----

① 意为"惊喜派对"。

正确的，却失之于笼统了。

后来终于有人走进了我们的隔间，来的是两个保安员，一个高个的男子，还有一个就是那个唐山女孩。我注意到那个男的手里拿了一沓大信封；女的手拿一个大广口瓶，里面盛了一种透明清澈的液体，还有一大包棉花，腋下夹了两根教鞭。那个男的低下头在信封里找了找，拿出一个递给 Ml。他就把它撕开，离开位子，把里面的纸片一一分给大家。我也拿到了我那一份，是曲别针别着的两张纸，一张是工资支票，和合同上签订的数相比，一分不多，一分不少。另一张是打字机打的纸片，上面有我的姓名，身份证号码，还有一个简单的数字：8。然后我抬起头来，看到那个唐山女孩坐在 Ml 的办公桌上，广口瓶的盖子打开了。她一手拿了那两根教鞭，另一只手拿了湿棉花在擦着，瞪着眼睛说道：谁先受帮助呀？还不等回答，她就走到床边，把帘子一拉，钻到里面说：照老规矩，女先男后吧。我们又静坐了一会儿，听到唐山女孩说道：快点儿吧！你们后面还有别人哪！再说，早完了早回家呀！于是 Fl 就站了起来，背朝着我，脱下了制服裙子，露出了泡泡纱那种料子的内裤、宽广的臀部，还有两条粗壮的腿，撩开帘子钻进去了。这时 F2 站起来，脱下外衣，把衬衣的下摆系在一起，并且也脱下了裙子。她的腿很长，很直，穿着真丝内裤，裤带边还有绢花，这时候她自言自语地说：对，对，早完早回家。与此同时，脸上红扑扑，青筋也暴出来了。我倒是听见了那种声音，但我还不敢相信是真的。后来帘子拉开，两位女士钻了出来，穿上衣服走了。唐山女孩也走了，走之前笑嘻嘻地对大家说：有谁想让我帮助，可以过来。我觉得那话是对我说的。后来房间里只剩了我们——M 们。大家都坐着不动。终于 Ml 站了起来，自言自语地说：老同志带个头吧。走到床边上脱了裤子躺上去，把纸片递给保安员，说道，我是 5，字打得不清楚。这时我还是不信。直到藤条（也就是我以为是教鞭的那东西）呼啸着抽到他屁股上，我才信了。

现在让我来重述这个事件，我认为 Fl 和 F2 在这件事里比较好看，尤其是 F2，从帘子里钻出来时，眼若秋水，面似桃花；Ml 最为难看，他把白夏布的大裤衩脱到膝盖上，露出了半勃起的阴茎——那东西黑不溜秋，像个车轴，然后又哼哼个不停。然后就顺序进行，从 M2 到 M3，到 M4，直到 M5。我丝毫也不记得自己是怎么躺上了那张床，但是我屁股上现在冷飕飕的，仿佛涂上去的酒精还没有完全挥发。还有八道疼痛，道道分明。我正在街上游荡，天已经很晚了。我应该活下去，但是这个决心很难下。但是假如我下定了这个决心，那么我作为一个知识分子，就算是改造好了。万事开头难，第一回羞愧、疼痛，但是后来没准会喜欢——只要不在生人面前。我应该回家，但是这个决心很难下。假如家里没有 F 就好了。但是假如我下定了这个决心，我作为一个男人，也算是改造好了。执鞭的保安员轻描淡写地安慰我说：你不要紧张，不过就是打两下，没什么。假如真的没什么，何必要打呢。

我的故事就要结束了。你现在当然知道，那天晚上我还是回了家。我现在和 F 住在一起，她完全知道这件事，并且能够理解，用她的话来说，你别无选择，所以只好这样生活了。我现在多少适了这种生活，和周围的人也熟了。假如没有新来的人，每月这一关也不太难过。就像一个伤口已经结了疤，假如没有新东西落进去，也就不会疼痛了。这件事使我们真正犯错误的人最为痛苦，而那些走后门进来的除了感觉有点害臊，不觉得有什么。我还知道一件事，那就是我再没有精力，也不想再犯思想错误了。

现在我总选择那个唐山小姑娘对我进行"帮助"，这件事多少带一点调情的味道，但是她要些小费，因为她该只"帮助"女士，所以这是额外工作。她对此热情很高，除了能挣钱，她还觉得打男人是种享受。这个时候，她一面涂酒精，一面还要聊上几句——"这个月是6，你知道为什么吗？""这是因为我在办公室里说笑啊。""你以后别说笑了，太太见了多难过呀。""能轻一点吗？还要开车回家呢，坐在伤口上受不了，多多拜托了。""轻可不成，我负不起责任。我打你屁股的上半部，不影响你开车。你别忘了教我写书——开始了啊。"

如前所述，我在写《我的舅舅》时，是个历史学家。那时候我认为，史学家的身份是个护身符。现在我知道了，这世界上没有什么是我的护身符。假如你很年轻，并且自以为有天才的话，一定以为这些很可怕。但是在经历了这一切之后，我的结论是，当一切都"开始了"以后，这世界上再没有什么可怕的事。我现在只是有点怕死。等死了以后就不怕了。

我现在又回到原来的生活里了，我得回了失去的姓名、执照、赛车、信用卡，得回了原来的住房——这间房子和原来那间一模一样，但不是原来的那间，那间被别人买走了，只好另买一所一模一样的。而且我又开始发胖。我甚至还能像以前那样写书，写《我的舅舅》那样的书，甚至更直露的书，只要不拿出去发表。但是我根本就不想再写这样的书，我甚至完全懒得写任何书了——其实我落到现在这种地步，还不是为了想写几本书嘛。我还有了一位非常漂亮的太太，我很爱她。但她对我毫无用处。我很可能已经"比"掉了。

2015·

【一】

从很小时开始，我就想当艺术家。艺术家穿着灯芯绒的外套，留着长头发，蹲在派出所的墙下——李家口派出所里有一堵磨砖对缝的墙，颜色灰暗；我小舅经常蹲在这堵墙下，鼓起了双腮。有些时候，他身上穿的灯芯绒外套也会鼓起来，就如渡黄河的羊皮筏子，此时他比平时要胖。这件事留给我一个印象，艺术家是一些口袋似的东西。他和口袋的区别是：口袋绊脚，你要用手把它挪开；艺术家绊脚时，你踢他一下，他就自己挪开了。在我记忆之中，一个灰而透亮的垂直平面（这是那堵墙的样子）之下放了一个黄色（这是灯芯绒的颜色）的球，这就是小舅了。

在派出所里能见到小舅。派出所是一个灰砖白墙的院子，门口有一盏红灯，天黑以后才点亮。那里的人一见到我就喊："啊！大画家的外甥来了！"有种到了家的气氛。正午时分，警察在门边的小房间里煮切面，面汤的气味使人备感亲切。附近的一座大地咖啡馆里也能见到小舅，里面总是黑洞洞的，不点电灯，却点蜡烛，所以充满了呛人的石蜡味。在咖啡馆里看人，只能看到脸的下半截，而且这些脸都是红扑扑的，像些烤乳猪。他常在那里和人交易，也常在那里被人逮住，罪名是无照卖画。小舅常犯这种错误，因为他是个画家，却没有画家应有的证件。被逮住以后，就需要人领了。派出所周围有一大片商店，是上世纪五十年代建造的大顶子瓦房。人行道上还有两行小银杏树，有人在树下生火烤羊肉串，烤得树叶焦黄，景色总像是秋天；后来那些树就死掉了。他住的地方离那里不远，在一座高层建筑里有一间一套的房子——那座楼房方头方脑，甚是难看，楼道里也很脏。不管你什么时候去找，我舅舅总不在家，但他不一定真的不在家。

我舅舅是个无照画家，和别人不同的是，他总在忙些正事。有时他在作画；有时他卖画，并且因此蹲在派出所里。他作画时把房门锁上，再戴上个防震耳罩，别人来敲门听不见，打电话也不接，独自一人面对画架，如痴如狂。因为他住在十四层楼上，谁也不能趴窗户往里看，所以没人见过他作画，除了一个贼。这个贼从十三楼的阳台爬上来，打算偷点东西，进了我舅舅的客厅，看到他的画大吃一惊，走过来碰碰他说：哥们儿，你丫这是干吗呢？我舅舅正画得入迷，呜呜地叫着说：别讨厌！老子在画画！那个贼走到一边蹲下看了一会儿，又忍不住走过来，揭掉小舅左边的耳罩说：喂！画可不是这种画法！我舅舅狠狠地揉了他一把，把他推倒在地，继续作画。那人在地上蹲了很久，想和我舅舅谈谈怎样作画的问题，但始终不得机会，就打开大门走掉了，带走了我舅舅的录像机和几千块钱，却留下了一张条子，郑重告诫我舅舅说：再这样画下去是要犯错误的。他自己虽然偷东西，却不忍见到小舅误入歧途。作为一个善良的贼，他对失主的道德修养一直很关心。我舅舅说，这条子写得很煽情——他的意思是说，这条子让他感动了。

后来有一天，我舅舅在派出所里遇上了那个偷他东西的贼：他们俩并排蹲在墙下。据我舅舅说，那个贼穿了一双灯芯绒懒汉鞋，鞋上布满了小窟窿。此君的另一个特征是有一头乱蓬蓬的头发，上面全是碎木屑。原来他是一个工地上的民工，有时做木工的活，这时候头发上进了木屑；有时候做焊工的活，这时脚上的鞋被火花烫出了很多洞；有时候做贼，这时候被逮住进了派出所。我舅舅看他面熟，但已不记得他是谁。那个贼很亲热地打起了招呼：哥们儿，你也进来了？我舅舅发起愣来，以为是个美术界的同行，就含混地乱答应着。后来贼提醒他道：不记得了？上回我到你家偷东西？我舅舅才想了起来：啊！原来是你！Good morning！两人很亲切地聊了起来，但越聊越不亲切，最后打了起来；原因是那个贼说我舅舅满脑子都是带颜色的豆腐渣。假如不是警察敲了我舅舅的后脑勺，小舅能把那个贼掐死；因为他还敢说我舅舅眼睛有毛病。实际上我舅舅眼睛是有外斜视的毛病，所以恼羞成怒了。警察对贼在艺术上的见解很赞成，假如不是他屡次溜门撬锁，就要把他从宽释放。后来，他们用我舅舅兜里的钱给贼买了一份冰激凌，让他坐在椅子上吃；让我舅舅蹲在地下看。当时天很热，我舅舅看着贼吃冷食，馋得很。

我常上派出所去领小舅，也常在派出所碰上那个贼。此人是唐山一带的农民，在京打工已经十年了。他是个很好的木工、管子工、瓦匠，假如不偷东西，还是个很好的人。据说他溜进每套房子，都要把全屋收拾干净，把漏水的龙头修好，把厨房里的油泥擦干净，把垃圾倒掉；然后才翻箱倒柜。偷到的钱多，他会给检察机关写检举信，揭发失主有贪污的嫌疑；偷到的钱少，他给失主单位写表扬信，表扬此人廉洁奉公。他还备有大量的格言、人生哲理，偷一家、送一家。假如这家有录像带，他都要看一看，见到淫秽的就带走，以免屋主受毒害。有些人家录像带太多，他都要一一看过，结果屋主人回家来把他逮住了。从派出所到居委会，都认为他是个好贼，舍不得送他进监狱，只可惜他偷得太多，最后只好把他枪毙掉，这使派出所的警察和居委会的老大妈一齐掉眼泪。这个贼临死还留下遗嘱，把尸体捐给医院了。我有个同学考上了医科大学，常在福尔马林槽里看到他。他说，那位贼兄的家伙特别大，躺在水槽里仪表堂堂，丝毫也看不出是个贼，虽然后脑勺上挨了一枪，但不翻身也看不出来。每回上解剖课，女生都要为争他而打架。

我舅舅犯的只是轻罪，但特别的招人恨。这是因为他的画谁也看不懂，五彩缤纷，谁也不知画了些什么。有一次我看到一位警察大叔手拿着他的画，对他厉声呵斥道：小子——站起来说话——这是什么？你要是能告诉我，我替你蹲着！我舅舅侧过头来看看自己的作品，又蹲下去说：我也不知这是什么，我还是自己蹲着好了。在我看来，他画了一个大旋涡，又像个松鼠尾巴。当然，哪只松鼠长出了这样的尾巴，也实属可恨。我舅舅原来是有执照的，就是因为画这样的画被吊销了。在吊销他执照之前，有关部门想做到仁至义尽，打出了一个名单，上面写着：作品1号，"海马"；作品2号，"袋鼠"；作品3号，"田螺"等等。所谓作品，就是小舅的作品。引号里是上级给这些画起的名字。冠之以这些名目，这些画就可懂。当然，那些海马、袋鼠和田螺全都很古怪，像是发了疯。只要他能同意这些名称，就可以不吊销他的执照。但小舅不肯同意，他说他没画海马和袋鼠。人家说：你不画海马、袋鼠也可以，但总得画点什么；我舅舅听了不吭气也罢了，他还和人家吵架，说人家是傻逼。所以他就被从画家队伍里开除掉了。

如你所知，我的职业是写小说。有一次，我写了一个我大舅舅的故事，说他是个小说家、数学家，有种种奇遇，就给自己招来了麻烦。有人查了我家的户口存根，发现我只有一个舅舅。这个舅舅七岁上小学，十三岁上中学，美术学院油画系毕业，现在是无业游民。人家还查到他从小学到中学，数学最好成绩就是三分，如果他当了数学家，无疑是给我国数学界抹黑。为此领导上找我谈，交给我一个故事梗概，大意是：我舅舅出世时，是一对双胞胎。因为家贫难养，就把大的送给了别人。这个大的有数学才能，也能编会写，和小舅很不同，所以他和小舅是异卵双胞胎。有关这一点，梗概里还解释道，我过世的姥姥是山东莱西人，当地的水有特殊成分，喝了以后卵子特别多。就因为是莱西人，我姥姥像一条母黄花鱼。领导上的意思是让我按这个梗概把小说改写一下，但我不同意——我姥姥带过我，我和她感情极深。我还以为，作为小说家，我想有多少舅舅，就有多少舅舅，别人管不着。我因此犯了个错误，被吊销了执照——这件事已经写过，不再赘述了。

我去领小舅的年代，我妈也在世。我舅舅有外斜视的毛病，双眼同时往两边看，但比胖头鱼的情况还要好一些。我妈的眼睛也是这样。照起镜子时，我妈觉得自己各方面都漂亮，只有这双眼睛例外，她抱怨自己受了小舅的拖累。因为她比小舅先生出来，所以谁受谁拖累还不一定。她在学校里教书，所习专业和艺术隔得很远，但作为小舅的姐姐，我妈觉得自己应该对他多些理解，有一次说，把你的画拿来我们看看。小舅却说：算了吧，看了你也不懂。我妈最恨人说这世界上还有她不懂的事，就把盘子往桌子上一摔说：好，你请我看也不看了！你最好也小心一些，别出了事再让我去领你！小舅沉默了一会儿，从我家里走出去，以后再也不来。去派出所领小舅原是我妈的义务，以后她就拒绝履行。但是小舅还照样要出事，出了事以后放在派出所里，就如邮局里有我们的邮件，逾期不领要罚我们的钱。所以只好由我去了。

从很小的时候我就渴望爱情。我的第一个爱人是小舅。直到现在，我还为此而难为情。我舅舅年轻时很有魅力，他头发乌油油的，又浓又密，身上的皮很薄——他很瘦，又很结实，皮肤有光泽；光着身子站着时，像一匹良种马，肩宽臀窄，生殖器虽大，但很紧凑——这最后一点我并不真知道。我是男的，而且不是同性恋。所以你该去问小舅妈。

小时候我长得细胳臂细腿，膝盖可以往后弯，肘关节也可以往后弯；尖嘴猴腮，而且是包茎。这最后一点藏在内裤里面看不见。我把小舅从派出所里领了出来，天气很热，我们都出了一身臭汗。小舅站在马路边上截"面的"，要带我去游泳。这使我非常高兴，甚至浮想联翩。忽然之间，膝盖后面就挨了他一脚。小舅说：站直了！这说明我的膝盖正朝前弯去，所以我在矮下去。据说膝盖一弯，我会矮整整十公分①。又过了一会儿，我又挨了小舅一脚。这说明我又矮下去了。我不明白自己矮点关他什么事，就瞪眼看着他。小舅恶狠狠地说道：你这个样子真是讨厌！我确实爱小舅。但是这个坏蛋对我不好，这很伤我的心。

我舅舅外斜视，我觉得他眼中的世界就如一场宽银幕电影，这对他的事业想来是有好处的。从科学的角度来说，眼睛隔得远，就会有更好的立体感，并且能够更好地估计距离。二十世纪前期，激光和雷达都未发明，人们就用这个原理来测距，用一根横杆装上两个镜头，相距十几米。因为人的眼珠不可能相距这么远，靠外斜视来提高视觉效果总是有限。

后来车来了，我和小舅去了玉渊潭。那里的水有股泥土的腥味，小舅还说，每年冬天把水放干净，都能在泥里找到几只只剩骨头的死人。这使我感到在我身下的湖底里，有些死尸正像胖大海一样发开，身体正溶解在这墨绿色的水里；因此不敢把头埋进水面。把我吓够了以后，小舅自己游开，去看岸上女孩子的身材。据我所见，身材一般，真有一流身材的人也不到湖里来游水。不管有多少不快，那一天我总算看到了小舅的身体。他

_____
① 公制长度单位，厘米的旧称。

的家伙确实大。从水里出来以后，龟头泡得像蘑菇一样惨白。后来，这惨白的龟头就印在了我脑海里，晚上做梦，梦见小舅吻了我，醒来擦嘴唇——当然，这是个噩梦。我觉得这个惨白的龟头对世界是一种威胁。从水里出来以后，小舅的嘴唇乌紫，眼睛里布满了血丝。他给我十块钱，叫我自己打车回去，自己摇晃着身躯走开了。我收起那十块钱，小心翼翼地跟着他，走向大地咖啡馆，走向危险。因为我爱他，我不能让他一人去冒险。

我舅舅常去大地咖啡馆，我也常去。它是座上世纪中叶建造的大屋顶瓦房，三面都是带铁栅栏的木窗。据说这里原来是个副食商场，改作咖啡馆以后，所有的窗子都用窗帘蒙住了。黑红两色的布窗帘，外红里黑，所以房子里很黑。在里面睡着了，醒来以后就不知是白天还是黑夜。除非坐在墙边的车厢座上，撩起了窗帘，才会看到外面的天光和满窗台的尘土。所有的小桌上都点着廉价的白色蜡烛，冒着黑烟，散发着石蜡的臭气，在里面待久了，鼻孔里就会有一层黑。假如有一个桌子上点着无烟无臭的黄色蜡烛，那必是小舅——他像我一样受不了石蜡烟，所以总是自带蜡烛。据说这种蜡是他自己做的，里面掺有蜂蜡。他总是叫杯咖啡，但总是不喝。有位小姐和他很熟，甚至是有感情，每次他来，都给他上真正的巴西咖啡，却只收速溶咖啡的钱。但小舅还是不喝，她很伤心，躲到黑地里哭了起来。

我希望自己能看到小舅卖画的情形，下功夫盯住了他，在大地咖啡馆的黑地上爬，把上衣的袖子和裤子全爬破了。服务小姐端咖啡过来，手里打着手电筒，我也爬着躲开她们。偶尔没爬开，绊到了她们的脚上，她们摔了盘子高叫一声：闹鬼啊！然后小舅起身过来，把我揪出去，指着回家的路，说出一个字："滚。"我假装走开，一会儿又溜回来，继续在黑地上爬。在黑暗中，我感觉那个咖啡馆里有蟑螂，有耗子，还有别的一些动物；其中有一个毛茸茸，好像是只黄鼠狼。它咬了我一口，留下一片牙印，比猫咬的小，比老鼠咬的大。这个混账东西的牙比锥子还要快。我忍不住叫了一声"他妈的！"又被小舅逮住了。然后被他揪到外面去，然后我又回来。这种事一下午总要发生几回，连我都烦了。

后来，我舅舅终于等到了要等的人，那人身材粗壮，头顶秃光光，不住地朝他鞠躬，大概为不守时而道歉吧。我觉得他是个日本人，或者是久居日本的中国人。他们开始窃窃私语，我舅舅还拿出彩色照片给对方看。我认为，此时他正在谈交易，但既没看到画，也没看到钱。当然，这两样东西我也很想看一看，这样才算看清了艺术家的行径。他们从咖啡馆里出来后，我继续跟踪。不幸的是，我总在这时被我舅舅逮住。他藏在咖啡馆门边，或者小商亭后面，一把揪住我的脖领子，把我臭揍一顿——这家伙警觉得很。他们要去交割画和钱，这是可以被人赃并获的危险阶段，所以总是往身后看。在跟踪小舅时，必须把他眼睛的位置像胖头鱼考虑在内。他的视野比常人开阔，不用回头就能看到身后的事。一件事我始终没搞清楚：警察是怎么逮住他的。大概他们比我还要警醒吧。

有一天，我在街上遇上那个日本人，他穿着条纹西装，挎着一个身材高挑的女郎。这位女郎穿着绿色的丝质旗袍，身材挺拔，步履矫健，但皮肤粗糙，看上去有点老。我往她脸上看了一下，发现她两眼间的距离很宽，就心里一动，跟在后面。她蹲下整理高跟鞋，等我从身边走过时，一把揪住我，发出小舅的声音说：浑蛋，你怎么又跟来了！除此之外，她还散发着小舅特有的体臭。开头我就怀疑她是小舅，现在肯定了。我说：你怎么干起了这种事？他说：别胡扯！我在卖画。你再跟着，我就掐死你！说着，小舅捏着我肩膀的指头就如两道钢钩，嵌进了我的肉。要是换个人，准会放声大哭。但我忍得住。我说：好吧，我不跟着。但你千万别这样叫人逮住！等他放开手，我又建议他戴个墨镜——他这个样子实在叫人不放心。说实在的,干这种事时把我带上,起码可以望望风。但是小舅不想把我扯进去,宁可自己去冒险。假如被人逮到,就不仅是非法交易,还是性变态。我还听说,有一次小舅在身上挂了四块硬纸板,蹲在街上,装成一个邮筒,那个日本人则装成邮递员去和他交易。但这件事我没见到,是警察说的。还有一次他装成中学生,到麦当劳去扫地,把画藏在麦当劳的垃圾桶里;那个日本人装成垃圾工来把画收走。这些事被人逮到了,所以我才能知道。但小舅不会次次被人逮到,那样的话他没有收入,只好去喝西北风。

有一次我到百花山去玩,看到有些当地人带着小驴在路边,请游客骑驴游山,就突发奇想,觉得小舅可能会扮成一头驴,让那个日本人骑上,一边游山,一边谈交易。所以我见到驴就打它一下——我是这样想的:假如驴是我舅舅,他绝不会容我打他,必然会人立起来,和我对打——驴倒没什么大反应,看来它们都不是小舅。驴主却要和我拼命,说道:这孩子,手怎么这样贱呢!看来小舅还没有想到这一出——这很好,我可不愿让舅舅被人骑。我没跟他们说我在找舅舅,因为说了他们也不信。这是我游百花山的情形。

有一阵子我总想向小舅表白:你不必躲我,我是爱你的。但我始终没这样说,我怕小舅揍我。除此之外,我也觉得这话太惊世骇俗。小舅的双眼隔得远,目光蒙眬,这让人感觉他离得很近。当然,这只有常受他暗算的人才能体会到。我常常觉得自己在危险的距离之外,却被他一脚踢到。据说二十世纪的功夫大师李小龙也有这种本领,但不知他是否也是外斜视。

警察叔叔说,小舅也有一点好处,那就是被"抄"着以后从来不跑,而是迎着手电光走过来说:又被你们逮住了。他们说:小舅不愧是艺术家,不小气,很大气。这个"抄"字是警察的术语,指有多人参加的搜捕行动。我理解它是从用网袋从水里抄鱼的"抄"字化出来的。在这种情况下，鱼总是扑扑腾腾地乱跳，所以很小气。假如它们在袋底一动不动地躺着，那就是很大气的鱼。可惜此种水生脊椎动物小气的居多，所以层次很低。我舅舅这条大气的鱼口袋里总是揣着一些卖画得来的钱，就被没收了。假如这件事就此结束，对双方都很方便。但这样做是犯错误。正确的做法是没收了赃款以后，还要把小舅带到派出所里进行教育。小舅既然很大气，就老老实实地跟他们去了。我总觉得小舅在这时跑掉，警察叔叔未必会追——因为小舅身上没有钱了。我舅舅觉得我说的也有道理，但他还是不肯跑。他觉得自己是个有身份的人，不是小毛贼，跑掉没有出息。有出息的人进了派出所，常常受到很坏的对待。真正没出息的小毛贼，在那里才会如鱼得水。

警察叔叔说，骑辆自行车都有执照，何况是画画。他听了一声不吭，只顾鼓起双腮，往肚子里咽空气，很快就像个气球一样胀起来了。把自己吹胀是他的特殊本领，其中隐含着很深的含义。我们知道，过去人们杀死了一口猪，总是先把它吹胀，然后用原始的工艺给它煺毛。还有一句俗话叫作死猪不怕开水烫，表示在逆境中的达观态度。我舅舅把自己吹胀，意在表示自己是个不怕烫的死猪。此后他鼓着肚子蹲在墙下，等家属签字领人。这本是我妈的任务，但她不肯来，只好由我来了。我是个小孩子，走过上世纪尘土飞扬的街道，到派出所领我舅舅；而且心里在想，快点走，迟了小舅会把自己吹炸掉，那样肠子肚子都崩出来很不好看。其实，我是瞎操心：胀到了一定程度，内部的压力太大，小舅也会自动泄气。那时"噗"的一声，整个派出所里的纸张都会被吹上天，在强烈的气流冲击之下，小舅的声带也会发出挨刀断气的声音。此后他当然瘪下去了，摊在地面上，像一张煎饼；警察想要踢他都踢不到，只能用脚去踩，一面踩一面说：你们这些艺术家，真叫贱。我不仅喜欢艺术家，也喜欢警察。我总觉得，这两种人里少了一种，艺术就会不存在了。

小时候，我家住在圆明园附近。圆明园里面有个黑市，在靠围墙的一片杨树林里。傍着一片半干涸的水面，水边还有一片干枯的芦苇。夏天的傍晚，因为树叶茂盛，林子里总是黑得快；秋天时树叶总是像大雨一样地飘落。进公园是要门票的，但可以跳墙进去，这样就省了门票钱。树林里的地面被人脚踩得很瓷实，像陶器的表面一样发着亮；树和树之间拉上了一些白布，上面写了一些红字，算作招牌。这里有股农村的气味。有一些农民模样的人在那里出售假古董，但假如你识货，也能买到刚从坟里刨出来的真货；一想到有人在卖死人的东西，我心里就发麻。在那些骗子中间，也有几个穿灯芯绒外套的人坐在马扎上，两眼直勾勾盯着自己的画，从早坐到晚，无人问津，所以神情忧郁。有些人经过时，丢下几张毛票，他不动，也不说谢。再过一会儿，那些零钱就不见了。有一阵子我常到那里去看那些人：我喜欢这种情调；而且断定，那些呆坐着的人都是像凡·高一样伟大的艺术家——这种孤独和寂寞让我嫉妒得要发狂。我希望小舅也坐在这些人中间，因为他气质抑郁，这样坐着一定很好看，何况他正对着一洼阴郁的死水。一到春天，水面就要长水华，好像个浓绿色的垃圾场。湖水因此变得黏稠，不管多大的风吹来，都不会起波浪。我觉得他坐在这里特别合适，不仅好看，而且可以捡点毛票。但我忽略了他本人乐意不乐意。

我把小舅领出来，我们俩走在街上时，他让我走到前面，这不是个好意思。就在这样走着时，我对他提起我家附近的艺术品黑市，卖各种假古董、字画，还有一些流浪艺术家在那里摆地摊。圆明园派出所离我家甚近，领起他来也方便，但我没有把那个"领"字说出来，怕他听了会不高兴。他听了一声不吭，又走了一会儿，他忽然给我下了一个绊儿，让我摔在水泥地上，把膝盖和手肘全都摔破了，然后又假惺惺地来搀我，说道：贤甥，走路要小心啊。从此之后，我就知道圆明园的黑市层次很低，我舅舅觉得把自己的画拿到那里卖辱没了身份。我舅舅总是一声不吭，像眼镜蛇一样的阴险；但是我喜欢他，也许是因为我们俩像吧。

由小孩子去领犯事的人有不少好处，其中最大的一种是可以减少啰唆。警察看到听众是这样的年幼，说话的欲望就会减少很多。开头时，我骑着山地车，管警察叫大叔，满嘴甜言蜜语，直到我舅舅出来；后来就穿着灯芯绒外套，坐在接待室里沉默不语，直到我舅舅出来；我到了这个年龄，想要说话的警察总算是等到了机会，但我沉默的态度叫他不知该说点什么；实在没办法，只好说说粮食要涨价，以及万安公墓出产的蛐蛐因为吃过死人肉，比较善斗。当然，蛐蛐再善斗，也不如耗子。警察说：斗耗子是犯法的，因为可能传染鼠疫。既然斗耗子犯法，我就不言不语。开头我舅舅出来时，拍拍我的头，给我一点钱做贿赂；后来我们俩都一言不发，各自东西——到那时，我已经不需要他的钱，也被他揍怕了。这段时间前后有五六年，我长了三十公分，让他再也拍不到我的头——除非他踮起脚尖来。本来我以为自己到了七八十岁还要拄着拐棍到派出所去领舅舅，但事情后来有了极好的转机——人家把他送进了习艺所。那里的学制是三年，此后起码有三年不用我领了。习艺所是给流浪艺术家们开设的。在那里，他们可以学成工程师或者农艺师，这样少了一个祸害，多了一个有益的人，社会可以得到双重的效益。我听说，在养猪场里，假如种猪太多，就阉掉一些，改作肉猪，这当然是个不伦不类的类比。我还听说现在中国人里性别比例失衡，男多女少，有人呼吁用变性手术把一部分男人改作女人。这也是个不伦不类的类比。艺术家太多的确是个麻烦，应该减少一些，但减少到我舅舅头上，肯定是个误会。种猪多了，我们阉掉一些，但也要留些做种；男人多了，我们做掉一些，但总要留下一些。假如通通做掉靠无性繁殖来延续种族，整个社会就会退化到真菌的程度。对于艺术来说，我舅舅无疑是一个种。把他做掉是不对的。

【二】

我舅舅进习艺所之前,有众多的情人。这一点我知之甚详,因为我常溜进他的屋子,躲在壁柜里偷看。我有他房门的钥匙,但不要问我是怎么来的。小舅的客厅里挂满了自己的作品,但是不能看,看久了会头晕。这也是他犯错误的原因之一。领导上教训他说:好的作品应该让人看了心情舒畅,不该让人头晕。小舅顶嘴道:那么开塞露就是好作品?这当然是乱扳杠,领导上说的是心情,又不是肛门。不过小舅扳杠的本领很大,再高明的领导遇上也会头疼。

每次我在小舅家里,都能等到一个不认识的姑娘。那女孩子进到小舅的客厅里,四下巡视一下,就尖叫一声,站不住了。小舅为这些来客备有特制的眼镜:平光镜上糊了一层黑纸,中央有个小洞。戴上这种眼镜后,来宾站住了脚,问道:你画的是什么呀?小舅的回答是:自己看嘛。那女孩就仔细看起来,看着看着又站不住了。小舅为这种情况备有另一种特制眼镜:平光镜上糊一层黑纸,纸上有更小的一个洞。透过这种眼镜看一会儿,又会站不住,直到戴上最后一种眼镜,这种眼镜只是一层黑纸,没有窟窿,戴上以后什么都看不见了,但是照样头晕;哪怕闭上眼,那些令人头晕的图案继续在眼前浮动。那些女孩晕晕乎乎地全都爱上了小舅,就和他做起爱来。我在壁柜里透过窄缝偷看,看到女孩脱到最后三点,就按照中学生守则的要求,自觉地闭上眼睛不看。只听见在娇喘声声中,那女孩还在问:你画的到底是什么呀?我舅舅的答案照旧是:自己看。我猜想有些女孩子可能是处女,她们最后问道:我都是你的人了,快告诉我你画的是什么。小舅就说:和你说实话吧,我也不知道。然后那女孩就抽他一个嘴巴。然后小舅说,你打我我也不知道。然后小舅又挨了一个嘴巴。这说明他的确是不知道自己画了一些什么。等到嘴巴声起时,我觉得可以睁眼看了。看到那些女孩子的模样都差不多：细胳膊细腿，身材苗条。她们都穿两件一套的针织内衣，上身是半截背心，下身是三角裤，区别只在内衣的花纹。有人的内衣是白底红点，有的是黑底绿竖纹，还有的是绿底白横纹。不管穿什么，我对她们都没有好感——既不是艺术家，也不是警察，想做我的舅妈，你配吗？

我舅舅进习艺所时，我也高中毕业了。我想当艺术家，不想考大学。但我妈说，假如我像小舅一样不三不四，她就要杀掉我。为了证明自己的决心，她托人从河北农村买来了六把杀猪刀，磨得雪亮，插在厨房里，每天早上都叫我到厨房里去看那些刀。假如刀上长了黄锈，她再把它磨得雪亮，还时常买只活鸡来杀，试试刀子。杀过之后，再把那只鸡的尸体煮熟，让我吃下去。如此常备不懈，直到高考完毕。我妈是女中豪杰，从来是说到做到。我被她吓得魂不守舍，浑浑噩噩地考完了试，最后上了北大物理系。这件事的教训是：假如你怕杀，就当不了艺术家，只能当物理学家。如你所知，我现在是个小说家，也属艺术家之列。但这不是因为我不怕杀——我母亲已经去世，没人来杀我了。

十年前，我送小舅去习艺所，替他扛着行李卷，我舅舅自己提着个大网兜——这种东西又叫作盆套，除了盛脸盆，还能盛毛巾、口杯、牙刷牙膏和几卷卫生纸，我们一起走到那个大铁门面前。那一天天气阴沉。我不记得那天在路上和舅舅说了些什么，大概对他能进去表示了羡慕吧。那座大门的背后，是一座水泥墙的大院，铁门紧关着，只开着一扇小门，每个人都要弓着腰才能进去，门前站了一大群学员，听唱名鱼贯而入。顺便说一句，我可不是自愿来送我舅舅，如果是这样，非被小舅摔散了架不可。领导上要求每个学员都要有亲属来送，否则不肯接受。轮到我们时，发生了一件事，可以说明我舅舅当年的品行。我们舅甥俩年龄相差十几岁，这不算很多，除此之外，我们俩都穿着灯芯绒外套——在十年前，穿这种布料的都是以艺术家自居的人——我也留着长头发，而且我又长得像他。总而言之，走到那个小铁门门口时，我舅舅忽然在我背上推了一把，把我推到里面去了。等我想要回头时，里面的人早已揪住了我的领子，使出拽犟牛的力气往里拉。人家拽我时，我本能地往后挣，结果是在门口僵住了。我外衣的腋下和背后在嘶嘶地开线；与此同时，我也在声嘶力竭地申辩，但里面根本不听。必须说明，人家是把我当小舅揪住的，这说明喜欢小舅的不止我一人。

那个习艺所在北京西郊某个地方，我这样一说，你就该明白，它的地址是保密的。在它旁边，有一圈铁丝网，里面有几个鱼塘。冬末春初，鱼塘里没有水，只有干裂的泥巴，到处是塘泥半干半湿的气味。鱼塘边上站了一个穿蓝布衣服的人，看到来了这么一大群人，就张大了嘴巴来看，也不怕扁桃腺着凉——那地方就是这样的。我在门口陷住了，整个上衣都被人拽了上去，露出了长长的脊梁，从肋骨往下到腰带，都长满了鸡皮疙瘩。至于好看不好看，我完全顾不上了。

我和小舅虽像，从全身来看还有些区别。但陷在一个小铁门里，只露出了上半身，这些区别就不显著了。我在那个铁门里争辩说，我不是小舅；对方就松了一下，让人拿照片来对，对完以后说道：好哇，还敢说你不是你！然后又加了把劲来拽我。这一拽的结果使我上半身的衣服顿呈土崩瓦解之态。与此同时，我在心里犯起了嘀咕：什么叫"还敢说你不是你？"这句话的古怪之处在于极难反驳。我既可以争辩说"我是我，但我是另一个人"，又可以争辩说"我不是我，我是另一个人"，更可以争辩说"我不是另一个人，我是我！"和"我不是另一个人，我不是我！"不管怎么争辩，都难于取信于人，而且显得欠揍。

在习艺所门前，我被人揪住了脖领，这是一种非同小可的经历，不但心促气短，面红耳赤，而且完全勃起了。此种经历完全可以和性经历相比，但是我还是不想进去。主要的原因是：我觉得我还不配。我还年轻，缺少成就，谦逊是我的美德，这些话我都对里面的人说过了，但是她们不信。除此之外，我也想到：假如有一个地方如此急迫地欢迎你，最好还是别进去。说起来你也许不信，习艺所里面站着一条人的甬道，全是穿制服的女孩子，叽叽喳喳地说道：拿警棍敲一下——别，打傻了——就一下，打不傻，等等。你当然能想到，她们争论的对象是我的脑袋瓜。听了这样的对话，我的头皮一炸一炸的。揪我脖子的胖姑娘还对我说：王二，你怎么这样不开窍呢？里面好啊。她说话时，暖暖的气息吹到我脸上，有股酸酸的气味，我嗅出她刚吃过一块水果糖。但我呼吸困难，没有回答她的话。有关这位胖姑娘，还要补充说，因为隔得近，我看到她头上有头皮屑。假如没有头皮屑，也许我就松松劲，让她拽进去算了。

后来，这位胖姑娘多次出现在我的梦境里，头大如斗，头皮屑飞扬，好像拆枕头抖荞麦皮。在梦里我和她做爱，记得我还不大乐意。当时我年轻力壮，经常梦遗。我长到那么大，还没有女人揪过我脖子哪。不过现在已是常事。我老婆想要对我示爱，径直就会来揪我脖领子。在家里我穿件牛仔服，脖子后面钉着小牛皮，很经揪。

我小舅叫作王二，这名字当然不是我姥爷起的。有好多人劝他改改名字，但他贪图笔画少，就是不改。至于我，绝不会贪图笔画少，就让名字这样不雅。我想，被人揪住了脖子，又顶了这么个名字，可算是双重不幸了。后来还是我舅舅喝道：放开吧，我是正主儿。人家才放开我。就是这片刻的争执，已经把我的外套完全撕破。它披挂下来，好像我背上背了几面小旗。我舅舅这个浑蛋冷笑着从我背上接过铺盖卷，整整我的衣服，拍拍我的肩膀，说道，对不起啊，外甥。然后他往四下里看了看，看到这个大门两面各有一个水泥门柱，这柱子四四方方，上面有个水泥塑的大灯球，他就从牙缝里吐口唾沫说：真他妈的难看。然后弓弓腰钻了进去。里面的人不仅不揪他，反而给他让出道儿来——大概是揪我揪累了。我独自走回家去，挂着衣服片儿，四肢和脖子上的肌肉酸痛，但也有如释重负之感。回到家里就和我妈说：我把那个瘟神送走了。我妈说：好！你立了一大功！无须乎说，瘟神指的是小舅。进习艺所之前，他浑身都是瘟病。

我把小舅送进习艺所之后，心里有种古怪的想法：不管怎么说吧，此后他是习艺所的人了，用不着我来挂念他。与此同时，就想到了那个揪我脖子的胖姑娘。心里醋溜溜的。后来听说，她常找男的搬运工掰腕子，结过两次婚，现在无配偶，常给日本的相扑力士写求爱信。相扑力士很强壮，挣钱也多——她对小舅毫无兴趣，是我多心。习艺所里还有一位教员，身高一米四，骨瘦如柴、皮肤苍白、尖鼻子、尖下巴，内眼角上常有眼屎，稀疏的头发梳成两条辫子。她对小舅也没有兴趣。这位老师已经五十二岁，是个老处女，早就下了决心把一生献给祖国的特殊教育事业。在这两者之间，还有各种各样的女教员，但她们对小舅都无兴趣。小舅沉默寡言，性情古怪，很不讨人喜欢。在我舅舅的犯罪档案里，有他作品的照片。应该说，这些照片小，也比原画好看，但同样使人头晕。根据这些照片大家都得出了结论：我舅舅十分讨厌。看起来没有人喜欢小舅，是我多心了。

在习艺所里，有各种各样的新潮艺术家；有诗人、小说家、电影艺术家，当然，还有画家。每天早上的德育课上，都要朗诵学员的诗文——假如这些诗文不可朗诵，就放幻灯。然后请作者本人来解释这段作品是什么意思。毫无疑问，这些人当然嘴很硬：这是艺术，不是外人所能懂的。但是这里有办法让他嘴不硬——比方说，在他头上敲两棍。嘴不硬了以后，作者就开始大汗淋漓，陷于被动；然后他就会变得虚心一些，承认自己在哗众取宠，以博得虚名。然后又放映学员拍的电影。电影也乌七八糟，而且叫人感到恶心。不用教员问，这位学员就感到羞愧，主动伸出头来要挨一棍。他说他拍这些东西送到境外去放映，是想骗外国人的钱。不幸的是，这一招对小舅毫无用处。放过他作品的幻灯片后，不等别人来问，他就坦然承认：画的是些什么，我自己也不懂。正因为自己不懂，才画出来叫人欣赏。此后怎样让他陷于被动，让所有的教员头疼。大家都觉得他画里肯定画了些什么，想逼他说出来。他也同意这画是有某种意义的，但又说：我不懂。我太笨。按所领导的意思，学员都是些自作聪明的傻瓜。因为小舅不肯自作聪明，所领导就认为，他根本不是傻瓜，而是精得很。

我常到习艺所去看小舅，所里领导叫我劝劝他，不要装傻，还说，和我们装傻是没有好处的。我和我舅舅是一头的，就说：小舅没有装傻，他天生就是这么笨。但是所领导说：你不要和我们要狡猾，要狡猾对你舅舅是没有好处的。

除了舅舅，我唯一的亲戚是个远房的表哥。他比小舅还要大，我十岁他就有四十多岁了，人中比扑克牌还宽，裤裆上有很大的窟窿，连阴毛带睾丸全露在外面，还长了一张鸟形的脸。他住在沙河镇上，常在盛夏时节穿一双四面开花的棉鞋，挥舞着止血带做的弹弓，笑容可掬地邀请过路的小孩子和他一道去打马蜂砣子——所谓马蜂砣子，就是莲蓬状的马蜂窝，一般是长在树上。表哥说起话来一口诚恳的男低音。他在镇上人缘甚好，常在派出所、居委会等地出出进进，你要叫他去推垃圾车、倒脏土，他绝不会不答应。有一次我把他也请了来，两人一道去看小舅；顺便让所领导看看，我们家里也有这样的人物。谁知所领导看了就笑，还指着我的鼻子说：你这个小子，滑头到家了！表哥却说：谁滑头？我打他！嗓音嗡嗡的。表哥进了习艺所，精神抖擞，先去推垃圾车、倒脏土，然后把所有的马蜂砣子全都打掉，弄得马蜂飞舞，谁也出不了门，自己也被蜇得像个大木桶。虽然打了马蜂砣子，习艺所里的人都挺喜欢他。回去以后不久，他就被过路的运煤车撞死了，大家都很伤心，从此痛恨山西人，因为山西那地方出煤。给他办丧事时，镇上邀请我妈作为死者家属出席，她只微感不快，但没有拒绝。假如死掉的是小舅，我妈去不去还不一定。这件事我也告诉了小舅。小舅发了一阵愣，想不起他是谁；然后忽然恍然大悟道：看我这记性！他还来打过马蜂砣子哪。小舅还说，很想参加表哥的追悼会。但是已经晚了。表哥已经被烧掉了。

德育课后，我舅舅去上专业课。据我从窗口所见，教室顶上装了一些蓝莹莹的日光灯管，还有一些长条的桌椅，看起来和我们学校里的阶梯教室没什么两样，只是墙上贴的标语特别多些，还有一种区别，就是这里的窗户上有铁栅栏、铁窗纱，上面有个带闪电符号的牌子，表示有电。这倒是不假，时常能看到一只壁虎在窗上爬着，忽然冒起了青烟，变成一块焦炭。还有时一只蝴蝶落在上面，哧的一声之后，就只剩下一双翅膀在天上飞。我舅舅对每个问题都积极抢答，但只是为了告诉教员他不会。后来所方就给他穿上一件紧身衣，让他可以做笔记，但举不起手来，不能扰乱课堂秩序。虽然不能举手，但他还是多嘴多舌，所以又给他嘴上贴上一只膏药，下课才揭下来。这样贴贴揭揭，把他满嘴的胡子全数拔光，好像个太监。我在窗外看到过他的这种怪相：左手系在右边腋下，右手系在左边腋下，整个上半身像个帆布口袋；只是两只眼睛瞪得很大，几乎要胀出眶来。每听到教员提问，就从鼻子里很激动地乱哼哼。哼得厉害时，教员就走过去，拿警棍在他头上敲一下。敲过了以后，他就躺倒打瞌睡了。有时他想起了蹲派出所时的积习，就把自己吹胀，但是紧身衣是帆布做的，很难胀裂，所以把他箍成了纺锤形——此时他面似猪肝。然后这些气使他很难受，他只好再把气放掉——贴住嘴的橡皮膏上有个圆洞，专供放气之用——这时坐在前面的人就会回过头来，在他头顶上敲一下说：你丫嘴真臭。

所方对学员的关心无微不至，预先给每个学员配了一副深度近视镜，让他们提前戴上；给每个人做了一套棕色毛涤纶的西服作为校服，还发给每人一个大皮包，要求他们不准提在手里，要抱在怀里，这样看起来比较诚恳。学校里功课很紧，每天八节课，晚上还有自习。为了防止学生淘气，自习室的桌子上都带有锁颈枷，可以强使学生弓腰面对桌面。经过一段时间的学习，学生个个呈现出学富五车的模样——也就是说，个个弓腰缩颈，穿棕色西服，怀抱大皮包，眼镜像是瓶子底，头顶亮光光，苍蝇落上去也要滑倒——只可惜有名无实，不但没有学问，还要顺嘴角流哈喇子。我舅舅是其中流得最多的一位，简直是哗哗地流。就算习艺所里伙食不好，馋馒头，馋肉，也到不了这个程度。大家都认为，他是存心在流口水，而且是给所里的伙食抹黑。为了制止他流口水，就不给他喝水，还给他吃干辣椒。但我舅舅还是照样流口水，只是口水呈焦黄色，好像上火的人撒出的尿。

像我舅舅这样的无照画家，让他们学做工程师是很自然的想法。可以想见，他们在制图方面会有些天赋；只可惜送去的人多，学成的少。每个无照画家都以为自己是像毕加索那样的绘画天才，设想自己除了作画还能干别的事，哪怕是在收费厕所里分发手纸，都是一种极大的污辱，更别说去做工程师。因为这个缘故，所以当他们被枷在绘图桌上时，全都不肯画机械图。有些人画小猫小狗，有些人画小鸡小鸭，还有个人在画些什么，连自己都不清楚，这个人就是小舅。后来这些图纸就被用作钞票的图案；因为这些图案有不可复制的性质。我们国家的钞票过去是由有照的画家来画，这些画随便哪个画过几天年画的农民都能仿制。而习艺所学员的画全都怪诞万分，而且杂有一团一团的晕迹，谁都不能模仿；除非也像他们一样连手带头地被枷在绘图桌上。至于那些晕迹，是他们流下的哈喇子，和嘴唇、腮腺的状态相关，更难模仿。我舅舅的画线条少、污渍多，和小孩子的尿布相仿，被冒充齐白石画的水墨荷叶，用在五百元的钞票上。顺便

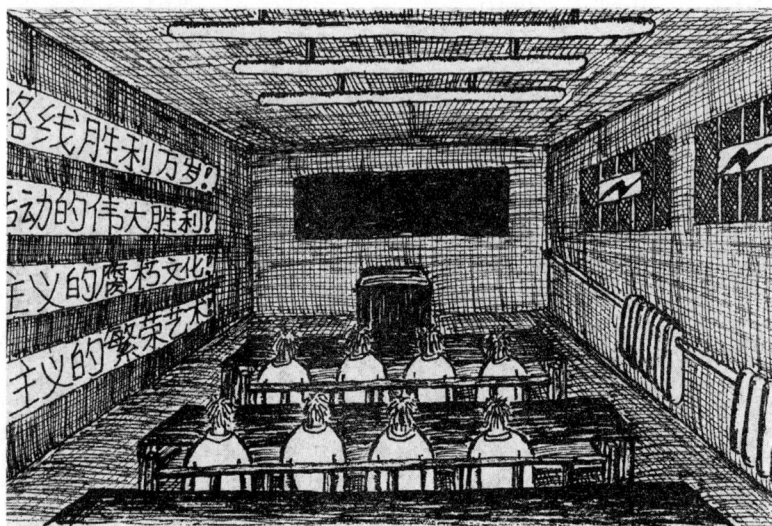

说一句，我舅舅作这幅画时，头和双手向前探着，腰和下半身落在后面，就像动画片的老狼定了格。制图课的老师从后面走过时，用警棍在他头上敲上一下，说道：王犯（那地方就兴这种称呼）！别像水管子一样！老师嫌他口水流得太多了。因为口水流得太多，我舅舅总是要口渴，所以他不停地喝水。后来，他变得像巴甫洛夫的狗一样，一听到上课铃响，口水就忍不住了。

我听说，在习艺所里，就数机械班的学员（也就是那些无照画家）最不老实。众所周知，人人都会写字，写成了行就是诗，写成了篇就是小说，写成了对话的样子就是戏剧。所以诗人、小说家、剧本作家很容易就承认自己没什么了不起。画家就不同了，给外行一些颜色，你都不知怎么来弄。何况他们有自己的偶像：上上世纪末上世纪初的一帮法国印象派画家。你说他是二流子，他就说：过去人们就是这样说凡·高的！我国和法国还有邦交，不便把凡·高也批倒批臭。所里另有办法治这些人：把他们在制图课上的作品制成了幻灯片，拿到德育课上放，同时说道：某犯，你画的是什么？该犯答道：报告管教！这是猫。于是就放一张猫的照片。下一句话就能让该犯羞愧得无地自容：大家都看看，猫是什么样子的！经过这样的教育，那个人就会傲气全消，好好地画起机械图来。但是这种方法对我舅舅没有用。放到我舅舅的水墨荷叶，我舅舅就站起来说：报告管教！我也不知自己在画什么！教员只好问道：那这花里胡哨的是什么？小舅答道：这是干了的哈喇子。教员又问：哈喇子是这样的吗？小舅就说：请教管教！哈喇子应该是怎样的？教员找不到干哈喇子的照片，没有别的办法，只好用橡皮膏把他的嘴再贴上了。

我舅舅进艺所一个月以后，所里给他们测智商。受试时被捆在特制的测试器上，这种测试器又是一台电刑机。测出的可以说是 IQ，也可以说是受试者的熬刑能力。那东西是两个大铁箱子，一上一下，中间用钢架支撑，中间有张轻便的担架床，可以在滑轨上移动。床框上有些皮带，受试者上去时，先要把这张床拉出来，用皮带把他的四肢捆住，呈"十"字形；然后再把他推进去——我们学校食堂用蒸箱蒸馒头，那个蒸箱一屉一屉的，和这个机器有点像——假如不把他捆住，智商就测不准。为了把学员的智商测准，所里先开了一个会，讨论他们的智商是多少才符合实际。教员们以为，这批学员实在桀骜难驯，假如让他们的智商太高，不利于他们的思想改造。但我舅舅是个特例，他总在装傻，假如让他智商太低，也不利于他的思想改造。

我舅舅后来说，他绕着测智商的仪器转了好几圈，想找它的铭牌，看它是哪个工厂出产的，但是没找到；只看到了粗糙的钣金活，可以证明这东西是国货。他的结论是：原来有铭牌，后来抠掉了，因为还有铭牌的印子；拆掉的原因大概是怕学员出去以后会把那个工厂炸掉。那机器上有一对电极，要安到受测人的身上。假如安的位置偏低，就会把阴毛烧掉；安高了则把头顶的毛烧掉。总而言之，要烧掉一些毛，食堂里遇到毛没有燎净的猪头猪肘子，也会送来测测智商，测得的结果是猪头的智商比艺术家高，猪肘的智商比他们低些。总而言之，这机器工作起来总有一股燎猪毛的味道。假如还有别的味儿，那就是忘了那条标语："受试前先如厕"，标语后面还有一个箭头，指着厕所的方向。厕所的门和银行的金库一样，装了定时锁，进去以后就要关你半小时。里面还装了个音箱，放着创作歌曲——这种音乐有催屎催尿的作用。

受测时，学员都是这样要求的：我们还要会女人，请给我留下底下的毛。有时候操作仪器的教员却说：我想要留下上边的毛。这是因为习艺所的教员全是纯真的女孩子，有些人和学员有了感情，所以留下他的头发，让他好看一点；烧掉他的阴毛，省得他拈花惹草。除此之外，她还和他隔着仪器商量道：你就少答对几道题吧，别电傻了呀！坦白地说，这种因素不一定能降低学员的智商，因为他很可能瘦驴屙硬屎，硬充男子汉。宁可挨电，也不把题答错。等到测试完成，学员往往瘫成一团，于是就时常发生教员哭哭啼啼地把学员往外背的动人情景。

测智商的场面非常的刺激。房顶上挂了一盏白炽灯，灯泡很小，但灯罩却大，看起来像个高音喇叭。这盏灯使房间的下半截很亮，却看不到天花板。教员把学员带到这里，哗啦一声拉出放人的抽屉，说道：脱衣服，躺上去；然后转身穿上白大褂，戴上橡皮手套。那屋里非常冷，脱掉了衣服就起鸡皮疙瘩。有些人在此时和教员说几句笑话，但我舅舅是个沉默的人，他一声都不吭。抽屉里有皮带，教员动手把学员绑紧，绑得像十字架上的基督——两手平伸，两腿并紧，左脚垫在右脚下。贫嘴的学员说：绑这么紧干吗，又不是猪。教员说：要是猪也好，我们省心多了。多数学员被绑上以后，都是直撅撅的。教员就说：这时候还不老实？而学员回答：没有不老实！平时它就是这么大嘛。教员说：别吹牛了。就轰的一声把他推进去。我舅舅躺在抽屉里时也是直撅撅，但人家问他话时，他一声不吭。教员在他肚子上一拍，说：喂！王犯！和你说话呢！你平时也是这么大吗？他却闭上眼睛，说道：平时比这要小。快点吧。于是也轰隆一声被推了进去。他们说，这抽屉下面的轮子很好使，人被推进去时，感觉自己是一个自由落体，完全没有了重量；然后就嗵的一声巨响，头顶撞在机器的后壁上，有点发麻。我对这一幕有极坏的印象——我很不喜欢被捆进去。当然，假如我是教员，身穿白大褂，把一些美丽的姑娘捆进抽屉，那就大不一样。

人家说，在那个抽屉的顶壁上，有一个彩色电视屏幕，问题就在这里显示。假如教员和学员有交情，在开始测试之前，会招待他先看一段轻松的录像，然后再下手把他电到半死，就如一位仁慈的牙医，在下手拔牙前先给病人一块糖吃。但轮到我舅舅，就没有录像看。教员不出题，先把他电得一声惨叫。每一个学员被推进去之前，都是一段冰冷的肉体，只在口鼻之间有口气，胯间有个东西像旗杆一样挺着；但拉出来时就会热气蒸腾，好像已经熟透了。但是这种热气里一点好味都没有，好像蒸了一块臭肉。假如他头上有头发，就会卷起来，好像拉力弹簧，至于那挺着的东西，当然已经倒下去了。但我舅舅不同，他出来时直撅撅的，比进去时长了两三倍，简直叫人不敢看。有些人哼哼着，就如有只牛蜂或者屎壳郎在屋里飞，有些人却一声不吭。而我舅舅出来时，却像个疯子一样狂呼滥喊道：好啊！很好啊！很煽情！如前所述，此时要由教员把学员背走，背法很特别。她们把学员放开，把他的脚拽在肩上，吃喝一声，就大头朝下地背走了——据说在屠宰场里背死猪就是这样一种背法。但是没人肯来背我舅舅。她们说：王犯，别装死，起来走！别人都是死猪，而我舅舅不是。我舅舅真的扶着墙晃晃悠悠地站起来，走掉了。

现在该谈谈他们的智商是多少。大多数学员的智商都在 110～100 之间，有个人得了最高分，是 115。他还说自己想得个 120 非难事。但他怕得了这个 120，此后就会变得很笨，因为电是能把人打傻了的。至于我舅舅，他的 IQ 居然是零蛋——他一道题也没答对。这就让所领导很是气愤：就是一根木头棍子，IQ 也不能为零。于是他们又调整了电压，叫小舅进去补测。再测的结果小舅也没超过 50 分。当然，还可以提高一些，但有可能把我舅舅电死。有件事不说你也知道，别人是答对了要挨电，我舅舅是答错了要挨电。有经验的教员说，不怕学员调皮捣蛋，就怕学员像我舅舅这样耍死狗。

测过智商以后，我舅舅满脸蜡黄地躺在床上，好像得了甲型肝炎。这时候我问他感觉如何，他愣了一阵，然后脸上露出了鬼一样的微笑说：很好。他还说自己在那个匣子里精液狂喷，射得满处都是，好像摔了几碟子肉冻，又像个用过的避孕套；以致下一个被推进去的人在里面狂叫道：我操你妈，王二！你丫积点德好不好！大概是嫌那个匣子被我舅舅弄得不大卫生。据说，有公德的人在上测试器之前，除了屙和尿，还要手淫几次，用他们的话来说，叫作将干净了再进去，这是因为在里面人会失控。但我舅舅不肯这样做，他说，被电打很煽情，将干净了就不煽情。我觉得小舅是对的：他是个艺术家，真正的艺术家都是些不管不顾的家伙。但我搞不清什么很煽情：是测试器上显示的那些问题（他还记住了一个问题："八加七等于几？"）很煽情，还是电流很煽情，还是自己在匣子里喷了一些肉冻很煽情。但我舅舅不肯回答，只是闭上了眼睛。

测过智商的第二天，早上出操时，小舅躺在床上没有动；别人叫他他也不答应。等到中午吃完饭回来，他还是躺着没动。同宿舍的人去报告教员，教员说：甭理他，也别给他吃饭，看他能挺多久。于是大家就去上课。等到晚上回来时，满宿舍都是苍蝇。这时才发现，小舅不仅死掉了，而且还有点发绿。揭开被子，气味实在是难闻。于是他们就叫了一辆车，把小舅送往医院的太平间。然后就讨论小舅是怎么死的，该不该通知家属，怎样通知等等。经过慎重研究，得出的结论是我舅舅发了心脏病。死前住了医院，抢救了三天三夜，花了几万元医药费。但是我们可以放心，习艺所学员有公费医疗，可以报销——这就是社会主义的优越性。与此同时，习艺所派专人前往医院，把这些情况通知院方，以备我们去查问。等到所有的谎话都编好，准备通知我们时，李家口派出所来电话说，小舅在大地咖啡馆里无证卖画，又被他们逮住了，叫习艺所去领。这一下叫习艺所里的人全都摸不着头脑了。他们谁都不敢去领人，因为可能有三种情形：其一，李家口逮住了个像小舅的人。在这种情况下去领，好像连小舅死了所里都不知道，显得所里很笨。其二，李家口派出所在开玩笑，在这种情况下去领，也是显得很笨。其三，李家口派出所逮住了小舅的阴魂。在这种情况下去领，助长了封建迷信。后来也不知是哪位天才想起来到医院的太平间里看看死小舅，这才发现他是猪肉、黄豆和面粉做的。这下子活小舅可算惹出大娄子了。

　　我的舅舅是位伟大的画家，这位伟大的画家有个毛病，就是喜欢画票证。从很小的时候，就会画电影票、洗澡票，就是不画钱，他也知道画钱犯法；只是偶尔画几张珍稀邮票。等到执照被吊销了以后，他又画过假执照。但是现在的证件上都有计算机号码，画出来也不管用。他还会做各种假东西，最擅长的一手就是到朋友家做客时，用洗衣肥皂做出一泡栩栩如生的大粪放在沙发上，把女主人吓晕过去。这家伙要溜出习艺所，但又要给所里一个交代，他叫我给他找几十斤猪肉，质量不限，我在农贸市场上买了半扇瘟猪，扛在麻袋里，偷带进习艺所。但我不知道他是做死人。假如知道的话，一定劝他用肥皂来做。把半扇瘟猪放到宿舍里太讨人厌了。

　　认真分析小舅前半生的得失，发现他有不少失策之处。首先，他不该画些让人看不懂的画。但是如他后来所说，不画这些画就成不了画家。其次，他应该把那些画叫作海马、松鼠和田螺。但如小舅所说，假如画的是海马、松鼠和田螺，就不叫真正的画家。再其次，他不该在习艺所里装傻。但正如小舅所说，不装傻就太过肉麻，难以忍受了。然后是不该逃走、不该在床上放块死猪肉。但小舅也有的说，不跑等着挨电？不做假死尸，等着人家来找我？所以这些失策也都是有情可原。最后有一条，千不该、万不该，不该一跑出来就作画、卖画。再过几天，习艺所通知我们小舅死了，那就天下太平。那时候李家口派出所通知他们逮住了小舅，他们只能说：此人已死，你们逮错了。我以为小舅还要给自己找些借口，说什么自己技痒难熬，等等。谁知他却发起愣来，愣了好久，才给自己额上重重一掌道：真的！我真笨！

【三】

生活里有各种情况，我有不止一个小舅妈，但在此提到的这个却是真的小舅妈。我很喜欢小舅，希望他和各种女人结婚；想来想去，一直想到玛丽莲·梦露身上。此人已经死掉多年，尸骨成灰，但听说她活着的时候胸围大得很。如前所述，我舅舅有外斜视的毛病，所以小舅妈的胸围一定要大，否则部分胸部游离于视野之外，视觉效果太差。事实上，我是瞎操心，真的小舅妈只用了一晚上，就把小舅的外斜视治好了。

小舅妈身材颀长，皮肤白皙，腰肢柔软，无论坐在床上，还是坐沙发，总爱歪着，用一头乌溜溜的短发对着人。除此之外，她总呈现出憋不住笑的模样。她老对我说一句话：有事吗？这是她在我假装无心闯到她住的房间里去看她时说的，此时她就是这个模样。这种事有过很多次。不过都是以前的事。

这件事开头时是这样的：我小的时候家住在一楼，后来搬到了六楼上，而且没有电梯。这些楼房有一些赤裸裸的混凝土楼梯，满是尘土、粉皮剥落的楼道，顺着墙脚散着垃圾，等等。准确地说，垃圾是些葱皮、鸡蛋皮，还有各种塑料袋子，气味难闻。谁都想扫扫，但谁都觉得自己扫是吃亏。有一天，这个楼梯上响起了沉重的脚步声；然后有个女声在门外说：王犯，就是这儿吗？一个男声答道：是。我听了对我妈说：坏了，是小舅。我妈还不信，说小舅离出来的日子还远着呢。但我是信的，因为对我舅舅的道德品质，我比我妈了解得多。等打开门一看，果然是他，还带来了一个穿制服的女孩子，她就是小舅妈，但她不肯明说。我舅舅介绍我妈说：这是我大姐。小舅妈摘了帽子，叫道：大姐。我舅舅介绍我道：这是我外甥。她说：是嘛。然后就哈哈大笑道：王犯，你这个外甥很像你呀！我最不喜欢别人说我像小舅，但是那一次却例外。我觉得小舅妈很迷人。早知道进了习艺所会有这种艳遇，还不如我替我舅舅去哪。

现在我要承认，我对小舅的女朋友都无好感。但小舅妈是个特例。她第一次出现时，身上穿着制服，头上戴着大檐帽，束着宽宽的皮带，腰里还别了一把小手枪，雄赳赳、气昂昂。我被她的装束给迷住了。而我舅舅出现时，手上戴着一副不锈钢铐子，并且端在胸前，好像狗熊作揖一样。就像猫和耗子有区别一样，囚犯和管教也该有些区别，所以有人戴铐子，有人带枪。一进了我们家，小舅妈就把小舅的铐子开了一半。这使我以为她给他戴手铐是做做样子。谁知她顺手又把开了的一半锁到了暖气管上，然后说：大姐，用用卫生间。就钻进去了。我舅舅在那里站不直蹲不下，半蹲半站，羞羞答答，这就使我犯起疑惑，不知发生了什么事。过一会儿小舅妈出来，又把我舅舅和她铐在了一起，并排坐在沙发上。我觉得他们好像在玩什么性游戏。总的来说，生活里某些事，必须有些幽默感才能理解。但我妈没有幽默感，她什么都不理解，所以气得要死。我有幽默感，我觉得正因为如此，小舅妈才格外的迷人。

我一见到小舅妈，就知道她很辣，够我舅舅一呛。但不管怎么说，她总是个女的，比男的好吧。在阳台上我祝贺我舅舅，说小舅妈比他以前泡过的哪个姐都漂亮。我舅舅不说话，却向我要了一支烟抽。根据我的经验，我舅舅不说话时，千万别招惹他，否则他会暗算你。除此之外，他那天好像很不高兴。我和他铐在一起，假如他翻了脸打我，我躲都没处躲。我舅舅吸完了那支烟，对我说：这件事是福是祸还不一定。然后又说：回去吧。于是我们回到卧室里，请小舅妈开手铐。小舅妈打量了我们一通，说道：王犯，这小坏蛋长得真像你，大概和你一样坏吧——舅妈和外甥讲话，很少用这种口气。除此之外，我舅舅把那支烟吸得干净无比，连烟屁股都抽掉了。这说明他很需要尼古丁。因为他很能混人缘，所以到了任何地方都不会缺烟吸。如今猛抽起烟屁股来，是个很不寻常的景象。总之，自我认识小舅，没见过他如此的低调。

现在必须承认，年轻时我的觉悟很低，还不如公共汽车上一个小女孩。这个女孩子身上很干净，只穿了个小裤衩，连裙子都没穿。不穿裙子是因为她母亲以为她的腿还不足以引起男人的邪念。穿裤衩是因为腿上面的部位足以引起男人的邪念。小舅妈押着我舅舅坐公共汽车，天很晚了，车上只有六七个人。这个小女孩跑到我舅舅面前来，看看他戴着的手铐，去问小舅妈道：阿姨，叔叔这是怎么了？小舅妈解释道：叔叔犯错误了。这孩子爱憎分明，同时又看出，我舅舅是铐着的，行动不便，就朝小舅妈要警棍，要把我舅舅揍一顿。小舅妈解释道，就是犯了错误的叔叔，也不是谁都能打的。那孩子眨着眼睛，好像没听懂。小舅妈又解释道：这个叔叔犯的错误只有阿姨才能打。这回那孩子听懂了，对着小舅妈高叫了一声：讨厌！你很没意思！就跑开了。

说到觉悟，最低的当然是小舅。其次是我，我总站在他那一边想问题。其次是我妈，她看到小舅妈铐着我舅舅就不顺眼。再其次是小舅妈，她对小舅保持了警惕。但是觉悟最高的是那个小女孩。见到觉悟低的人想揍他一顿，就是觉悟高了。

我舅舅的错误千条万绪，归根结蒂就是一句话，画出画来没人懂。仅此而已还不要紧，那些画看上去还像是可以懂的，这就让人起疑，觉得他包藏了祸心。我现在写他的故事，似乎也在犯着同样的错误——这个故事可懂又没有人能懂。但罪不在我，罪在我舅舅，他就是这么个人。我妈对小舅舅有成见，认为小舅既不像大舅，也不像她，她以为是在产房里搞错了。我长得很像小舅，她就说，我也是搞错了。但我认为不能总搞错，总得有些搞对的时候才成。不管怎么说吧，她总以为只有我能懂得和小舅有关的事——其实这是一个误会，小舅自己都不知自己是怎么回事——所以把我叫到厨房里说：你们是一事的，给我说说看，这是怎么回事？我说：

没什么。小舅又泡上了一个妞，是个女警察。他快出来了。我妈就操起心来，但不是为我舅舅操心，是为小舅妈操心。照她看来，小舅妈是好女孩，我舅舅配不上她——我妈总是注意这种配不配的问题，好像她在配种站任职。但是到了晚上她就不再为小舅妈操心，因为他们开始做爱——虽然是在另一间房子里，而且关上了门，我们还是知道他们在做爱，因为两人都在嚷嚷，高一声低一声，终夜不可断绝，闹得全楼都能听见。这使我妈很愤怒，摔门而去，去住招待所，把我也揪走了。最使我妈愤怒的是：原来以为我舅舅在习艺所里表现好，受到了提前毕业（或称释放）的处理，谁知却是相反：我舅舅在习艺所表现很坏，要被送去受惩戒，小舅妈就是押送人员。他们俩正在前往劳改场所途中，忙里偷闲到这里鬼混。为此我妈恶狠狠地对我说：你再说说看，这是怎么一回事？这回连我也不知是怎么回事，可见我和小舅不是一事的。

等到领略了小舅妈的高觉悟之后，我对她的行为充满了疑问：既然你觉得我舅舅是坏人，干吗还要和他做爱？她的回答是：不干白不干——你舅舅虽然是个坏蛋，可是个不坏的男人。这叫废物利用嘛。但是那天晚上她没有这么说，说了以后我会告诉小舅，小舅会警觉起来——这是很后来的事了。

小舅和小舅妈做爱的现场，是在我卧室的小沙发上。我对这一点很有把握，因为头天晚上我离开时，那沙发还硬挺挺的有个模样，等我回来时，它就变得像个发面团。除此之外，在沙发背后的墙壁上，还粘了三块嚼过的口香糖。我把其中一块取下来，尝了一下味道，发现起码嚼了一小时。因此可以推断出当时的景象：我舅舅坐在沙发上，小舅妈骑在小舅身上，嚼着口香糖。想明白了这些，我觉得这景象非常之好，就欢呼一声，扑倒在自己床上。这是屋里唯一的床，但一点睡过的痕迹都没有。但我没想到小舅妈手里拿着枪，枪口对准了我舅舅。知道了这一点，还欢不欢呼，实在很难讲。

顺便说一句，小舅妈很喜欢和小舅做爱，每回都兴奋异常，大声嚷嚷。这时候她左手总和小舅铐在一起，右手拿着小手枪，开头是真枪，后来不当管教了，就用玩具枪，比着我舅舅的脑袋。等到能透过气的时候，就说道：说！王犯，你是爱我，还是想利用我？凭良心说，我舅舅以为对国家机关的女职员，首先是利用，然后才能说到爱。但是在枪口对脑袋的时候，他自然不敢把实话说出来。除此之外，在这种状态下做爱，有多少快乐，也真的很难说。

小舅妈和小舅不是一头儿的。不是一头儿的人做爱也只能这样。在我家里和小舅妈做爱时，我舅舅盯着那个钢铁的小玩意，心里老在想：妈的，这种东西有没有保险机？保险机在哪里？到底什么样子保险才算是合上的？本来他可以提醒一下小舅妈，但他们认识不久，不好意思说。等到熟识以后才知道，那枪里没有子弹；可把我舅舅气坏了；他宁愿被枪走火打死，也不愿这样白担心。不过，这支枪把他眼睛的毛病治好了。原来他是东一只眼西一只眼，盯枪口的时间太长，就纠正了过来。只可惜矫枉过正，成了斗鸡眼了。

小舅妈把小舅搞成了斗鸡眼后，开头很得意，后来也后悔了。她在小报上登了一则求医广告，收到这样一个偏方：牛眼珠一对，水黄牛不限，但须原生于同一牛身上者。蜜渍后，留下一只，将另一只寄往南京。估计寄到时，服下留在北京的一只，赶往南京去服另一只。小舅妈想让小舅试试，但小舅一听要吃牛眼珠，就说：毋宁死。因为没服这个偏方，小舅的两只眼隔得还是那么近。但若小舅服了偏方，眼睛变得和死牛眼睛那样一南一北，又不知会是什么样子。

第二天早上，我妈对小舅妈说：你有病，应该到医院去看看。这是指她做爱时快感如潮而言。小舅妈镇定如常地嗑着瓜子说，要是病的话，这可是好病哇，治它干吗？从这句话来看，小舅妈头脑清楚，逻辑完备。我看她不像有病的样子。说完了这些话，她又做出更加古怪的事：小舅妈站了起来，束上了武装带，拿出铐子，嗖的一下把我舅舅铐了起来；并且说：走，王犯，去劳改，别误了时辰。我舅舅耍起赖皮，想要再玩几天，但小舅妈横眉立目，说道：少废话！她还说，恋爱归恋爱，工作归工作，她立场站得很稳，决不和犯人同流合污——就这样把我舅舅押走了。这件事把我妈气得要发疯，后来她英年早逝，小舅妈要负责任。

【四】

上个世纪渤海边上有个大碱厂，生产红三角牌纯碱，因而赫赫有名。现在经过芦台一带，还能看到海边有一大片灰蒙蒙的厂房。因为氨碱法耗电太多，电力又不足，碱厂已经停了工，所需的碱现在要从盐碱地上刨来。这项工作十分艰苦，好在还有一些犯了错误的人需要改造思想，可以让他们去干。除此之外，还需要有些没犯错误的人押送他们，这就是这个故事的前因。我舅舅现在还活着，会有什么样的后果还很难说。总而言之，我舅舅在盐碱地上刨碱，小舅妈押着他。刨碱的地方离芦台不很远。每次我路过芦台，都能看到碱厂青白的空壳子厂房。无数海鸟从门窗留下的大洞里飞进飞出，遮天盖地。废了的碱厂成了个大鸟窝，还有些剃秃瓢拴脚镣的人在窝里出入，带着铲子和手推车。这说明艰苦的工作不仅是刨碱，还有铲鸟粪。听说鸟粪除了做肥料，还能做食品的添加剂。当然，要经过加工，直接吃可不行。

每次我到碱场去，都乘那辆蓝壳子交通车。"厂"和"场"只是一字之差，但不是一个地方。交通车开起来咚咚地响，还有个细长的铁烟囱，驶在荒废的铁道上，一路嘣嘣地冒着黑烟。假如路上抛了锚，就要下来推；乘客在下面推车走，司机在车上修机器。运气不好时，要一直推到目的地。这一路上经过了很多荒废的车站，很多荒废了的道岔，所有的铁轨都生了锈。生了锈的铁轨很难看。那些车站的墙上写满了标语："保护铁路一切设施"、"严厉打击盗窃铁路财产的行为"，等等，但是所有的门窗都被偷光，只剩下房屋的壳子，像些骷髅头。空房子里住着蝙蝠、野兔子，还有刺猬。刺猬灰溜溜的，长了两双罗圈腿。我对刺猬的生活很羡慕：它很闲散，在觅食，同时又在晒太阳，但不要遇上它的天敌黄鼠狼。去过一回碱场，袜子都会被铁锈染红，真不知铁锈是怎么进去的。

我到碱场去看小舅时，心里总有点别扭。小舅妈和小舅是一对，不管我去看谁，都有点不正经。假如两个一齐看，就显得我很贱。假如两个都不看，那我去看谁？唯一能安慰我的是：我和我舅舅都是艺术家。艺术家外甥看艺术家舅舅，总可以吧。但这种说法有一个最大的问题，那就是我既不知什么是艺术，也不知什么是艺术家。在这种情况下，认定了我们舅甥二人全是艺术家，未免有点不能服人。

碱场里有一条铁路，一直通到帐篷中间。在那些帐篷外面围着铁丝网，还有两座木头搭的瞭望塔。帐篷之间有一片土场子，除了黄土，还有些石块，让人想起了冰川漂砾。正午时分，那些石头上闪着光。交通车一直开到场中。场子中央有个木头台子，乍看起来不知派什么用场。我舅舅一到了那里，人家就请他到台子前面躺下来，把腿伸到台子上，取出一副大脚镣，往他腿上钉。等到钉好以后，你就知道台子是派什么用场的了。脚镣的主要部分是一根好几十公斤重、好几米长的铁链子。我舅舅躺在地上，看着那条大铁链子，觉得有点小题大做，还觉得铁链子冰人，就说：报告管教！这又何必呢？我不就是画了两幅画吗？小舅妈说：你别急，我去打听一下。过了一会儿，她回来说：万分遗憾，王犯。没有再小的镣子了——你说自己只画了两幅画，这儿还有只写了一首诗的呢。听了这样的话，我舅舅再无话可说。后来人家又把我舅舅极为珍视的长发剃掉，刮了一个亮闪闪的头。有关这头长发，需要补充说，前面虽然秃了，后面还很茂盛，使我舅舅像个前清的遗老，看上去别有风韵；等到剃光了，他变得朴实无华。我舅舅在绝望中呼救道：管教！管教！他们在刮我！小舅妈答道：安静一点，王犯！不刮你，难道来刮我吗？我舅舅只好不言语了。以我舅舅的智慧，到了此时应该明白事情很不对劲。但到了这个地步，小舅也只有一件事可做：一口咬定他爱小舅妈。换了我也要这样，打死也不能改口。

我舅舅在碱场劳改时，每天都要去砸碱。据他后来说，当时的情形是这样的：他穿了一件蓝大衣，里面填了再生毛，拖着那副大脚镣，肩上扛了十字镐，在白花花的碱滩上走。那地方的风很是厉害，太阳光也很厉害，假如不戴个墨镜，就会得雪盲——碱层和雪一样反光。如前所述，我舅舅没有墨镜，就闭着眼睛走。小舅妈跟在后面，身穿呢子制服，足蹬高统皮靴，腰束武装带，显得很是英勇。她把大檐帽的带子放下来，扣在下巴上。走了一阵子，她说：站住，王犯！这儿没人了，把脚镣开了吧。我舅舅蹲下去拧脚镣，并且说：报告管教，拧不动，螺丝锈住了！小舅妈说：笨蛋！我舅舅说：这能怪我吗？又是盐又是碱的。他的意思是说，又是盐又是碱，铁器很快就会锈。小舅妈说：往上撒尿，湿了好拧。我舅舅说他没有尿。其实他是有洁癖，不想拧尿湿的螺丝。小舅妈犹豫了一阵说：其实我倒有尿——算了，往前走。我舅舅站起身来，扛住十字镐，接着走。在雪白的碱滩上，除了稀疏的枯黄芦苇什么都没有。走着走着小舅妈又叫我舅舅站住，她解下武装带挂在我舅舅脖子上，走向一丛芦苇，在那里蹲下来尿尿。然后他们又继续往前走，此时我舅舅不但扛着镐头，脖子上还有一条武装带、一支手枪、一根警棍，走起路来东歪西倒，完全是一副怪模样。后来，我舅舅找到了一片碱厚的地方，把蓝大衣脱掉铺在地上，把武装带放在旁边，就走开，挥动十字镐砸碱。小舅妈绕着他嘎吱嘎吱地走了很多圈，手里掂着那根警棍。然后她站住，从左边衣袋里掏出一条红丝巾，束在脖子上，从右衣袋里掏出一副墨镜戴上，走到蓝大衣旁边，脱掉所有的衣服，躺在蓝大衣上面，摊开白皙的身体，开始日光浴。过了不久，那个白皙的身体就变得红扑扑的了。与此同时，我舅舅迎着冷风，流着清水鼻涕，挥着十字镐，在砸碱。有时小舅妈懒洋洋地喊一声：王犯！他就扔下十字镐，稀里哗啦地奔过去说：报告管教，犯人到。但小舅妈又没什么正经事，只是要他看看她。我舅舅就弓下腰去，流着清水鼻涕，在冷风里眯着眼，看了老半天。然后小舅妈问他怎么样，我舅舅拿袖子擦着鼻涕，用低沉的嗓音含混不清地说：好看，好看！小舅妈很是满意，就说：好啦，看够了吧？去干活吧。我舅舅又稀里哗啦地走了回去，心里嘀咕道：什么叫"看够了吧"？又不是我要看的！这么奔来跑去，还不如带个望远镜哪。

　　说到用望远镜看女人，我舅舅是有传统的。他家里有各种望远镜——蔡司牌的、奥林巴司的，还有一架从苏联买回来的炮队镜。他经常伏在镜前，一看就是半小时，那架势就像苏军元帅朱可夫。有人说，被人盯着看就会心惊胆战，六神无主。他家附近的女孩子经常走着走着犯起迷糊，一下撞上了电线杆；后来她们出门总打着阳伞，这样我舅舅从楼上就看不到了。现在小舅妈躺在那里让他看，又没打伞，他还不想看，真叫作身在福中不知福。

　　我舅舅在碱场时垂头丧气，小舅妈却不是这样。她晒够了太阳，就穿上靴子站了起来，走进冷风，来到我舅舅身边说：王犯，你也去晒晒太阳，我来砸一会儿，说完就抢过十字镐抡了起来，而我舅舅则走到蓝大衣上躺下。这时假如有拉碱的拖拉机从远处驶过，上面的人就会对小舅妈发出叫喊，乱打呼哨。这是因为小舅妈除了脖子上系的红丝巾、鼻梁上的墨镜和鸡皮疙瘩，浑身上下一无所有。碱场有好几台拖拉机，冒着黑烟在荒原上跑来跑去，就像十九世纪的火轮船。那个地方天蓝得发紫，风冷得像水，碱又白又亮，空气干燥得使皮肤发涩。我舅舅闭上了眼睛，想要在太阳底下做个梦。失意的人总是喜欢做梦。他在碱场时三十八岁，四肢摊开地躺在碱地上睡着了。

后来，小舅妈踢了他一脚说：起来，王犯！你这不叫晒太阳，叫作捂痱子。这是指我舅舅穿着衣服在太阳底下睡觉而言。考虑到当时是在户外，气温在零下，这种说法也不无不实之处。小舅妈俯下身去，把他的裤子从腿上拽了下来，一直拽到脚镣上。假如说我舅舅有过身长八米的时刻，就指那一回。然后她又俯下身去，用暴烈的动作解开他破棉袄上的四个扣子，把衣襟敞开。我舅舅睁开眼睛，看到一个红彤彤的女人骑在他身上，颈上的红丝巾和头发就如野马的鬃毛一样飞扬。他又把眼睛闭上。这些动作虽有性的意味，但也可以看作管教对犯人的关心——要知道农场伙食不好，晒他一晒，可以补充维生素 D，防止缺钙。做完了这件事，小舅妈离开了我舅舅的身体，在他身边坐下，从自己的制服口袋里掏出一盒香烟，取出一支放在嘴上，又拿出一个防风打火机，正要给自己点火，又改变了主意。她用手掌和打火机在我舅舅胸前一拍，说道：起来，王犯！一点规矩都不懂吗？我舅舅应声而起，偎依在她身边，给她点燃了香烟。以后小舅妈每次叼上烟，我舅舅伸手来要打火机，并且说：报告管教！我懂规矩啦！

后来，我舅舅在碱滩上躺成一个大字，风把刨碎的碱屑吹过来，落在皮肤上，就如火花一样的烫。白色的碱末在他身体上消失了，变成一个个小红点。小舅妈把吸剩的半支烟插进他嘴里，他就接着吸起来。然后，她就爬到他身上和他做爱，头发和红丝巾一起飘动。而我小舅舅一吸一呼，鼻子嘴巴一起冒出烟来。后来他抬起头来往下面看去，并且说：报告管教！要不要戴套？小舅妈则说：你躺好了，少操这份心！他就躺下来，看天上一些零零散散的云。后来小舅妈在他脸上拍了一下，他又转回头来看小舅妈，并且说道：报告管教！你拍我干什么？

我舅舅原来是个轻浮的人，经过碱场的生活之后就稳重了。这和故事发生的地点有一定的关系。那地方是一片大碱滩，碱滩的中间有个黑乎乎的凹地，用蛇形铁丝网围着，里面有几十个帐篷，帐篷中间有一条水沟，水沟的尽头是一排水管子。日暮时分，我舅舅和一群人混在一起刷饭盒。水管里流出的水带有碱性，所以饭盒也很好刷。在此之前，我舅舅和舅妈在帐篷里吃饭。那个帐篷是厚帆布做的，中间挂了一个电灯泡。小舅妈叉开双腿，雄踞在铺盖卷上抬头吃着饭，她的饭盒里是白米饭、白菜心，还有几片香肠。小舅双腿并拢，坐在一个马扎上低头吃饭，他的饭盒里是陈仓黄米、白菜帮子，没有香肠。小舅妈哼了一声："哼。"我舅舅把碗递了过去。小舅妈把香肠给了他。我舅又把饭盒拿了回去，接着吃。此时小舅妈对他怒目而视，并且赶紧把自己嘴里的饭咽了下去，说道：王犯！连个谢谢也不说吗？我舅舅应声答道：是！谢谢！小舅妈又说：谢谢什么？我舅舅犹豫了一下，答道：谢谢大姐！小舅妈就沉吟起来，沉吟的缘故是我舅舅比她大十五岁。等到饭都吃完，她才敲了一下饭盒说：王犯！我觉得你还是叫我管教比较好。我舅舅答应了一声，就拿了饭盒出去刷。小舅妈又沉吟了一阵，感觉非常之好，就开始捧腹大笑。她觉得我舅舅很逗，自己也很逗，这种生活非常之好。我舅舅觉得自己一点也不逗，小舅妈也不逗，这种生活非常的不好。尽管如此，他还是爱小舅妈，因为他别无选择啦。

我舅舅的故事是这么结束的：他到水沟边刷好了碗回来，这时天已经黑了，并且起了风。我舅舅把两个饭盒都装在碗套里，挂在墙上，然后把门闩上。所谓的门，不过是个帆布帘子，边上有很多带子，可以系在帆布上。我舅舅把每个带子都系好，转过身来。他看到小舅妈的制服零七乱八地扔在地下，就把它们收起来，一一叠好，放在角落里的一块木板上，然后在帐篷中间立正站好。此时小舅妈已经钻进了被窝，面朝里，就着一盏小台灯看书。过了一会儿，帐篷中间的电灯闪了几下灭了，可小舅妈那盏灯还亮着，那盏灯是用电池的。小舅妈说：王犯，准备就寝。我舅舅把衣服都脱掉，包括脚镣。那东西白天锈住了，但我舅舅找到了一把小扳手——就是为卸脚镣用的。然后他精赤条条地立正站着，冷得发抖，整个帐篷在风里东摇西晃。等到他鼻子里开始流鼻涕，才忍不住报告说：管教！我准备好了。小舅妈头也不回地说：准备好了就进来，废什么话！我舅舅蹑手蹑脚钻到被里去，钻到小舅妈身后——那帐篷里只有一副铺盖。因为小舅妈什么都没穿，所以我舅舅一触到她，她就从牙缝里吸气。这使我舅舅尽量想离她远一点。但她说：贴紧点，笨蛋！最后，小舅妈终于看完了一段，折好了书页，关上灯，转过身来，把乳房小腹阴毛等等一齐对准我舅舅，说道：王犯，抱住我。你有什么要说的？我舅舅想，黑灯瞎火的，就乱说吧，免得她再把我铐进厕所，就说：管教，我爱你。她说：很好。还有呢？我舅舅就吻她。两个身体在黑暗里纠缠不休。小舅妈说起这些事来很是开心，但我听起来心事重重：在小舅妈的控制下，我舅舅还能不能出来，几时出来，等等，我都在操心。假如最终能出来，我舅舅学点规矩也不坏。但是小舅妈说："不把他爱我这件事说清楚，他一辈子出不来。"

【五】

现在可以这样说，小舅为作画吃官司，吃了一场冤枉官司。因为他的画没有人懂，所以被归入了叵测一类。前清有个诗人写道："清风不识字，何事乱翻书。"让人觉得叵测，就被押往刑场，杀成了碎片。上世纪有个作家米兰·昆德拉说：人类一思考，上帝就发笑。这上帝就很叵测。我引昆德拉这句话，被领导听见了，他就说：一定要把该上帝批倒批臭。后来他说，他以为我在说一个姓尚的人。总而言之，我舅舅的罪状就是叵测，假如不叵测，他就没事了。

在碱场里，小舅妈扣住了小舅不放，也都是因为小舅叵测之故。她告诉我说，她初次见到小舅，是在自己的数学课上。我舅舅测过了智商后就开始掉头发，而且他还没有发现有什么办法可以从这里早日出去，为这两件事，他心情很不好，脑后的毛都直着，像一只豪猪。上课时他两眼圆睁、咬牙切齿，经常把铅笔一口咬断，然后就把半截铅笔像吃糖棍一样吃了下去，然后用手擦擦嘴角上的铅渣，把整个嘴都抹成黑色的了。一节课发他七支铅笔，他都吃个精光。小舅妈见他的样子，觉得有点瘆人，就时时提醒他道：王犯，你的执照可不是我吊销的，这么盯着我干吗？我舅舅如梦方醒，站起来答道：对不起，管教。你很漂亮。我爱你。这后一句话是他顺嘴加上去的，此人一贯贫嘴聊舌，进了习艺所也改不了。我告诉小舅妈说：她是很漂亮。她说：是啊是啊。然后又笑起来：我漂亮，也轮不到他来说啊！后来她说，她虽然年轻，但已是老油子了。在习艺所里，学员说教员漂亮，肯定是没安好心。至于他说爱她，就是该打了。我没见过小舅妈亲手打过小舅，从他们俩的神情来看，大概是打过的。

小舅妈还说，在习艺所里，常有些无聊的学员对她贫嘴聊舌。听了那些话她就揍他们一顿。但是小舅和他们不同，他和她有缘分。缘分的证明是小舅的画，她看了那些画，感到叵测，然后就性欲勃发。此时我们一家三口：舅舅、外甥和舅妈都在碱滩上。小舅妈趴在一块塑料布上晒日光浴，我舅舅衣着整齐，睡在地上像一具死尸，两只眼睛盯着自己的鼻子。小舅妈的裸体很美，但我不敢看，怕小舅吃醋。小舅的样子很可怕，我想安慰他几句，但又不敢，怕小舅妈说我们串供。我把自己扯到这样的处境里，想一想就觉得稀奇。

小舅妈还说，她喜欢我舅舅的画。这些画习艺所里有一些，是李家口派出所转来的。搁在那里占地方，所里要把它丢进垃圾堆。小舅妈把它都要下来，放在宿舍里，到没人的时候拿出来看。小舅事发进碱场，小舅妈来押送，并非偶然。用句俗话来说，不怕贼偷，就怕贼惦记。小舅早就被舅妈惦记上了。这是我的结论，小舅妈的结论有所不同。她说：我们是艺术之神阿波罗做媒。说到这里，她捻了小舅一把，问道：艺术之神是阿波罗吧？小舅应声答道：不知道是谁。嗓音低沉，听上去好像死掉的表哥又活过来了。

我常到碱场去，每次都要告诉小舅妈，我舅舅是爱她的。小舅妈听了以后，眼睛就会变成金黄色，应声说道：他爱我，这很好啊！而且还要狂笑不止。这就让我怀疑她是不是真的觉得很好。真觉得好不该像岔了气那样笑。换个女人，感觉好不好还无关紧要。小舅的小命根握在小舅妈手里，一定要让她感觉好。于是我就换了一种说法：假如小舅不是真爱你，你会觉得怎样？小舅妈就说：他不是真爱我？那也很好啊！然后又哈哈大笑。我听着像在狞笑。在这个问题上我们进退两难，就该试试别的门道。

那次我去看小舅，带去了各种剪报——那个日本人把他的画运到巴黎去办画展，引起了很大的轰动。这个画展叫作"2010——W2"，没有透露作者的身份，这也是轰动的原因之一。各报一致认为，这批画的视觉效果惊人，至于说是伟大的作品，这么说的人还很少。展览会入口处，摆了一幅状似疯驴的画，就是平衡器官健全的人假如连看五秒钟也会头晕；可巧有个观众有美尼尔综合征，看了以后，马上觉得天地向右旋转，与此同时，他向左倾倒，用千斤顶都支不住。后来只好给他看另一幅状似疯马的画，他又觉得天地在向左旋转，但倒站直了。然后他就向后转，回家去，整整三天只敢喝点冰水，一点东西也没吃。大厅正中有幅画，所有的人看了都感到"嗡"的一声，全身的血都往头上涌。不管男女老幼，大家的头发都会直立起来，要是梳板寸的男人倒也无碍，那些长发披肩的金发美女立时变得像戴尖顶帽的小丑。与此同时，观众眼睛上翻，三面露白，有位动脉硬化者立刻中了风。还有一幅画让人看了感觉五脏六腑往下坠，身材挺拔的小伙子都驼了背，疝气患者坠得裤裆里像有一个暖水袋。大家对这位叫作"W2"的作者有种种猜测，但有些宗教领袖已经判定他是渎神者，魔鬼的同谋，下了决杀令。他们杀了一些威廉、威廉姆斯、韦伯、威利斯，现在正杀世界卫生组织（WHO）里会画画的人，并杀得西点军校（West Point）改了名，但还没人想到要杀姓王的中国人。我们姓王的有一亿人，相当于一个大国，谅他们也得罪不起。我把这些剪报给小舅妈看，意在证明小舅是伟大的艺术家，让她好好地对待他。小舅妈就说：伟大！伟大！不伟大能犯在我手里吗？后来临走时，小舅抽冷子踢了我一脚。他用这种方式通知我：对小舅妈宣扬他的伟大之处，对他本人并无好处。这是他最后一次踢我，以后他就病恹恹的，踢不动了。

　　当我沉迷于思索怎样救小舅时，他在碱场里日渐憔悴，而且变得尖嘴猴腮。小舅妈也很焦急，让我从城里带些罐头来，特别指定要五公斤装的午餐肉，我用塑料网兜盛住挂在脖子上，一边一个，样子很傻。坐在去碱场的交通车里，有人说我是猪八戒挎腰刀，邋遢兵一个。这种罐头是餐馆里用的，切成小片来配冷盘，如果大块吃，因为很油腻，就难以下咽。小舅妈在帐篷里开罐头时，小舅躺在一边，开始干呕。然后她舀起一块来，塞到小舅嘴里，立刻把勺子扔掉，一手按住小舅的嘴，另一手掐着他的脖子，盯住了他的眼睛说：一、二、三！往下咽！塞完了小舅，小舅妈满头大汗，一面擦手，一面对我说：小子，去打听一下，哪儿有卖填鸭子的机器。此时小舅嘴唇都被掐肿，和鸭子真的很像了。

在碱场里吃得不好，心情又抑闷，小舅患上了阳痿症。不过小舅妈自有她的办法。我舅舅的这些逸事是他自己羞羞答答地讲出来的，但小舅妈也有很多补充：在碱滩上躺着时，他的那话儿软塌塌地倒着，像个蒸熟的小芋头。你必须对它喊一声：立正！它才会立起来，像草原上的旱獭，伸头向四下张望。当然，你是不会喊的，除非你是小舅妈。这东西很听指挥，不但能听懂立正、稍息，还能向左右转、齐步走等等。在响应口令方面，我舅舅是有毛病的，他左右不分，叫他向左转，他准转到右面，齐步走时会拉顺。而这些毛病它一样都没有。小舅妈讲起这件事就笑，说它比我舅舅智商高。假如我舅舅IQ50，它就有150，是我舅舅的三倍。作为一个生殖器，这个数字实属难能可贵。小舅妈教它数学，但它还没学会，到现在为止，只知道听到一加一点两下头，但小舅妈对它的数学才能很有信心。她决心教它微积分。这门学问她一直在教小舅，但他没有学会。她还详细地描写了立正令下后，那东西怎样蹒跚起身，从一个问号变成惊叹号，颜色从灰暗变到赤红发亮，像个美国出产的苹果。她说，作为一个女人，看到这个景象就会觉得触目惊心。但我以为男人看到这种景象也会触目惊心。

小舅妈还说：到底是艺术家，连家伙都与众不同——别的男人肯定没有这种本领。我舅舅听到这里就会面红耳赤，说道：报告管教！请不要羞辱我！士可杀不可辱！而小舅妈却耸耸肩，轻描淡写地说：别瞎扯！我杀你干吗。来，亲一下。此后小舅只好收起他的满腔怒火，去吻小舅妈。吻完以后，他就把自己受羞辱的事忘了。照我看来，小舅不再有往日的锐气，变得有点二皮脸，起码在舅妈面前是这样的。据说，假如小舅妈对舅舅大喝一声立正！我舅舅总要傻呵呵地问：谁立正？小舅妈说：稍息！我舅舅也要问谁稍息。在帐篷里，小舅妈会低声说道：同志，你走错了路……我舅舅就会一愣，反问道：是说我吗？我犯什么错误了吗？小舅妈就骂道：人说话，狗搭茬！有时候她和我舅舅说话，他又不理，需要在脸上拍一把才有反应：对不起，管教！不知道你在和我说话。讨厌的是，我舅舅和他的那个东西都叫作王二。小舅妈也觉得有点混乱，就说：你们两个简直是要气死我。久而久之，我舅舅也不知自己是几个了。

我舅舅和小舅妈在碱场里陷入了僵局，当时我以为有两个原因：其一是小舅妈不懂得艺术，所以她就知道拿艺术家寻开心。假如我懂得什么是艺术，能用三言两语对她解释清楚，她就会把小舅放出来。但我没有这个能耐。所以小舅也出不来。

刚上大学时，我老在想什么是艺术的真谛，想着想着就忘了东西南北，所以就有人看到我在操场上绕圈子，他在一边给我数圈数，数着数着就乱了，只好走开；想着想着，我又忘掉了日出日落，所以就有人看到我在半夜里坐在房顶上抽烟，把烟蒂一个一个地往下扔；这件事的不可思议之处在于我有恐高症。因为这个缘故，有些女孩子爱上了我，还说我像维特根斯坦，但我总说：维特根斯坦算什么。听了这话，她们就更爱我了。但我忙于解开这个难题，一个女孩都没爱上，听任她们一个个从我身边飞走了，现在想起来未免后悔，因为在她们中间，有一些人很聪明，有一些人很漂亮；还有一些既聪明，又漂亮，那就更为难得。所谓艺术的真谛，就是人为什么要画画、写诗、写小说。我想做艺术家，所以就要把这件事先想想清楚。不幸的是，到了今天我也没有想清楚。

现在我还在怀念上大学一年级的时期，那时候我写着一篇物理论文；还在准备投考历史系的研究生；时时去看望我舅舅；不断思考艺术的真谛；参加京城里所有新潮思想的讨论会；还忙里偷闲，去追求生物系一个皮肤白皙的姑娘。盛夏时节，她把长发束成了马尾辫，穿着白色的T恤衫和一条有纵条纹的裙裤，脖子和耳后总有一些细碎的汗珠。我在校园里遇上她，就邀她到松树林里去坐。等到她在干松针上细心地铺好手绢，坐在上面，脱下脚上的皮凉鞋，再把脚上穿的短丝袜脱下来放在两边时，我已经开始心不在焉，需要提醒，才能开始在她领口上的皮肤上寻找那种酸酸的汗味。据说，我的鼻子冬暖夏凉，很是可爱；所以她也不反对撩起马尾辫，让我嗅嗅项后发际的软发。从这个方向嗅起来，这个女孩整个就像一块乳酪。可惜的是，我经常想起还有别的事情要干，就匆匆收起鼻子来走了。我记得有一回，我在她乳下嗅到一股沉甸甸的半球形的味道，还没来得及仔细分辨，忽然想起要赶去看我舅舅的交通车，就这样走掉了。等下次见到她时，她露出一副要哭的样子，用手里端着的东西泼了我一脸。那些东西是半份炒蒜苗、半份烩豆腐，还有二两米饭。蒜苗的火候太过，变得软塌塌的。豆腐里放了变质的五香粉，有点发苦。至于米饭，是在不锈钢的托盘里蒸成，然后再切成四方块。我最反对这样来做米饭。经过这件事以后，我认为她的脾气太坏，还有别的缺点，从此以后不再想念她了；只是偶尔想道：她可能还在想念我。

在碱滩上，我想营救小舅时，忽然想到，艺术的真谛就是叵测。不过这个答案和没有差不多。世界上没有人知道什么是"叵测"，假如有人知道，它就不是叵测。

我舅舅陷在碱场里的另一个原因是他不擅长爱情。假如他长于此道，就能让小舅妈把他放出来。在我看来，爱情似乎是种竞技体育；有人在十秒钟里能跑一百米，有人需要二十秒钟才能跑完一百米。和小舅同时进习艺所的人，有人已经出来了，挎着习艺所的前教员逛大街；看来是比小舅长于此道。竞技体育的诀窍在于练习。我开始练习这件事，不是为了救我舅舅，而是为了将来救我自己。

最近，我在同学聚会时遇到一个女人，她说她记得我，并对这些记忆做了一番诗意的描绘。首先，她记得世纪初那些风，风里夹杂着很多的黄土。在这些黄土的下面，树叶就分外的绿。在黄土和绿叶之间，有一个男孩子，裹在一身灰土色的灯芯绒里，病病歪歪地穿过了操场——此人大概就是我吧——在大学期间我没生过病，不知她为什么要说我病歪歪。但由她所述的情形来看，那就是在我去碱场之前的事。

这个女人是我们的同行，现在住在海外；闻起来就如开了瓶的冰醋酸，简直是颗酸味的炸弹。在她诗意的回忆里，那些黄沙漫天的日子里，最值得记忆的是那些青翠欲滴的绿叶；这些叶子是性的象征。然后她又说到一间小屋子，一个窗户。这个窗户和一个表达式联系在一起——这个表达式是2×2，说明这窗户上有四片玻璃，而且是正方形的——被一块有黑红两色图案的布罩住，风把这块印花布鼓成了一块大气包。气包的下面是一张皱巴巴的窄床；上面铺了一条蓝色蜡染布的单子。她自己裸体躺在那张单子上，竭力伸展身躯，换言之，让头部和脚尖的距离尽可能的远；于是腹部就深凹下去，与床单齐。这时候，在她的腿上，闪着灰色的光泽。在这个怪诞的景象中，充满了一种气味，带有碱性的腥味；换言之，新鲜精液的气味。假如说这股气味和我有什么关系，我实在感到意外。但那间房子就是我上大二时的宿舍，里面只住了我一个人。至于说我在里面干了什么，我一点都记不得。

这个女人涂了很重的眼晕，把头发染成了醒腥的黄色，现在大概有三百磅。要把她和我过去认识的任何一个女孩联系起来，很是困难。然而人家既知道我的房间，又知道我的气味，对这件事我也不能否认。她还说，当时我一声不响，脸皮紧绷，好像心事重重——忽然间精液狂喷，热烘烘的好像尿了一样。因为我是这样的一个心不在焉的尿炕者，她一直在想念我。但我不记得自己是这样的爱尿炕；而且，如果说这就是爱情，我一定要予以否认。

在学校里，有一阵子我像疯了一样地选课，一学期选了二十门。这么多课听不过来，我请同学带台对讲机去，自己坐在宿舍里，用不同的耳机监听。我那间房子里像电话交换台一样，而我自己脸色青里透白。系里的老师怀疑我吸海洛因，抓我去验血。等到知道了我没有毒瘾后，就劝诫我说：何必急着毕业？重要的是做个好学生。但我忙着到处去考试，然后又忙着到处去补考。补到最后一门医用拉丁文，教授看我像个死人，连问都没问，就放我 pass 了。然后我就一头栽倒，进了校医院。我之所以这样的疯狂，是因为一想到小舅的处境，就如有百爪挠心，方寸大乱。

在寒假里，我听说化学系有个女生修了二十一门课，比我还要多一门。我因此爱上了她，每天在女生宿舍门口等她，手里拿了一束花。这是一个小四眼，眼镜的度数极深，在镜片后面，眼睛极大，并且盘旋着两条阿基米德螺线。她脸色苍白，身材瘦小，双手像鸟爪子，还有点驼背。后来才发现，她的乳房紧贴着胸壁，只是一对乳头而已，而且好像还没有我的大；肩膀和我十三岁时一样单薄。总而言之，肚脐以上和膝盖以下，她完全是个男孩子，对男女之间的事有种学究式的兴趣，总问：为什么是这样呢？我告诉她说：我爱她，这辈子再也不想爱别人。她扶扶眼镜说：为什么你要爱我？为什么这辈子不想爱别人？我无言以对，就提议做爱来证明这一点。但正如她事后所说，做爱并不能解决这个问题。假如我真的爱她，就该是无缘无故的。但无缘无故的事总让人怀疑。由此得出一个结论，不管谁说爱她都可疑。经她这样一说，我觉得自己并不爱她。她听了扶扶眼镜说：为什么你又不爱我了？我听了又不假思索地马上又爱上了她。我和她的感情就这样拉起锯来。又过了一个学期，她猛然开始发育，还配了隐形眼镜，就此变成个亭亭玉立的美女，而且变得极傻。此时她有不少追求者，我对她也没了兴趣。

【六】

那一回和小舅、小舅妈在碱滩上晒太阳，直到天色向晚。天色向晚时，小舅妈站起身来，往四下看看。夕阳照在她的身体上，红白两色，她好像一个女神。如果详加描写，应该说到，她的肩头像镜子一样反光，胸前留下了乳房的阴影。在平坦的小腹上，有一蓬毛，像个松鼠尾巴——我怀疑身为外甥这样描写舅妈是不对的——然后她躬下身来穿裤子，我也该回学校了。这是我唯一一次看到小舅妈的裸体，以后再也没机会。早知如此，当初真该好好看看。

说过了小舅妈，就该说到小舅。小舅的案子后来平了反，法院宣布他无罪，习艺所宣布他是个好学员。油画协会恢复他的会员资格，重新发给他执照，还想选当他美协的理事。谁知小舅不去领执照，也不想入油协。于是有关部门决定以给脸不要脸的罪名开除小舅，吊销他的画家执照。但是小舅妈不同意他们这样干，要和他们打官司，理由是小舅既然没有重入美协，也没有去领执照，如何谈得上开除和吊销。但是小舅妈败诉了。法院判决说，油画协会作为美术界的权力机关，可以开除一切人的会员资格，也可以吊销一切人的画家执照，不管他是不是会员，是不是画家。判决以后，美协开会，郑重开除了小舅妈。从此之后，她写字还可以，画画就犯法了。现在小舅没有执照，小舅妈也没有照。但是小舅继续作画，卖给那个日本人。但是价钱比以前低了不少。日本人说，现在世界经济不够景气，画不好脱手。其实这是一句假话。真话是小舅名声不如以前——他有点过气了。

说过了我舅舅以后，也就该说到买我舅舅画的日本人——此人老了很多，长了一嘴白胡子楂。我在十字路口等红灯，他会大模大样地从人行横道上走过来，拉开车门说：王样，画！就把画取走了。顺便说一句，我大舅叫王大，我小舅叫王二。我妈那么厉害，我自己想不姓王也不行。这些画是我舅舅放在我这里的。假如红灯时间长，他还要和我聊几句，他说他想念我舅舅，很想见到他。我骗他说，我舅舅出家当了尼姑，要守清规，不能出来，你不要想他了。他纠正我说：和尚，你是说，和尚！然后替我关上车门，朝我鞠上一躬，就走了。其实他也知道我在撒谎。假如他和我舅舅没有联系，能找到我吗？反过来说，我也知道那个日本人在说谎。我们大家都在说谎，谁都不信任谁。

有人说，这个日本人其实是个巴西人，巴西那地方日裔很多。他有个黑人老婆，像墨一样黑，有一次带到中国来，穿着绿旗袍和他在街上遛弯，就在这时发生了误会，人家把她当小舅逮去了。在派出所里，他们拿毛巾蘸了水、汽油、丙酮，使劲地擦，没有擦下黑油彩，倒把血擦出来了。等到巴西使馆的人闻讯赶来时，派出所换了一个牌子，改成了保育站，所有的警察都穿上了白大褂，假装在给黑女人洗脸。那女人身高一米九八，像根电线杆，说是走失的小孩子勉强了一点。那日本人又有个白人情妇，像雪一样白。有一次和他在街上走，又发生了误会。人家把她逮进去，第一句话就问：好啊，王二，装得倒像！用多少漂白粉漂的？然后就去捏她的鼻子，看是不是石膏贴的，捏得人家泪下如雨；并且乱拔她的头发，怀疑这是个头套，一头金发很快就像马蜂窝一样了。等到使馆的人赶来，那派出所又换了一块牌子，"美容院"。但把鼻子捏得像酒渣鼻，把头发揪成水雷来美容，也有点怪。后来所有的外国女人和这日本人一起上街前，都在身上挂个牌子，上书"我不是王二"。

还有一天他们逮住了我，一把揪住我的领带，把我拽得离了地，兴高采烈地说：好啊王二！你居然连装都不装了！我很沉着地说道：大叔啊，你搞错了。我不是王二。我是王二的外甥。他愣住，把我放下地来，先是啐了一口，啐在我的皮鞋上；想了一会儿，又给我整整领带，擦擦皮鞋，朝我敬了一个礼，然后假装走开了。其实他没有走开，而是偷偷地跟着我，每隔十几分钟就猛冲到我面前，号我的脉搏，看我慌不慌。我始终不慌，他也没敢再揪我。幸亏他没把我揪到派出所，假如揪了去，我们单位的人来找时，他们又得换块牌子：柔道馆。之所以发生这些事，是因为他们知道我舅舅还在偷偷卖画，很想把他逮住，但总也逮不到他。这一点无关紧要。重要的是他揪我时，我感到很兴奋，甚至勃起了。这说明我有小舅的特征。我是有艺术家的天赋，这大概是没有疑问的了。

现在我提到了所有的人，就剩下我了。小时候我的志向是要当艺术家，等到看过小舅的遭遇之后，我就变了主意，开始尝试别的选择，其中包括看守公厕。我看守的那座公厕是个墨绿色的建筑，看上去是琉璃砖砌的，实际上是水泥铸造的，表面上贴了一层不干胶的贴面纸，来混充琉璃。下一场大雨它就会片片剥落，像一只得了皮肤病的乌龟。房子里面有很多窄长的镜子，朝镜子里看时，感觉好像是在笼子里。房间里有一股苦杏仁味，那是一种消毒水。我在门口分发手纸，每隔一段时间，就用消防水龙冲洗一次里面，把坐在马桶上的人冲得像落汤鸡。还有一件事我总不会忘记，就是索要小费，如果顾客忘了给，我就揪住他衣服不放，连他的衣兜都扯掉。闹到了这个地步，也就没人敢再不给小费。因为工作过于积极，我很快就被开除掉。

还有一段时间，我在火车站门前摆摊，修手表、打火机。像所有的修表摊一样，我的那个摊子是座玻璃匣子，可以推着走，因为温室效应，坐在里面很热，汗出得很多，然后就想喝水。经我修过的手表就不能看时间，只能用来点烟；我修过的打火机倒有报时的功能，但又打不着火了，顾客对我不大满意。还有一段时间我戴着黑眼镜，假装是瞎子，在街上卖唱。但很少有人施舍。作为一个瞎子，我的衣服还不够脏。他们还说我唱得太难听，可以催小孩子的尿。后来我又当过看小孩子的保姆，唱歌给小孩子听，他们听了反而尿不出；见到雇主回家，就说：妈妈，叔叔唱！然后放声大哭。我做过各种各样的职业，拖延了很多时间，来逃避我的命运。

我终于长大了，在写作部里工作；我舅舅也从碱场出来了，和小舅妈结了婚。他还当他的画家。小舅妈倒是改了行，在一家大公司里当公关秘书。这说明我舅舅除了画画，我除了会信口胡编，都别无所长，小舅妈倒是多才多艺。有时候她深更半夜给我打电话，说我舅舅的坏话。说他就知道神秘兮兮捣鬼，江郎才尽，再也画不出令人头晕的画了；还说他身体的那一部分功能还是老样子，她每天要给它发号令，还要假装很喜欢的样子，真是烦死了。这些话的意思好像是说，她嫁给小舅嫁亏了。但是每次通话结束时，她总要加上一句，这些话不准告诉你舅舅。只要你敢透半句口风，我就杀掉你！至于我，每天都在写小说。说句实在话，我不知道自己写的到底是什么。

今天我们所面对的一切，都是我一手促成的。那一天我从碱场回来，心情烦闷，就去捣鼓电脑，想从交互网上找个游戏来玩。找来找去，没找到游戏，倒找到一份电子杂志《今日物理》。我虽是物理系的学生，但绝不看物理方面的文献——教科书例外。那天又找到了一个例外，就是那本杂志。它的通栏标题是：谁是达利以后最伟大的画家——W2还是486？W2是我舅舅的化名，486是上世纪末一种个人电脑，已经完全过时，一块钱能买五六台。那篇文章还有张插图，上面有台486微机，屏幕上显示着我舅舅那幅让人犯疝气的画。当然，它已是画中画，看上去就不犯疝气，只使人有点想屙屎。等你把这篇文章看完，连屎都不想屙。它提到上个世纪末开始，有人开始研究从无序到有序的物理过程，这种东西又叫作

"混沌"，用计算机模拟出来，显示在屏幕上很好看。其中最有名的是曼德勃罗集，放大了像海马尾巴，我想大家都是知道的。顺便说一句，曼德勃罗集不会使人头晕，和小舅的画没有一点相似之处。但是该文作者发明了一种名为依呀阿拉的算法，用老掉牙的 486 作图，让人看了以后晕得更加厉害。简单地说，用一行公式加上比一盒火柴还便宜的破烂电脑，就能作出小舅的画。任何人知道了这件事，看小舅的画就不会头晕，也不会犯疝气。很显然，小舅妈知道了这件事后再看小舅的画，也不会性欲勃发。这篇文章使我对小舅、小舅妈、艺术、爱情，还有整个世界产生了一种感觉，那就叫"掰开屁眼放屁，没了劲了"。假如我不到交互网上找游戏，一切就会是老样子，小舅照样是那么叵测，小舅妈还对他着迷。我也老大不小的啦，怎么还玩游戏呢？

我看了这篇文章以后，犹豫了好久，终于下定了决心，把它打印了一百份，附上一封要求给小舅平反的信，寄往一切有关部门——不管怎么说，我舅舅在受苦，我不能不救他呀。有关部门马上做出了反应：小舅不是居心叵测，他画的是依呀阿拉集嘛，关他干吗——放出来吧。有了这句话，我就驰往碱场，把一切都告诉小舅和小舅妈。小舅妈听了长叹一声，说道：原来是这样！对不起，王犯，让你吃了不少苦。回所给你要点补助吧。你也不用犟着说你爱我了。小舅听了我的话，变得像个死人，瘫软在地上。听到小舅妈最后一句话，他倒来了精神，从地上爬起来说：报告管教！我真的爱你！我从来没想利用你！等等。小舅妈听了，眼睛变成金黄色，对我狞笑着说：你听到了吧？咱俩快把这个死要面子活受罪的家伙揍上一顿！但还没等动手，她又变了主意，长叹一声道：算了。别打了。看来他是真的爱上我了。这似乎是说，假如小舅继续叵测，他就不可能真的爱上小舅妈，为此要狠狠地揍他，但和他做爱也非常的过瘾；假如他不再叵测，就可以爱上小舅妈，此后就不能打他，但和他做爱也是很烦人的了。小舅妈和小舅从碱场出去，结婚、过日子，一切都变得平淡无奇了。

今年是 2015 年，我是一个作家。我还在思考艺术的真谛。它到底是什么呢？